The Ministry of Time 时间部

[英] 卡莉安·布拉特利 著

陈晓颖 译

Kaliane Bradley

上海财经大学出版社
SHANGHAI UNIVERSITY OF FINANCE & ECONOMICS PRESS

图书在版编目(CIP)数据

时间部 / (英) 卡莉安·布拉特利
(Kaliane Bradley)著; 陈晓颖译. --上海: 上海财
经大学出版社,2025. 5. -- ISBN 978-7-5642-4470-5

Ⅰ.I561.45

中国国家版本馆CIP 数据核字第20249GH724 号

□ 特邀编辑　胡　芸
□ 责任编辑　袁　敏
□ 封面设计　曾冯璇

时 间 部

［英］ 卡莉安·布拉特利　著
　　　　(Kaliane Bradley)

　　　陈晓颖　　　译

上海财经大学出版社出版发行
（上海市中山北一路 369 号 邮编 200083）
网　　　址 : http://www.sufep.com
电子邮箱 : webmaster@sufep.com
全国新华书店经销
北京文昌阁彩色印刷有限责任公司印刷装订
2025 年 5 月第 1 版　2025 年 5 月第 1 次印刷

880mm×1230mm　1/32　11.75 印张　263 千字
定价：78.00 元

图字：09-2025-0199号

THE MINISTRY OF TIME

KALIANE BRADLEY

谨以此书献给我挚爱的父母

目 录

壹

这次他或许真的活不成了。

但他并未因此而感到难过，可能是天气太冷了，他的大脑已经进入混沌状态，思绪像是半透明的水母，在大脑中飘忽不定。刺骨的北极风啃噬着他的手脚，摇摆不定的思绪敲打着他的脑壳，他哪里还有精力为死亡的事发愁。

他知道自己在行走，但双脚已经失去了知觉。眼前的冰川时而闪现、时而退去，所以他知道自己一定还在前进。他身后背着一杆枪，胸前挎着背包，他觉得这些负重像是西西弗斯推着的石头，但他已感受不到任何分量。

他心情还不错，若不是嘴唇麻木，他一定会吹段口哨。

远处传来炮火的轰鸣，像是谁在打喷嚏，连续响了三声。他知道，那是探险船发出的信号。

第一章

突然，面试官提到我的名字，彻底打断了我的思绪。我并未说过自己叫什么，甚至没在心里念叨过，但她竟然准确无误地讲了出来，着实不容易。

"我叫阿黛拉，是部门的副部长。"她金色的头发干枯如荒草，一只眼睛上还蒙着眼罩。

"什么部门？"

"你先坐下。"

这是我参加的第六轮面试，应聘的是一个内部岗位，根据规定要"完成安全审查"，想想也是，部里总不好在关乎薪资的文件上加盖"最高机密"的印章吧！我从未经历过如此高级别的安全审查，也没人告诉过我这是怎样一份工作，但既然它的薪水接近我现在的三倍，对其一无所知倒也无妨。老实讲，能走到第六轮实属不易，我在紧急救助、保护弱小群体及内政部组织的"英国生活"测试中都取得了无可挑剔的成绩。我知道，如果这次转岗成功，我将与某位或某些拥有特殊地位的难民共事，但我并不清楚他们来自哪里，可能是俄罗斯或别的什么国家，反正肯定颇具政治影响力。

天晓得阿黛拉是哪个部门的副部长。她将一缕金发掖到耳后，身下的椅子发出"嘎吱"的声响。

"你母亲以前是难民，对吗？"她竟然用如此变态的问题开启了这轮面试。

"是的，长官。"

"来自柬埔寨？"她继续道。

"没错，长官。"

我在前几轮面试中已经被多次问到过这个问题。他们问到这里，大多会用上扬的语调，似乎在期待我能给出否定的答案，毕竟怎么会有人来自柬埔寨呢？之前还有个傻子在面试中跟我说："你不像柬埔寨人。"说完，他自己满脸通红，活像一盏指示灯。要知道，为了方便后续监督和培训工作的开展，我们的面试会被全程录像，而那个傻子也因此受到了警告。其实经常有人对我说类似的话，说我看起来像白人的后代——比如西班牙人，还说从我身上看不出种族灭绝的悲惨历史。这自然是好事，大屠杀什么的总是会让人心情沉重。

再后来，他们提出的问题便不再与种族灭绝有关。（"你在柬埔寨还有家人吗？"心领神会地噘嘴；"你去过柬埔寨吗？"同情地微笑；"美丽的国家。上次我到那儿时，人们都很友好……"面色凝重，眼泪在下眼睑中清晰可见。）阿黛拉却只是点点头，我不知道她是否会拿出第四种姿态——直接说这个国家很肮脏。

"我母亲从不认为自己是难民，"我继续补充道，"就连刚到英国那会儿也没这样想过，所以您这么说我觉得有点奇怪。"

"即将与你共事的人估计也不会用'难民'来形容自己，我们可能称他们为'时空移民者'。哦，对了，回答你刚才的问题，我是时间部的副部长。"

"您说的时空移民者来自……"

"来自过去。"她继续道。

"抱歉，您说什么？"

"我们已经实现了时空穿越，"阿黛拉不以为然地耸耸肩，语气轻松而自然，就像是在描述一台普通的咖啡机，"欢迎加入时间部。"

*

无论是谁，只要看过时空穿越的电影、读过时空穿越的书籍，或是曾在延误的公交车上胡思乱想过时空穿越这件事，就必定知道，人一旦开始研究时空穿越，就会陷入一团乱麻：时空穿越是何原理？具体如何实现？比方说吧，这个故事开头有我，到了最后还有我，这也应该算是一种时空穿越吧。大家听我说：千万不要因为时空穿越的事而发愁，要知道，在你所处的那个时代，英国政府很快就研究出了时空穿越的方法，只是还未进行实际操作。

"历史"若被视为连贯且单一的年代叙事——当然，这也可能是无稽之谈，那就意味着改变历史进程会引发各种混乱。而为了避免混乱，公认的合理做法就是选择那些大概率会死于历史战争、自然灾害或流行瘟疫的个体作为时空穿越的人选。反正这些21世纪的时空移民者在其原本时代也活不了多久，因此，他们的穿越行为应该不会影响未来的走向。

再者，没有人知道穿越会对人体造成哪些伤害，所以就更要挑选那些原本就短命的个体。把个人从过去带到现在无异于将深海鱼打捞上岸，很可能危及他们的生命。人类的神经系统或许只能承受一定长度的历史跨度，万一穿越者不幸患上由时空错位所引发的"潜水病"，并最终在部门实验室变成灰粉色的果冻，我们作为穿越的策划者——至少从统计意义上讲——不算实施了谋杀。

时空移民者最终若是能活下来，就说明他们还属于正常的人类，问题也会随之变得复杂。我们知道，处理难民问题时，尤其是大规模的难民，最好不要将其视为具体的人，否则会给行政工作造成各种不便。话虽如此，但我们还是得考虑穿越者的人权，既然他们符合内政部设定的难民标准，仅评估时空穿越对其造成的生理和心理影响似乎不太人道。要想了解他们能否真正适应未来的生活，就要让他们进入真实的生活状态，还要安排一位全职同伴从旁监控。没错，我已通过面试成功获得了"联络人"一职。政府之所以称我们为"联络人"而非"护工"，可能是因为我们的薪资等级远高于后者。

19 世纪以来，英语作为一门语言发生了巨大的变化：sensible 以前是"敏感"之义，现在却成了"明智"的意思；gay 在过去用来表示"快乐"，现在却用来指代"同性恋"；以前，asylum 在 lunatic asylum 和 asylum seeker 中用的都是其本义，即"不容侵犯的安全之地"，现在，lunatic asylum 却成了"精神病院"的意思。

按照上级的说法，穿越的时空移民者自然是来到了安全之地，我们可不想目睹精神病院里血迹斑斑、毛发散落一地的可怕场景。

*

　　我很开心自己能得到这份工作，毕竟我在国防部语言司的工作已经到了一个瓶颈期。作为东南亚事务的翻译顾问，我主要负责柬埔寨业务。虽然母亲在家里一直跟我们说高棉语，但未能在我的成长岁月中留下任何痕迹，我也是上了大学才开始学习东南亚语，才开始作为一个十足的外国人接触自己民族的文化。

　　我其实挺喜欢语言司的工作，但也渴望成为一名外勤特工，可惜我连续两次在外勤考试中失利，导致我对自身职业的发展产生了不小的迷茫。父母其实早就为我规划好了人生，我特别小的时候母亲就帮我制订了远大的目标，恨不得有朝一日我能成为英国首相，继而"大有作为"：不仅能改变英国的外交政策，还能携父母参加政府奢华的晚宴。到那时，我还会有自己的专属司机。（母亲不会开车，司机对她来说十分重要。）可惜，母亲也给我灌输了传闲话、编瞎话会遭到报应的论调——佛教的"第四戒"对此作了明确的阐述，结果导致我年仅八岁就断送了自己的政治生涯。

　　妹妹与我不同，她是一个善于伪装的高手：我对语言尽职尽责、一丝不苟，她却擅长避实就虚、争强好胜。于是，我成了翻译，她成了作家——或者应该说，她一直努力想成为作家，最终做的是文字编辑的工作。我挣得比她多很多，父母也知道我为政府工作，所以我觉得自己的因果报应还算不错。妹妹虽然对我的因果论嗤之以鼻，总是甩出一句"去你的吧"，但我知道她其实并无恶意。应该没有吧。

*

终于到了我们与时空移民者见面的日子，大家却还在讨论是否该称呼他们"时空移民者"。

同为联络人的塞米莉亚最先发表了意见，"如果他们是难民，我们就应该称之为难民，他们又不是要搬去普罗旺斯的夏日别墅。"

"但他们不一定认为自己是难民啊。"副部长阿黛拉反驳道。

"有人问过他们的想法吗？"

"他们大多认为自己是遭到了劫持。那位来自1916年的男士以为自己被抓到了敌后，那位1665年的女士则以为自己已经香消玉殒。"

"今天就要把他们放出来交给我们吗？"

"健康团队认为，继续把他们关在病房里不利于他们适应新环境。"阿黛拉讲话的语气像机器一样冷漠。

我们坐在部门会议室里认真讨论，但真正发言的只有塞米莉亚和阿黛拉两个人。我们部门有无数这样的房间：天花板上的灯光把房间照成了卵石色，模块化的设计让人感觉每道门背后都藏着同样的空间，推开这道门如此，推开那道门也是如此，这种设计无疑强化了官僚体系的官僚作风。

此次会议是专为我们五个联络人——我、塞米莉亚、拉尔夫、伊凡、艾德——召开的吹风会。我们五个都经历了六轮面试，也都遭遇了刨根问底的拷问，痛苦程度不亚于被牙医钻牙。你是否有过犯罪记录？是否参与过可能影响你的安全等级的活动？诸如此类的问题。面试通过后还有长达九个月的准备期，进了无数个工作组，做了无数次背调，还在各自原本所在部门（国防部、外交部、内政部）做好了掩护。此时此刻，就在这间灯泡嘶嘶作响的会议室里，我们将创造人类的历史。

塞米莉亚继续道："当下，这些人要么以为自己是在投胎转世，要么以为自己被劫持到了西部战场，这时候把他们放入社会，难道不会妨碍他们适应新环境吗？我之所以有这样的顾虑，不仅因为我从事心理工作，还因为我有正常人的同理心。"

阿黛拉不以为然地耸了耸肩。

"或许你说得对，但我们国家从未接收过从以前穿越过来的人，他们很可能发生基因突变，很可能根本撑不了一年。"

"真的会这样吗？"我担心地问。

"我们就是因为不知道会怎样才派你们担任'联络人'工作的啊。"

*

部里特意安排了一间古色古香的房间供我们创造历史：高高的天棚、实木的护墙板，墙上还挂着几幅油画，比那些模块化的房间灵动了许多，安排这次见面的人一定是行政团队中的某个"戏精"。房间的装修风格把窗外透进来的阳光全部压在了地板上，屋内的一切仿佛自19世纪后便从未发生过改变。我进门后发现，我的顾问昆汀已经坐在了里面，看上去一脸的不高兴。不过有些人就是这样，越是兴奋就越会面露愠色。

我还没有做好准备，但两位工作人员已经把我负责的时空移民者从后门带了进来。

那人面色苍白，透着些许憔悴。他们把他的头发理得太短了，已经看不出他原本的一头卷发。他环顾四周，我不经意间留意到他高耸的鼻梁，就像是脸上凭空长出了一朵温室里精心培育的花。他的鼻子真是漂亮极了，面部轮廓也非常清晰，像是一个完美的假人。

他身姿挺拔地站在门口，看了一眼我的顾问，又看了看我，不过马上将目光躲闪开去。

我朝他走过去，看到他的眼皮跳了一下。

"戈尔中校？"

"是。"

"我是你的联络人。"

*

皇家海军格雷厄姆·戈尔中校（约 1809—1847）① 于五周前穿越至 21 世纪，与其他时空移民者一样，他清醒的时间不过几天而已。因为要适应新环境，所以七位穿越者均被安排住院两周。其间，两人不幸离世，剩下的五人算是险象环生。戈尔中校的情况其实也很危险：除了肺炎和严重的冻疮，他还出现了败血症的初期症状，两根脚趾骨也断了，身上还留有电击的伤口——据说是他先朝两位带他穿越的工作人员扣动了扳机，第三位工作人员才不得已用

---

① 据记载，格雷厄姆·戈尔出生于英国汉普郡，其祖父和父亲都是英国皇家海军，大哥在海军服役时身亡，他是家中第二个孩子。戈尔于 1820 年加入英国海军；1836 年登上"恐怖号"参加北极探险，九死一生后得到晋升；1845 年加入富兰克林远征队寻找西北航道。这次远征以悲剧收场，船上的 129 名船员无一生还。

电击枪将其制服。

　　住院期间，他前后三次试图逃出病房，逼得工作人员只好给他注射了镇静剂。后来他终于停止了反抗，部里便给他安排了心理治疗师和维多利亚时代的专家帮助他适应新生活。当然，为了提高效率，专家只能向时空移民者传授最为紧迫的知识；也就是说，戈尔中校在与我见面时已掌握了一些基本常识，包括什么是电网、什么是内燃机、什么是供水管线等。至于说世界大战、冷战、20世纪60年代盛行的性解放以及反恐战争等信息，他还完全没有接触。不过，听说工作人员已经开始向他讲述大英帝国的衰败史，他似乎一时间很难接受这段历史。

　　部里专门安排了车送我和戈尔回家。中校虽然从理论层面对汽车有了一定的认识，但亲自乘坐还是第一次。他两眼盯着窗外，面容憔悴，内心或许有很多不解吧。

　　"你有任何问题都可以问我，"我对他说，"我明白这一切很难一下子接受。"

　　"真好，即使到了未来，英国人还是钟情于那种轻描淡写的讽刺性艺术。"他说这话的时候并没有看我。

　　他脖子上靠近耳垂的地方有一颗痣。我清楚地记得他在那张银版照片中的样子，穿着19世纪40年代风格的衣服，脖子上还系着一条领巾，那是他仅存的一张照片。我盯着那颗痣。

　　"这里是伦敦？"他终于向我开了口。

　　"是的。"

　　"现在伦敦住了多少人？"

　　"将近900万。"

　　他向后挺了挺后背，闭上了双眼。

"怎么可能有这么多人？"他低声嘟囔了一句，"这数字我没法相信。"

*

部门提供给我们的是维多利亚时代末期建造的一栋红砖房，当初建造的目的是给当地工人提供住宿。戈尔在自己的时代若能活到 80 岁，或许就能见证这些房子的建造过程。可惜穿越时他只有 38 岁，所以没能赶上女性穿裙衬、狄更斯写《双城记》、工人阶级赢得选举权等一系列大事。

戈尔从车上下来，满面倦容地打量着眼前的街道，就像走遍万水千山还找不到落脚处的旅人。我也跟着他下了车，希望能设身处地体会他的感受。他看到街上停着的汽车和路边的街灯，或许会问我一些问题。

"你有开门的钥匙吗？"他开口道，"还是说现在开门只需要一串神奇的密码就够了？"

"嗯，我有……"

"芝麻开门？"他阴沉着脸冲着信箱念叨。

我们走进房子，我说先给他泡点茶，他说，如果我没意见，他想先在房子里转转。当然没问题！他快速浏览了一圈，步伐坚定有力，像是有谁要阻止他似的。最后，他回到厨房餐厅，倚着门站着，竟然把我弄得不知所措。我知道自己有点怯场，但他穿越的事实的确给我造成了巨大的冲击。我越是看着他——想到他的存在——越是感觉自己即将灵魂出窍。我亲眼见证了改变人类历史叙事的重大事件，我身处其中，也希望能从他人视角多加了解。

我从杯里提起茶包，轻轻拍打着杯子的边缘。

"我们要……住在一起吗？"他说。

"是的，每位时空移民者都得跟联络人在一起生活一年，主要是为了帮助你们尽快适应这里的生活。"

他抱着肩膀端详着我，我也观察着他。他褐色的眼睛略带一丝绿色，睫毛非常浓密。这双眼睛引人注目，又让人捉摸不透。

"你是未婚女子吗？"他问我。

"是的，在这个世纪，这样的安排并无不妥。现在你已经走出了部门，开始接触社会及项目以外的人。你可以把我当成你的室友。"

"室友？"他重复了一遍，语气略带轻蔑，"这是什么意思？"

"意味着我们两个都没有伴侣，分担一所房子的租金，并且没有浪漫关系。"

他似乎松了一口气。

"嗯，不论你们这里的习惯如何，我始终觉得这样的安排有点欠妥。"他继续道，"不过，刚才你说伦敦现在生活着 900 万人，的确也很难避免这种情况。"

"嗯，你手边那个白色的大箱子是冰箱，麻烦你把它打开，把牛奶拿给我，可以吗？"

他打开冰箱门，盯着里面看了半天。

"冰的箱子。"他饶有兴致地说。

"差不多就是这个意思。冰箱得插电，你应该已经知道什么是电了吧？"

"没错，我还知道地球一直围绕着太阳做公转，所以不用劳烦您再做解释了。"

他打开保鲜的储物格。

"看来胡萝卜仍然健在，卷心菜也是。哪个是牛奶呢？你们的牛奶还产自奶牛，对吧？"

"没错。牛奶在最上层，蓝色盖子的小瓶就是。"

他提溜着牛奶瓶子，把它递到我面前。

"佣人今天都休息了吗？"

"没有佣人，也没有厨师。大部分事情得我们自己做。"

"啊！"他脸色顿时变得苍白。

*

我向他逐一介绍了洗衣机、燃气炉、收音机、吸尘器。

"这些其实就是你们的佣人。"他总结道。

"你说得没错。"

"你们有千里靴吗？"

"现在还没有。"

"隐形斗篷呢？伊卡洛斯①的防晒翅膀呢？"

"也都没有。"

他露出了微笑。"你们征服了闪电，"他说，"用它实现了很多功能，也就不用麻烦雇佣人手了。"

"嗯。"我顺势开始了事先准备好的演讲。我讲了阶级流动、家务劳动，还谈了最低工资、一般家庭的规模以及职场中的女性。总之，我讲了整整五分钟。最后，我提高调门，声音虽然有点飘，

———————

① 伊卡洛斯，希腊神话人物，代达罗斯之子，在和父亲使用自制的翅膀逃离克里特岛的途中，因飞得离太阳太近，最终坠海身亡。

却依旧清脆流畅,这让我想起自己过去恳请父母延长宵禁时那颤抖而充满感情的腔调。

我终于讲完了,他却只说了一句:"第一次世界大战之后,就业率出现了严重的下滑?"

"嗯。"

"你明天或许可以给我讲讲这个。"

这就是我记忆中与他相处的最初片段。天色渐暗,我俩开始各自忙活,像装饰熔岩灯^①中两块随时会融化的蜡,羞涩地在彼此身边晃悠。我一直担心他会因为穿越而精神崩溃,或者出于报复心理而把我生吞活剥。他大部分时间在家里闲逛,这里摸摸、那里摸摸,我后来才知道,他的这种行为属于强迫症,冻伤对其造成了永久性的神经损伤。他连着冲了 15 次马桶,水箱注水时他就像只沉默的老鹰静静地守在一旁,不知道是出于好奇还是尴尬。后来,我们试着待在同一个房间里。我突然听到他用力吸了口气,一抬头,看到他正将手从台灯的灯泡上拿开。之后,他又回到了自己的卧室,我则去门廊坐了一会儿。正值春日,傍晚的天气很舒服。呆头呆脑的鸽子在草地上笨拙地踱着步,茂密的三叶草遮住了它们的肚子。

楼上传来他用木管乐器演奏的波洛奈兹舞曲。^②他似乎演奏得很小心,声音忽高忽低,然后停止了。过了一会儿,厨房里传来他的脚步声。鸽子从草丛中飞了起来,拍打着翅膀,那动静像是有人在刻意忍着笑。

---

① 装饰熔岩灯常被用于室内装饰,内部通常由特殊液体和蜡质物质组成,其独特的视觉效果可以为房间增添温馨、舒缓的氛围。

② 波洛奈兹舞曲,波兰民间歌舞音乐,具有浓厚的波兰贵族气息,华丽、高贵、典雅,也常用来表达深沉、悲愤的情感。

"笛子是部里为我准备的吗？"他一边问，一边走到我身后。

"是的，我跟他们说这可能有助于你快速适应这里的生活。"

"哦，谢谢你。你……你知道我会吹笛子？"

"你身上带着的几封信上提到过。"

"信上还提到了我对纵火的狂热，以及我在后街与鹅摔跤的糗事，你也都看过吗？"

我转过身，诧异地看着他。

"我逗你呢！"他解释说。

"哦，你总喜欢这么逗人吗？"

"那得看你是不是动不动就跟我说'我看过你的私人信件'这种话。我可以跟你在这儿坐一会儿吗？"

"当然。"

他在我旁边坐下，离我大约有 30 厘米远。周围充满了各种响动，让人浮想联翩。风吹过树叶像湍急的流水；松鼠窸窸窣窣的叫声像小孩子在嬉闹。远处有人在聊天，听上去倒像是踩着碎石发出的嘎嘎声响。我总想跟他解释几句，像是怕他不知道什么是树似的。

他一边用手指敲击着门廊，一边小心翼翼地问我道："我猜，你们这个时代已经进化到所有人都戒掉了吸烟的恶习吧？"

"你来晚了十五年，现在的确不流行吸烟了，不过我也有个好消息要告诉你。"

我站起身——他把脸转向一边，目光刻意躲过我赤裸的小腿——走去厨房，从抽屉里拿出一包烟和一个打火机，然后再次回到门廊。

"给，我也让部里准备了这个。在 20 世纪，香烟差不多已经取代了雪茄。"

"谢谢,我想我能适应。"

他琢磨着如何撕掉烟盒上的塑料薄膜——小心翼翼地将薄膜放入口袋,接着弹开打火机点着香烟,盯着烟盒上的警示语皱起了眉头。我转过脸,看着前方的草坪,仿佛手动关闭了自己的肺。

几秒钟后他吐出一团烟雾,明显放松了不少。

"感觉好些了?"

"虽然很不好意思,但真的好多了。嗯,在我的那个时代,有教养的年轻女士都不会沉迷于烟草,不过我注意到现在很多事情都变了,比如裙子的长度。所以,你抽烟吗?"

"我不……"

他第一次面带微笑地看着我,脸颊上两个凹陷的酒窝像是一对引号。

"你说这话的语气耐人寻味,你以前抽烟吗?"

"是的。"

"你戒烟是因为烟盒上这些花哨的警告吗?"

"算是吧。我刚刚说过,现在不流行吸烟,大家都知道它对健康有害。该死,可以给我一支吗?"

听到我说"该死",他脸上的酒窝和笑容瞬间消失,仿佛我说的不是"该死",而是一句更加不雅的脏话。我真想知道,如果我真的说出脏话,他会作何反应。毕竟,我每天至少会发出五次此类感慨,每次都带有不雅的动词。他把烟盒递给了我,还略显浮夸地为我点上以展示他的绅士风度。

我俩吸着烟,默不作声。突然,他伸手指了指天空。

"那是什么?"

"飞机，也可以叫飞行器。嗯，像空中行驶的船。"

"那里面有人吗？"

"有，大约有 100 人。"

"就在那么一个小箭头里？"

他抽着烟眯起眼睛仔细观察。

"它能飞多高？"

"大约 10 公里。"

"我想也是，嗯，嗯，你们征服了闪电后的确做了些有趣的事。飞机飞得很快吧？"

"嗯，从伦敦飞到纽约只需要 8 个小时。"

他突然咳嗽起来，边咳边吐出烟雾。"呃……你别一下子告诉我太多事，"他说，"今天说这么多……就够了。"

他在栏杆上把烟头捻灭。"8 个小时，"他低声念叨，"天上应该没有潮涨潮落吧。"

*

那晚，我睡得很不踏实，大脑只是蜻蜓点水般游走在睡眠的边缘。与其说我一直没睡着，还不如说我根本就不想睡。

楼梯上突然出现了一个舌头形状的巨大阴影，从紧闭的浴室门一直延伸进我的卧室。我抬起脚，想探探那道影子，没想到它竟然发出了"嘎吱"的响动。

"戈尔中校吗？"

"啊，"门外传来低沉的声音，"早上好。"

我听得出他十分歉疚地推开了浴室的门。

戈尔已经穿戴整齐，坐在浴缸边抽烟，浴缸底部有一圈烟灰和肥皂沫留下的痕迹。两支抽过的香烟被碾在了皂盒里。

我后来发现，这已经成了他的习惯：早早起床、泡澡、吸烟、往浴缸里弹烟灰。无论我怎么劝他，他都不肯睡懒觉，也拒绝使用淋浴——他不喜欢淋浴，认为根本"洗不干净"。当然，他有时也会把烟灰弹到我故意放在浴缸边的烟灰缸里。看到我的剃毛刀，他的表情十分尴尬；他一直用刀片剃须，还有一块专用的香皂。

我们再说回到那个清晨：戈尔一连抽了几支烟，随后家里的水管就遭了殃。马桶的水箱明晃晃地躺在地板上，像是一只刚被宰杀的鲸鱼，地上涌起一股难闻的气味。

"我只是想看看它的工作原理。"他不好意思地解释说。

"我明白。"

"恐怕我做得有点过头了。"

戈尔生活在即将没落的航海时代。身为一名军官，我相信他对船上的索具肯定了如指掌，但他毕竟不是工程师，可能从未用过比六分仪①更复杂的设备。正常人怎么可能一冲动就拆水管？我建议他去楼下的水槽洗洗手，说我会打电话叫水管工来维修。趁着修水管的工夫，我们可以去附近的荒野散散步，锻炼锻炼身体。

他拿着烟，认真思考着我的提议。

"好。"他最终答复道。

"那我们先下楼洗洗手。"

_____

① 六分仪，航海中重要的导航工具。

"水箱里的水不脏。"他掐灭烟头回答道。他的脸虽然转向一旁，我却仍能看见他喉结处的痣，与粉白色的皮肤形成了鲜明对比。

"嗯，可还是会有病菌。"

"病菌？"

"嗯，就是细菌，是非常非常微小的生物，无处不在。它们体积微小，只有使用显微镜才能看得见，有害的细菌会传播疾病，比如霍乱、伤寒、痢疾。"

这三个词让戈尔一脸惊恐，仿佛我说的不是霍乱、伤寒、痢疾，而是圣父、圣子、圣灵。他低头看了看自己的手，将手臂伸得老远，仿佛手里抓着一对得了瘟疫的老鼠。

*

我们走出房门，走进荒野，他终于从所谓的"新鲜空气"中获得了些许安慰。看来，他对细菌的认识比对电力的认识要深刻得多。我带着他快步超过清晨出门遛狗的人，比比画画地跟他解释人为什么会产生蛀牙。

"你竟然说我嘴里有病菌，这很不礼貌。"

"每个人嘴里都有。"

"那你也别说我。"

"你的鞋子上、指甲缝里都有病菌，世界没有细菌根本就无法运转。真正无菌的环境……嗯……其实就意味着死亡。"

"那我也不想与病菌为伍。"

"但你根本说了不算！"

"我要写信向部里投诉你。"

我们继续前行，他脸上终于恢复了血色，但黑眼圈还是暴露了他的压力和失眠。看到我在观察他，他挑了挑眉毛，我小心翼翼地赔了个笑脸。

"小心点，"他说，"病菌从你嘴里跑出来了。"

"好吧！"

我们在儿童乐园旁的食品车上买了茶和牛角包。儿童乐园、食品车、牛角包，这些概念他可能本就很熟悉，又或者根据情境很容易理解。我们一边吃着早餐一边继续散步，一路上没再谈及什么新的概念。

"嗯，听说还有其他时空移民者跟我一起过来。"他最终开口道。

"是的，你们一共有五个人。"

"请问他们都是什么人？"

"其中一位女士来自 1665 年，她是从伦敦大瘟疫^①中被带过来的；嗯，还有一位男士——应该是个中尉——来自 1645 年的纳斯比战役^②，他的抵触情绪比你还大；还有一位是来自 1916 年的陆军上尉，参加过索姆河战役^③；最后一位是位女士，来自罗伯斯庇尔统治时期的巴黎^④，具体时间是 1793 年，她目前的心理状态

---

① 1665 年，伦敦爆发了鼠疫，也即黑死病，病毒可以通过老鼠身上的跳蚤传播给人类。据统计估算，当时有超过 10 万人死于这场瘟疫。

② 纳斯比战役：发生在议会派与保皇派之间的一场英国内战，一定程度上为英国资产阶级革命的发展铺平了道路。

③ 索姆河战役：第一次世界大战中规模最大、伤亡最为惨重的战役。

④ 即罗伯斯庇尔领导的雅各宾派专政时期。这一时期权力高度集中，党派内部冲突激烈，对反革命势力严厉打击，后期专政统治进一步扩大，引起民众不满。

着实有点一言难尽。"

"你们没从探险队带其他人过来吗？"

"没有。"

"为什么？"

"嗯，我们这是一个实验项目，希望可以尽可能地带回不同时代的人。"

"所以你们就选了我，而没选菲茨詹姆斯船长？"

我惊讶地眨了眨眼，看着他答道："是的，材料显示你……你当时已经离开了探险队……"

"我已经死了？"

"嗯，是的。"

"我是怎么死的？"

"他们没说，但他们一直称你为'已故的戈尔中校'。"

"'他们'是谁？"

"菲茨詹姆斯船长和克罗泽船长。约翰·富兰克林爵士去世后，一直由他们二位领导探险队。"

我们放慢脚步，开始慵懒地闲逛。他整个人也冷静了下来。

"菲茨詹姆斯船长对你的评价很高，"我小心试探道，"他说你是一名优秀的军官，'性格稳定、脾气温和'。"

他的酒窝再次出现。

"他回去后写回忆录了吗？"戈尔饶有兴致地问。

"呃，戈尔中校。"

"嗯？"

"我觉得我应该……我们可以坐下来聊吗？那边有个长椅。"

他突然来了个"急刹车"，差点把我撞倒。

"你是不是要告诉我菲茨詹姆斯船长遭遇了不测？"他说。

"我们坐下来慢慢说吧。"

"究竟发生了什么？"他问我，脸上的酒窝旋即消失。怪我没能让它们多留一会儿。

"每个人都遭遇了不测。"

"你是什么意思？"他有点不耐烦了。

"探险队失踪了。"

"失踪？"

"在北极。无人生还。"

"可那两艘舰艇非常先进，上面一共有126个人，"他说，"你是说一个人也没回到英格兰吗？克罗泽船长也没回来？他可是去过南极的啊……"

"无人生还，我很抱歉，我以为你在部里已经了解了相关的情况。"

他盯着我。就在他歪头的一瞬间，眼球的绿色倏忽变成了栗棕色。

"请告诉我，"他刻意放慢语速，"我——离开后，究竟发生了什么？"

"嗯，好。我们是从1847年的菲利克斯角把你接走的，我们知道那里有一个夏季营地，但不确定它的具体用途……"

"那是一个磁力观测站，同时也被用作狩猎队的基地。"

"好吧，我们只知道营地的人撤离得很匆忙，1859年这个营地被人发现时，里面都是些被遗弃的设备、帐篷、科学仪器，还有熊皮。历史学家一直无法确定这些物品被遗弃的原因，但我们认为……"

"就是因为你们！"他脸上露出恍然大悟的神情。"就是因为那道闪电——我当初以为是闪电——其实是通往未来的蓝光隧道。"

"你说得没错。"

"我先是看见门口有几个人影，然后看到一张……巨大的……网，再后来就感到了剧烈的疼痛。"

"对不起，我们的人不能进入时空隧道——因为不知道会发生什么。我想那应该是一张铁网，为了防止你们挣脱逃跑。"

他再次目不转睛地看着我，我赶紧补充说："其实，我们并不能确定他们放弃营地是因为我们，目前这还是个'难解之谜'，姑且认为是我们造成的吧……"

"你们的人把他们全杀了？"他问我。他的声音出奇地温和，脸上却泛起了一片殷红。"我了解我的人，他们一定会出来找我，至少会派一支队伍找我。"

"我相信他们确实找你了，但时空隧道已经封闭了。"

"那他们是怎么死的？"

"嗯，那片海域从不化冻，他们那两艘船被浮冰困住，完全动弹不得。到1847年的冬天，探险队已经失去了9名军官和15名士兵。那之后又有多少人遇难，我就不清楚了。"

"我和弗雷迪——也就是德·沃克斯先生——给威廉王岛的海军部留了一张纸条，放在了胜利角的石堆纪念碑里，上面写的是……"

"是的，探险队在1848年4月找到了你们留下的纸条。克罗泽和菲茨詹姆斯还在上面增加了新的内容，说他们已经放弃船只，计划全员向南撤离，最终的目的地是巴克渔河。你知道的，威廉王岛很大。"

他转过身去，从外套口袋里掏出香烟。

"巴克渔河距离那里有一千多公里。"他最终开口道。

"是的，所以他们没能成功抵达，途中都饿死了。"

"所有人？"

"所有人。"

"我无法想象菲茨詹姆斯船长会被饿死。那哈里·古德西尔呢？他可是我见过的最聪明的人啊！"

"所有人都遇难了，我也很难过。"

他凝视着荒原，慢慢呼出一团烟雾。

"看来我反倒是因祸得福了。"他说。

"我真的很抱歉——或者我该说不用谢？"

"他们跋涉了多长时间？"

"根据因纽特人①提供的证言，他们中有一小伙人回到了船上，在那里熬过了第四个冬天。但到1850年就无人幸免了。"

"什么是'因纽特人'的证言？"

"哦，你们那时称他们为'爱斯基摩人'，但现在应该称他们为因纽特人。"

我没想到他的脸更红了，神情异常局促，看起来十分愧疚——维多利亚时代的人应该没有所谓的政治正确啊。但他只回应道："海军部没有派人救援吗？"

"海军部派了几支队伍。富兰克林夫人也给了很多资金方面的支持，但搜救方向全部出现了偏差。"

他闭上眼睛，向天空吐出一缕烟。"我们的探险队是当时最

---

① 因纽特人，北极地区的居民，主要以捕猎为生。

伟大的队伍。"他说。他的声音里没有任何情绪——没有愤怒，没有悲伤，没有讽刺。什么都没有！

*

当天晚些时候，戈尔突然过来找我。他对我说："我为我之前的反应向你道歉。我当时多少有点震惊，但我本该泰然处之。我知道自己有很多事情需要面对，我希望你没觉得我是在生你的气。"

"没有，我很抱歉让你以这种方式听到这件事。"

他向后退了一步，仔细打量着我。他若不是穿越过来的人，我会觉得他这样的打量有点暗示的意味。然而，他目光中没有一丝一毫的热情，只是在单纯地打量我。

"你为什么会成为我的联络人？"他问，"他们为什么不给我找一个军官什么的？如你所说，这个项目需要保密，我在病房期间，他们一直在强调这一点。"

"某种意义上讲，我也算是个军人，至少是位专业人士。我在语言翻译司担任翻译顾问，专门负责东南亚的相关事宜。"

"明白，"他继续道，"不过，我其实不太明白你说的具体是什么意思？"

"我能接触到最高机密，之前也都在同流亡群体打交道。部门最初想安排心理治疗师与你们同住，但最终觉得你们还是更需要……朋友。"

他一脸茫然地盯着我，我顿时红了脸，自己都觉得"朋友"一词说得有点卑微。于是，我补充说："我对您已经有了很多了解，看过很多关于你们那次探险的资料，人们写了一本又一本关于它的书。罗尔德·阿蒙森①发现了南极和北极,他之所以能有如此成就,就是因为他对约翰·富兰克林的探险经历十分痴迷。他……"

"你比我知道得多。"他说。

"那倒是。"

他的脸上又一次出现了酒窝。他或许未必开心,但我确实看到了酒窝。

"那是谁发现了西北航道呢?"他继续问道,"我们那次探险的目的就是寻找西北航道。"

"罗伯特·麦克卢尔②,1850 年。"

"罗比?!"

"是的,他是在一次寻找你的搜救探险任务中被发现的。他对因纽特人说,他在寻找一个'失散的兄弟'。你是他探险队中唯一认识的成员吧,我总觉得……"

"哦。"他说。

我没再继续说下去。他说"哦"的感觉像是被我隔着衣服扎了一针。我们提到的所有人于我而言只是历史,但对他来说却是活生生的人。他的不安让房间里的气氛一下子变得沉重,我感到非常尴尬,下意识地接过了他递来的香烟,尽管正如我所说,我其实已经戒烟很多年了。

---

① 罗尔德·阿蒙森（1872—1925），挪威极地探险家，探险史上的传奇人物，是首位成功穿越西北航道的人，同时是第一个率队到达南极的人。

② 罗伯特·麦克卢尔（1807—1873），生于爱尔兰，19 世纪著名的北极探险家。

*

对他了解得越多，我就越发现他是我见过的最充实的人。他在自己所处的时代喜欢打猎、素描、吹笛子（极其擅长）、与人交往。可是，如今来到现代，打猎是不可能了，依照部门下达的命令，就连社交也受到了严格的限制。出院已经整整一个星期，除了我，他没跟任何人打过交道，明显快要憋疯了。

"我什么时候能见到其他时空移民者？"

"很快——"

"今年一整年我都得这么闲着吗？你们还有海军服役吗？"

"我们认为你可能需要一点儿时间来适应……"

"你们这儿的大海里还有水吗？还允许船只在上面航行吗？"

最先让他沉下心来的是丰富的流媒体，特别是 Spotify^① 这个音乐平台。我向他简要介绍了留声机的演变——如果他能活过 19 世纪 40 年代，或许就能亲眼见证它的诞生，然后又介绍了唱片机、录放机、CD 机、MP3，最后讲到了播放音乐的各种流媒体。

"你是说任何音乐、任何演出吗？无论什么时候想听、想看，都能实现？"

"呃，也不能说是任何音乐、任何演出，但数据库里的信息量的确非常可观。"

我们并肩坐在沙发上，我把部门配发的笔记本电脑放在腿上。

———————

① Spotify，由 Daniel Ek、Martin Lorentzon 等人在瑞典创立，2008 年上线，用户市场不断扩大，目前已成为全球最大的在线流媒体音乐平台之一。Spotify 没有官方中文名称，在中国，歌迷们根据其英文发音，将其称为"声田"或"声破天"。

他很喜欢笔记本电脑这个创意，对谷歌和维基百科也颇感兴趣，但在键盘上笨拙地寻找字母却有点妨碍他的好奇心。他说看到我盲打让他十分惶恐。

"你能让这台机器播放巴赫①的《降 E 大调奏鸣曲》吗？"

我点击播放了 Spotify 上推荐的第一个版本。

我们倚靠在沙发背上，身体都非常僵硬。过了一会儿，我看到他抬起手蒙住了双眼。

"而且人们可以简单地……重复播放它，无限重复。"他喃喃地说。

"是的，你想再听一遍吗？"

"不，这样做不太礼貌。"

"那我放点儿别的？"

"好，"他依然保持着刚才的坐姿，"这次播放你喜欢的音乐吧。"

平台自动播放了凯特·布希②的歌，但我觉得不太合适，于是选择了弗兰克③的《A 大调奏鸣曲》。

"这是他什么时候写的？"

"我不太清楚确切的日期，应该是 19 世纪 80 年代，就是在你……在你……在那之后。"

"我妹妹安妮会喜欢这首曲子，她特别喜欢伤感的小提琴奏

---

① 约翰·塞巴斯蒂安·巴赫(1685—1750)，德国巴洛克时期著名的作曲家、演奏家。

② 凯特·布希(1958—)，出生于英国一个古典音乐世家，20 世纪歌手、词曲作家、钢琴家、唱片制作人。

③ 赛萨尔·弗兰克（1822—1890），比利时裔法国作曲家、演奏家，被誉为"法国近代音乐之父"。

鸣曲。"

我把视线转向一旁。音乐结束后，他用沙哑的声音说："我想出去走走。"

他走出家门，几个小时都没回来。厚重的云层在天空中不断堆积，暴风雨即将来临，我焦虑地满屋乱窜。终于，我听到他开门的声音，这才想起上级并不允许他离开我的视线。

他像外面狂暴的天气一样冲了进来。我看到他下巴紧绷，这说明他很激动。

"这座城市太拥挤了，"他站在门口，还没来得及脱掉外套和靴子就开始大发感慨，"比我们上次过来时还要可怕。到处都是高楼大厦，根本看不到地平线，目之所及全是建筑和人群。对了，还有那些挂着绳索的大铁塔。灰色的道路又宽又长，上面跑满了交通工具，根本没有开阔的空间。你们究竟是怎么呼吸的？整个英格兰都这样吗？还是说，整个世界都变成了这样？"

"伦敦是首都，当然拥挤了，不过也不至于没有空地。"

我把手背在身后，拳头近乎痉挛般地紧握又放松、握紧又放松。

"哪里有空地？我想去那儿待会儿。这里到处是密密麻麻的……简直像显微镜下看到的切片。"

"呃，目前所有时空移民者都被设置了行动权限，相关政策你应该都了解，所以你还不能随意出行。"

他一脸茫然地盯着我。

"我得去泡个澡。"他最终说。

*

我在语言部门工作时，曾经作为首席翻译参与贸易司[1]与泛东盟[2]林业委员会合作的项目。当翻译"内在流亡群体"[3]一词时，我感到了巨大的困惑。该词在项目中指的是那些因外出伐木而被迫离家的群体——我之所以觉得这个词不好译，是因为具体情况非常复杂：虽然大家都来自农村，但有些人已经通过伐木实现了经济稳定和长期就业，还能算作流亡吗？同样难译的还有"进步"一词。

我其实一直在思考"内在流亡群体"这个概念，最终决定按照语义将其分解，还琢磨着要不要赋予它一种全新的解读：其实，所谓"内在流亡群体"，指的是内心世界与外在世界存在严重冲突的人，即内心感受与外界现实存在错位。我想到了自己的母亲，她心中始终怀揣着曾经失去的家园，像捧着满满一篮子蔬菜，在胸口来回晃荡。

如此看来，戈尔也是一个内在流亡的人。有时，我看他仿佛是透过望远镜在观察世界。他始终站在 19 世纪初某艘船的甲板上，哪怕在他自己所处的时代肯定也是一如既往：船只在港口靠岸，在海上漂泊了数月或数年的他走下船，惊恐地发现女人袖子的设

---

① 曾指英国国际贸易部，该部门于 2016 年 7 月成立，主要职责包括与外国达成并拓展贸易协定、鼓励外国投资和出口贸易等，2023 年 2 月与商业、能源与产业战略部的部分部门合并，形成了新的英国商业贸易部。

② 指东南亚国家联盟所涵盖的国家及周边相关区域。泛东盟林业委员会是非官方组织，在森林资源保护、政策协调、信息共享等方面发挥重要作用。

③ 原文为"internally displaced person"。

计又变宽了不少，或者某个欧洲国家又对别国宣战了。他讲起那些陈年往事，像是要把自己凝固在时光的琥珀里。这和我的母亲很像，不过，我并未向他提及这一点。

我给他讲了林业委员会的事，他听得非常认真。

"你当时的工作很重要。"他说。

"过奖了，我只是一个翻译。"

"人只有通过他人的看法才能了解到自己的价值。就拿亚丁①探险来说吧，那是一场了不起的胜利，我的船长一直说应该把我晋升为大副②，他认为我对顺利完成探险任务发挥了重要的作用。"

我微笑地看着他的指关节。部里早就告诉我们要把握住每个"教学时刻"，但凡发现时空移民者的价值观与英国现代多元文化存在差异，就要及时出手。针对戈尔，控制部门找到了两个主要问题：一个是对亚丁的征服，另一个是第一次鸦片战争。你们要避免使用可能引发对立或对抗的语言；避免针对个人价值体系来回拉扯。1839年1月，英国决定占领当时归属拉赫吉苏丹国的亚丁港。那时候的亚丁港是通往远东贸易路线上的重要港口。按照我的理解，在大英帝国眼中，其他国家只有"有用"和"没用"的分别，至于其主权，我们根本不予承认。帝国看待世界的态度与我爸爸看到邮递员掉在地上的橡皮筋时的如出一辙：这东西有用，既然在这儿了，我不妨就拿来用吧。

"那你在亚丁的贡献很大吗？"我弱弱地问。

---

① 亚丁，地处阿拉伯半岛南端，扼守红海与亚丁湾之间的曼德海峡，是连接欧洲、亚洲、非洲三大洲的重要海上通道，具有极其重要的战略地位。

② 在英国海军中，"大副"通常由经验更为丰富的中尉军官担任，其作为船长的副手，负责协助船长管理船只。格雷厄姆·戈尔生前是一名中尉，去世后被追封为中校。

"谦虚是种美德，我必须提醒你，我这个人很有美德。"

"那我也必须警告你，如今，我们很不认同你们当初为了帮助帝国掠夺地盘而将阿拉伯港口炸毁的做法。"

"那你们现在为了增加英国的贸易优势而干预他国贸易委员会的做法就合理了？这就是你们所谓的外交吗？"

"嗯。"我本来很想反驳他，哪怕要大费周章跟他解释什么是"周边环境"，我也要告诉他，我们的做法只不过是"周边"干预。但看到他近乎钦佩的眼神，我便没再多说什么。

我应该告诉戈尔我并非白人，虽然我的面相可以冒充任何一路白人，可我不知该如何向他开口，我还没有做好准备。他像其他人一样，对我做了白人的预设，也算给了我一些回旋的余地。日后，待他发现真相，就像人们通常会做的那样——觉得是自己判断有误。别人的不设防非常有助于人际交往，你要做的就是不要心软。我若是一个戏精人设，甚至可以用"敌后工作""双面间谍"来形容自己的职责，我妹妹或许就会用这些词来形容我，不过，她也可能会说我是个骗子。

戈尔现存的两封信我都读过，他在信中告诉父亲，自己对亚丁的战果非常满意。战斗中有 150 名阿拉伯人丧生，而英国人却无一人伤亡。那真是一场血腥的屠杀。

"你的工作听起来非常有趣，"他说，"你当初是怎么得到这份工作的？"

*

戈尔不喜欢看电视，他觉得电视是一种很乏味的发明。

“你们可以把全景画通过电波发送出去，”他说，“却用它来展示人类最悲惨的一面。”

“又没人强迫你看《东区人》[①]。”

“任何有德行的孩子或未婚女性都可能打开这个机器，也就都可能看到上面那些可怕的犯罪行为。”

“也没有人逼着你看《马斯莫谋杀案》[②]啊！”

“还有因违背上帝意愿而导致的各种畸形怪物——”

“这又是什么？”

“《芝麻街》[③]啊！”他回答我道。话音刚落，便忙不迭地在口袋里翻找香烟，一直绷着脸，生怕自己笑出声来。

最后，他实在无事可做，便开始翻阅书架上的书。我推荐他看看阿瑟·柯南·道尔[④]的作品，果然取得了很好的反响。然后，我又试着向他推荐了奥布雷—马图林[⑤]系列作品，建议他从《主人与指挥官》开始，不过，他觉得这些作品只会让他更难过、更怀旧。他喜欢狄更斯的《远大前程》，但作者的《荒凉山庄》他读了不到五分之一就放弃了。后来，我又建议他看看勃朗特三姐妹的作品，结果他兴致全无。他虽然对亨利·詹姆斯缺乏耐心，却非常喜欢杰克·伦敦。好奇心作祟，我又劝他读读海明威，他的反馈是“为

---

①《东区人》，英国电视肥皂剧，讲述发生在伦敦东区一个虚构社区中邻里街坊的故事，内容涉及青少年问题、通奸、暴力、谋杀、虐待等。

②《马斯莫谋杀案》，英国一部以犯罪为题材的热门剧集，持续播出至今。

③《芝麻街》，由美国的芝麻工作室制作的儿童教育电视节目。

④ 阿瑟·柯南·道尔（1859—1930），英国著名侦探小说家。

⑤ 指英国作家帕特里克·奥布莱恩（1914—2000）创作的历史小说系列，该系列以拿破仑战争时期为背景，讲述了英国皇家海军军官杰克·奥布雷和随船医生斯蒂芬·马图林的冒险故事。

之震惊",就连泡澡时都不肯放下。

有一天,我心血来潮,给他拿了一本杰弗里·豪斯霍尔德的《暴戾人》①,这无异于玩火——因为我一直拖着没有给他讲两次世界大战,自然也就没法告诉他为什么在20世纪30年代一位英国神枪手兼运动员要试图射杀一位欧洲独裁者。但他之前一直抱怨不能出去打猎,所以我想他或许会对《暴戾人》的这种设定感兴趣。

大约过了一两天,我收到了一封电子邮件,指示我正式启动项目的下一阶段。

"戈尔中校?"

"嗯?"

"我有个好消息,部里让我们下周过去一趟。"他没抬头,我继续道:"嗯,《暴戾人》你是不是还没怎么看。"

"哦,"他说,"我看完了,现在已经开始看第二遍了。"

---

① 《暴戾人》,英国作家杰弗里·豪斯霍尔德(1900—1988)的代表作,故事发生在20世纪30年代,一个神秘人试图刺杀某个独裁者,然而自己反成了被追捕的猎物。他在逃亡的路上几易身份,绝处逢生。

贰

戈尔艰难地上了船，来接他的人各个蒙着脸，戴着连指手套。船只被浮冰困了太久，再加上波浪的推挤，船身已经严重倾斜。戈尔走到甲板下——由于空间相对密闭，隔绝了恶劣天气，再加上人员众多，感觉还算暖和——发现船员竟都罕见地忙活了起来，原来菲茨詹姆斯船长刚刚召集了一次紧急会议。

戈尔把背包交给服务人员，坚持要去参会，希望能尽快摆脱严寒造成的大脑麻木。他无须照镜子，就知道自己的嘴唇已经变成了死人般的蓝色。

他在病床上躺下，随船的外科医生斯坦利向他询问当天的日期。

漫长的停顿过后，他终于开了口，"1847年7月24日"。

"咬字还可以再坚定些。"医生喃喃地说。他没有说"你口齿不清"，当然不能对一位军官说这样的话。戈尔努力挤出微笑，嘴唇裂出了细小的口子，好在没人不准他参加会议。

紧急会议地点定在了"厄瑞玻斯号"的大船舱，因为这里不可能闹鬼。约翰·富兰克林爵士上个月在这里离开了人世，他年事已高，很难挨过如此恶劣的天气。他那和蔼亲切的魂魄从未现过身。之后，他的指挥官詹姆斯·菲茨詹姆斯——如今"厄瑞玻斯号"的船长——一直住在这里，像是一个被锁在墓穴里的孤儿。

"恐怖号"的船长克罗泽——探险队的新队长——已经派欧文中尉前往"厄瑞玻斯号"。欧文为人腼腆，有着一脸浓密的络腮胡子，每次跟水手说话都爱引用《圣经》，所以为人很不讨喜。

"嗯，"欧文开口道，"这次开会恐怕不是什么好事。"

"事关我们的口粮。"费尔霍尔姆插话道。费尔霍尔姆是"恐怖号"的第三中尉，天生一个乐天派，身材比船上大部分军官魁梧。如今，他却在一旁缩成一团，不禁让戈尔联想到一只因偷食被抓的大丹犬。

"你们船上也有这个问题，"欧文叹了口气继续道，"上帝想要考验我们的意志，但我们怎能跟他比，世俗的智慧对他来说都是愚钝……"

戈尔把手平放在红木桌上，掌心朝下，轻柔却坚定。欧文说话的语气透着惶恐，像是传教士在祈求天气好转。

"詹姆斯。"他说。

他想说的是费尔霍尔姆——在指挥会议上他不会冒昧地直呼菲茨詹姆斯船长的教名——但答话的是菲茨詹姆斯。

"罐装口粮出了问题，"菲茨詹姆斯解释道，"我们发现有些罐装食品已经无法食用，这严重超出了正常的腐败比例。"他补充道，"彻底坏了，两艘船都有这种情况，应该是上船时就出了问题，不是因为途中受到了污染。"

戈尔抬起手，在桌上留下了酸角果肉颜色的痕迹。他的手掌一直隐隐作痛，那种酸涩感一度让他将痛觉误认成了味觉。

"有多少罐头？"他问。

菲茨詹姆斯没有回答。他坐在曾经属于约翰爵士的位置上，一头扎眼的红铜色卷发彻底失去了光泽。

"你猎到多少猎物，格雷厄姆？"对方反问他道。

戈尔想到自己一路背负的重量，顿时感到其意义之重大。"我打了三只鹧鸪，"他说，"还看到了一些水鸟，可惜太远了，打不到。别的就没有了，连看都没看到过。"

"出去四个半小时就打到这些？"

"我离开了那么久吗？"

大家再次陷入沉默。这里的气氛曾经特别友好，不管有人说什么，总会有其他人跟他唱反调，彼此的拉扯成就了宝贵的互动。可如今，哪怕说的是最显而易见的事，别人理解起来似乎也十分困难。被浮冰困住的船上木材持续地发出悲泣和尖叫，彻底剥夺了船员的睡眠，以及他们片刻的安宁；要知道，若是没有这些休息时间，说什么都没有用。

"我们现有的口粮已经无法支撑两艘船挺过第三年，"菲茨詹姆斯说，"克罗泽船长是否也这么认为？"

"是的，先生。"欧文痛苦地答道。

菲茨詹姆斯焦虑地用手指敲打着桌子。他跟费尔霍尔姆一样，身材高大得像一座大教堂，但只要心里有事，就会在脸上流露出来。他的出身一直是个谜，据说是个私生子，想必小时候总是忧心忡忡的，此时他又回到了儿时的那种状态。

"那么将每日的口粮减少至三分之二？"

"克罗泽船长的建议是减少至三分之二，是的，先生。"

听到这里，斯坦利忍不住开了口。斯坦利虽然长相英俊，为人却特别挑剔，脾气还不太好，对自己的工作毫无热忱。"我必须提醒各位，如果我们再减少口粮，病床上那些可怜的病号恐怕就完全没有活路了。"

"可是，我们如果不减少口粮，过不了多久大家就都得饿死。"菲茨詹姆斯解释道，"我希望等到冰雪融化时，我们能有尽可能多的人活着回到英格兰。为了这个，我们必须找到折中的办法。"

戈尔看着自己的左手，那股酸涩感依然存在，和着鲜血一同渗出了绷带。他不想小题大做，于是看向了别处。

"如果浮冰一直都不融化呢？"他语气温和地说。

外面的浮冰一直在漂移——北极已经对他们张开了血盆大口，像是饥肠辘辘的猫看到了一只小鸟。船上原本是有猫的，可惜没能熬过第二个冬天。戈尔很喜欢那只小猫，第一个春天他就失去了自己的狗，小猫一度成了他的寄托。

吱嘎！噼啪！大船一直在痛苦地呻吟。

第二章

我们乘地铁前往部里。我给了他泡沫耳塞。

乘坐地铁并未让他感到不安，戴耳塞之前也没什么反应。但他非要让我帮他解释一则床垫广告上的笑话，这意味着我得跟他说清楚什么是"约会"——地铁上这么嘈杂，我可不想扯着嗓门跟他探讨这一话题。我简要讲述了这则广告的逻辑，他听后露出一副后悔问我的表情。

刚到部里，戈尔就被一名身穿西装、配备武器的人员带去与其他时空移民者见面了，我想他们会一起接受心理治疗吧。不过，戈尔的情绪很好，估计会把这次见面当成沙龙活动。

我去找了我的顾问昆汀。顾问办公室在部门的最里面，都是玻璃幕墙。我走进去，顿时感觉自己成了水族馆里一条黯淡无光的鱼。

昆汀看到我时，做出一副不耐烦的表情，好像我们都已汗流浃背，生怕在对方身上再留下痕迹似的。他之前是外勤特工，我不知道他究竟是因为表现得太好还是太不好才成了我的顾问。

"嗨，昆汀。"

"哎呀，这不是差点把伦敦的厕所给拆了的牛人吗？"

"好吧，随你怎么说。"

"真的，老实讲，我很高兴他没做出更过激的事，他有没有表现出其他的暴力倾向？"

"那根本不算什么暴力，我甚至都没被吵醒，他只是非常较真罢了。"

"那他有没有表现出什么认知障碍？"

"嗯，他出院时，健康团队告诉我他已经了解探险队的事，但他似乎什么都不知道，以为其他人都活了下来。"

"哦，这……倒的确是个问题。部里的确告诉过他，而且讲了三次。前两次过后，他都试图出逃，但两次都……迷了路。看来他的大脑还是在穿越过程中受到了轻微的损伤。他第三次得知探险队的事后没再逃跑，所以我们以为他已经接受了现实。"

"其他时空移民者也有类似的情况吗？"

"那位来自 1916 年的人一直问我们什么时候送他回前线，他总也记不住战争在一个世纪前已经结束的事实。除了这些还有别的吗？比如说，抑郁或躁狂？"

"没有，他是我见过的人中最冷静的一位。"

"这对你来说倒是一件好事。好吧，我会把这些情况汇报给副部长，或许我们应该给这些时空移民者做个核磁扫描。你要始终关注他的行为变化，如果出现身体或精神恶化的任何迹象，一定要第一时间向我汇报。"

"他们要是疯了会怎样？"

昆汀面露难色："会被送回病房吧。"他有些闪烁其词，尔后又补充说："如果时空穿越严重降低了他们的生活质量，他们最好在一个——一个封闭的环境里，在那里他们可以得到……照料。"

我们没再就此话题继续讨论下去。

我问他："你收到我那封关于预算的电子邮件了吗？我还想申请一个清洁工。我说的不是咱们部里那种清理麻烦的'清洁工'，是真正用吸尘器清理房间的人。"

"你就不能让他帮忙打扫吗？"

"他认为'我们这个阶级'的人不适合做擦地板的工作。我试着跟他解释过，说我一辈子都没请过清洁工，而我的母亲就曾经做过清洁工作。但依旧一点儿用也没有，他花了整整半天时间才弄明白我有学位这件事，现在已经把我当成了荣誉教授。您要知道，他毕竟11岁就登船出海了。"

"看来你对他挺了解。"顾问的语气十分冷淡。

"我们已经待在一起两周了，很难不了解。"

"你目前的预算没有富余吗？"

"以他抽烟的速度看，目前的预算应该不够。"

"你应该劝他不要抽烟。"

"什么？那岂不是会降低他的'生活质量'？"

顾问发出一声冷笑："说得好。我会考虑的。"

*

我向昆汀汇报完工作，又去参加了副部长阿黛拉主持的联络人会议。阿黛拉这个人不太好接近，感觉认识多久都没用。她身材虽然娇小，却很结实，总能让我联想到一条优雅的鳄鱼。我加入时空穿越项目后，了解到她以前也是一名外勤特工——那种老派的特工——2006年在贝鲁特①执行任务时不幸失去了一只眼睛。黑色眼罩总是让人忽略她的脸：她的脸型非常怪异，应该做过整形手术，绝不是简单的医美。

所有联络人都已汇报完毕，其他人负责的时空移民者均未出现神经崩溃、拆卸马桶的症状。不过，他们也遇到了各自的问题：其中一位联络人负责的时空移民者试图通过广播3台向上帝发送求助信号，而另一位联络人负责的时空移民者则与一辆停靠在路边的汽车发生了争执。

"这属于复杂性创伤后应激障碍。"塞米莉亚说。

"的确很复杂，"阿黛拉开口道，"感谢你提供的想法，鉴于他们过往的经历，可以预见他们会受到心理创伤。我提醒各位，我们要弄清楚的是人体穿越是否可行，要重点关注穿越是否会对时空移民者或其周边环境造成重大影响。"

"我们能把他们送回去吗？"伊凡问，"这个问题我是替他们问的，并不是因为……"

"不能。"

"为什么不能，长官？"伊凡追问道。

"我们不能冒险承担时空变化带来的后果，"阿黛拉解释说，"他们本来已经死了，只要留他们在这里，就不会影响到他们原本的时代。我再强调一遍，你们要关注的是他们在这个时代长期

_____

① 贝鲁特，黎巴嫩首都。

生活的状态，这是你们的任务，应该没有人不清楚吧？"

"他们如果能活下来会怎样？"我问。

"那你们就该感到骄傲啊，毕竟不是谁都能参与这种人道主义项目。"

"如果他们死了呢？"

"那这就是一项科学研究，证明了原子分裂的失败。"

"如果他们活下来，我们要如何处理那道门？"塞米莉亚问道。

"那不是你们该关心的问题。"阿黛拉语气温和，态度强硬。"在我们确定那道门可否正式启用之前，没必要考虑太多。只要我们能保证历史车轮滚滚向前，塞米莉亚，你就能被载入史册。"

*

我和塞米莉亚一起走向中央大厅，她离开会议室的样子就像刚刚甩掉了水怪的潜水员。塞米莉亚负责的时空移民者是亚瑟·雷金纳德—史密斯上尉，他是从索姆河战役中被带过来的。接他过来着实费了一番周折，接应的人说整个过程比纳斯比战役还要艰难、惨烈。时空穿越之门关上的瞬间，一名特工发现自己的战服褶皱里竟然粘着一颗眼球，肯定是迫击炮爆炸的冲击力将它弹进了时空隧道。

"最近一切都好吧？"我问她。

塞米莉亚夸张地把眉毛挑得老高："嗯，还行吧，都还行。"

我加快速度，尽量配合她的步伐。塞米莉亚比我年长不了几岁，资历却要深得多。她在加入这个项目之前一直在行为科学司担任司长。我其实有点怕她，特意在她面前表现得自信满满。我想，她肯定不喜欢自卑的女人。我一路都能听到自己的脚掌拍打潮湿鞋底发出的声响。

"你刚才注意到阿黛拉的脸又变样了吗？"塞米莉亚问我。

"是的，我不知道她用的是什么填充物，但我觉得它们是活的，我向上帝发誓，我真的看到她的颧骨在移动。"

"她这个人很有意思。"塞米莉亚继续道。我并不知道她究竟要说什么，所以想换个话题。

"我们打个赌吧，赌内政部会不会接手。"

"此话怎讲？"

"如果一年内所有时空移民者都活着，咱们部门就会被内政部收编，毕竟跨时空移民也属于移民。我赌50英镑。"

塞米莉亚听了我的话挑了挑眉毛，做了一个夸张的表情。"一年的时间，我们不可能带过来太多时空移民者，根本不需要内政部的参与。"

"英格兰已经不接受外来移民了，对吧？"

"是的，时代政策不太友好。"

"谁要是看不惯，就滚回黑暗时代去吧。"

塞米莉亚露出神秘的笑容。"诺，你负责的男人在那儿。"她说。

我们来到了中央大厅。戈尔站在一束阳光下，仰头凝视着钢化玻璃材质的天花板，这座建筑的穹顶露出了大半个天空，他似乎被阳光晃花了眼，看上去有点孩子气。

"他一看就是个情场高手。"塞米莉亚漫不经心地说。我忍不住笑了。"下次工作组会议上见。"她补了一句。

"好。再见。"

我"咔嗒咔嗒"地走过亮闪闪的地板，径直走到他身边。他低头看着我，温和地对我说："我刚才想在室内抽烟，结果被人教训了。"

"嗯，这个时代确实禁止室内吸烟。"

"那赶紧把我送回北极吧。"

"哈！"

我们在部门附近的一家小酒馆吃了午餐。戈尔来自一个充斥着法式服务、私人餐厅以及把所有东西都做成果冻的时代，当我以老母亲般的语气向他解释21世纪餐厅的运作方式时，他快快地对我说："我在阿尔伯特河左岸的无人区吃过袋鼠，知道如何使用刀叉，请你快坐下吧。"

他一边说着一边为我拉出椅子，等我坐下后才回到自己的位子，兴致勃勃地研究起菜单来。我觉得自己没错——他就是喜欢把不确定的事当成挑战。我已经不记得自己成年后第一次独自餐馆用餐时的经历了，却清楚记得第一次在未成年人酒吧点酒的情形。我当时点了半升吉尼斯黑啤酒①，我爸爸就爱喝这个。啤酒的味道很像奇怪的马麦酱②，我一点也不喜欢，但之后多年我从没点过别的酒。既然都喝了，就继续喝下去吧。

"其他时空移民者都怎么样？"我问他。

"不堪重负。来自17世纪的那两位特别讨厌对方，我怀疑那位年轻的女士——好像叫玛格丽特什么的——已经在这个自由的时代乐不思蜀了，但卡丁汉姆中尉显然还接受不了现实。我发现

---

① 吉尼斯黑啤酒，初创于爱尔兰，一般由水、大麦、烘焙大麦、啤酒花和酵母几种原料酿造而成，泡沫丰富、口味醇厚、略带甜味，素有"黑牛奶"之称。

② 马麦酱，一种起源于英国的食品酱料，主要使用啤酒酿造过程中最后沉淀堆积的酵母制作而成。

雷金纳德—史密斯上尉真的很可怜，他让我想起了欧文中尉。"

"为什么？"

"他们讲话声音都很温和，性格腼腆，但内心都忍受着巨大的痛苦。"

尽管我刚听过那个关于眼球的可怕故事，却还是被他的话逗笑了。我没问他上尉是否跟他讲了第一次世界大战的历史，或许讲过，只是戈尔又忘了。我不知道他那宽阔额头后面的大脑受到了怎样的损伤，是像熟透的桃子那样遭到了磕碰或擦伤吗？

我们点的菜终于上了，他用叉子试探性地叉起一颗炸丸子。

"我觉得我可以和他交朋友，"戈尔继续道，"他说他会让他的联络人带我们去——"他挑了挑眉毛——"酒吧，我很想看看这个时代的小酒馆有多邪恶。"

"哇，你们可以去个有天空体育频道①的酒馆。"

"我不知道你在说什么，也不想知道。"

"你还会见到塞米莉亚。"

"塞米莉亚是他的联络人？"

"是的，她很有趣，你会喜欢她的。"我说。尽管我并不知道他是否会喜欢她。"嗯，你想和雷金纳德—史密斯上尉成为朋友，这算不算讨好上级？"

他咬了一口丸子，一边咀嚼一边微笑地看着我，再次露出两个酒窝。他把食物咽下去后对我说："皇家海军的中校就相当于陆军中校的军衔，所以我的军衔更高，估计卡丁汉姆中尉心里也会很不是滋味。"

---

① 指英国及爱尔兰极具影响力的电视体育频道，归属于天空电视台。

*

回到还没能让我感到"宾至如归"的家，戈尔害羞地问我平时是否也会"出去喝上一杯"？午餐时，他很好地隐藏了因我来结账而带给他的尴尬（我用的是部门的消费卡）；他正在积极调整心态，接受这一事实，即一位值得尊敬的女士在单身汉的陪伴下出现在酒馆里并非不名誉的行为。

我含糊地应和了一句。来自 1916 年的雷金纳德—史密斯状态并不好，我听说他第一次听到汽车回火的动静时竟当街哭了起来。此外，他很快就学会了如何使用现代洗衣机，之后便开始频繁清洗自己的床单，根本停不下来。塞米莉亚认为这种行为可能与幸存者的内疚心理有关，其外在表现就是情绪焦虑，担心西线战场上折磨他（其实早已死去）的虱子被带到了这个时代。无论如何，我无法确定是否该跟他们一起去酒吧，我担心第三张面孔的出现会给雷金纳德—史密斯增加额外的负担。于是，我给塞米莉亚发了一封邮件，想征求她的意见。她建议安排时空移民者喝酒之前我们先见面喝上一杯，讨论一下几个人喝酒的事。

第二天晚上，我去了她选的酒吧，那是部门附近一家老式小酒馆，局促狭小、十分闷热，墙上的皮革装饰像是毛衣肘部的补丁。我到时酒吧里只有一位客人，独自坐在角落里，正忧郁地往嘴里塞着薯片。酒水菜单写在吧台上方的一块黑板上，我眯起眼睛仔细研究，似乎只能在吉尼斯黑啤酒、拉格啤酒和红酒中做出选择。

"给我来杯吉尼斯黑啤。"

吧台后面的年轻人一边擦拭玻璃杯，一边给了我一个大大的微笑。

"好的，马上。"

他倒酒的样子像极了《卡萨布兰卡》里的群演。你真喜欢这份工作吗？我很想问他，但我没问。我蹑手蹑脚地走到角落，找了一张桌子坐下，喝了一口本店最佳的马麦酱。

我一边等塞米莉亚，一边开始撰写核心报告。我们联络人每星期必须通过顾问向控制部门提交核心报告，部里甚至专门为此打造了一个信息传输平台，用来提醒控制部门关注所有与穿越有关的紧急情况，比如时空移民者是否出现了精神错乱的问题。不过，这个平台涉及大量代码和权限，所以昆汀的态度是，如果戈尔出现任何奇怪行为，比方说无法确认自己所处的时空，就直接给他打电话。为此，他还特意违背部门规定，给了我他的私人号码。

核心报告：1847

（格雷厄姆·戈尔，"富兰克林探险队"）

标准操作 【√】

特殊操作 【 】

该报告若涉及其他时空移民者，请做出明确标注：

1645 年（托马斯·卡丁汉姆，"纳斯比战役"）【 】

1665 年（玛格丽特·肯布尔，"伦敦大瘟疫"）【 】

1793 年（安妮·斯宾塞，"法国大革命"）【 】

1916 年（亚瑟·雷金纳德—史密斯，"索姆河战役"）【√】

受试者的生理／身体特征

经过近距离观察，发现受试者极易脸红，之前与他说话时他都很平静，最近才有此发现。受试者与上周一样，脸上依旧呈现睡眠不足或失眠的状态（包括黑眼圈、眼睛浮肿）。受试者进食相对正常，已不再会因北极挨饿的经历而狼吞虎咽，尽管在面对甜点时仍非常沉浸而热切。受试者体重没有增长，希望能与健康团队讨论其营养计划。受试者对现代服装不再表现出焦虑。另外，他的指关节和手背出现了些许皲裂，可能是湿疹，也可能是因为过于频繁地洗手，具体需要健康团队想办法解决病菌问题，以免发生炎症。

受试者的心理状态

受试者情绪平静、心情愉快，基本适应了当下的生活，有轻松、幽默的表现。受试者渴望与其他时空移民者（特别是来自1916年的亚瑟·雷金纳德—史密斯）来往。健康团队的最新报告（详见4月14日的电子邮件）认为联络人未能有效协助受试者接受心理治疗，在此我要提出不同意见：受试者1847从11岁起一直生活在海上，在这种情况下，询问他与母亲的关系恐怕毫无意义。另外，在此特向控制部门做出如下汇报：受试者的短期记忆呈现受损或恶化的迹象，对于穿越后被传达的信息存在记忆困难……

"你可真是太敬业了。"头顶传来塞米莉亚的声音。

"塞米莉亚！你好啊。"

塞米莉亚一直都很时尚，经常穿着彩色玻璃色调的廓形上衣，下身搭配一条半身裙。她一进来，立即提升了酒吧的格调。她很少被人称为"小姐"，吧台的小伙子如果知道好歹，肯定会尊称她一声"女士"。她点了一杯冰镇红酒，我没想到酒吧还可以点这么家常的东西。

"你觉得那边那个家伙是间谍吗？"我问她。

塞米莉亚扫了一眼。"不是，"她回答，"他就是个酒鬼，不过，依我看，吧台后面的酒保倒是个间谍。"

"真的吗？因为他清理吧台的动作太假吗？"

"是因为他的围裙，那根本就是个道具。还有，他之前在国防部，拉尔夫还培训过他。"

我被一口啤酒呛得够呛。拉尔夫之前是一个狡猾的外勤特工，总是病恹恹的，所有联络人中，我最不喜欢的就是他。真不知道上级是怎么想的，竟然把唯一年轻的外来女士分配给了他。

"等等，你在开玩笑吧？"

"我没有。有一次，拉尔夫本来是来这里吃午餐，还点了梅洛红酒，结果一眼就认出了那个酒保。那个人是国防部追踪小组的成员，你知道的，国防部一直不喜欢我们时间部，他们认为，时空之门的管理权应该归他们所有。"

"请原谅我的迟钝，塞米莉亚。不过，如果你知道这个地方有间谍，为什么还要约在这里？"

"因为我想知道他们想干什么。"

"哦，哇！"

"现在赶紧喝啤酒，做出可疑的表情。"

我笑了，然而那位间谍格外小心，并未四处张望。"好吧，"

我说，"好吧，让我把衬衫领子竖起来，你意下如何？稍等，待我再稍微弓着点身子，这样是不是更好点？"

"好极了，感觉你随时能从你的雨衣里掏出色情杂志卖给我，问题是你甚至连雨衣都没穿。"

她啜了一口红酒，又整理了一下我的衣领，让我看起来更加鬼鬼祟祟。"你知道的，无论我们做了什么或穿着如何，他们都会这么形容我们，"她的语气十分平静，"时间部的女混血和女黑人。"

我急忙挺直后背。"哦，当然，不过大家都说我看上去就是个白人……"

我没把话讲完，因为之前我每次说到这儿，对方都会表示认同。塞米莉亚却没有接茬，一心等着听我后面要说什么。

"……所以，他只能汇报我的色情雨衣吧。"我这话说得毫无底气。"嗯，你觉得——你负责的时空移民者还好吗？"

"他开始一直用'老黑'这个词称呼我，后来我索性直接告诉他不能这样做，但我知道他没有恶意。你想问的是这个吗？你负责的时空移民者如何？他又如何看待你的混血身份？"

我喝了一大口啤酒。"嗯，他还不知道，我没告诉他。"

塞米莉亚缓缓点了点头，好像我给她布置了一道除法题，她正在心算似的。她再次开口，我能感觉到她的腔调从日常闲聊平滑地过渡到了专业分析。"我理解你为什么现在还不讨论这个问题，"她解释说，"但我不建议你继续拖下去，这对心理健康不利——对你和他都是如此——你需要认同自己的身份，他也才能优雅而彻底地接受你。我们不该为他们做出改变，毕竟他们是时空移民者，需要适应我们这个世界，多一个人是一个人，这样才行。"

"'什么'才行？"

"创造新世界啊。"

她眼中闪烁着柔光，眼神却突然变得十分遥远。天哪！她真的相信我们可以创造出新世界。

就我个人而言，我觉得自己能得到联络人的工作纯属意外，并非制度使然。如果我过分渲染自己格格不入的遭遇，抽丝剥茧地解释我祖上的血统，我担心部里之后会用这个来对付我。如果你没打算就此离开，就千万不要告诉同事或爱人任何可能导致你们关系终结的事。我总是尽量不给别人太多自己的信息，不想让对方关注我遭受过的小伤害。为什么要告诉别人自己哪里最柔软、哪里最脆弱呢？如果我的白人朋友可以随意把寿司描述成"异国风味"，我就不能为她在无味的红肉之外还拥有别的选择而感到开心吗？总之，我也可以成为他们口中的异国风情——只是不想大张旗鼓。若是混血的身份可以让我得到加薪或晋升，那么在年终考核中提一下倒也无伤大雅。

吧台后面的间谍一直在非常刻意地检查收银机，还时不时擦拭一下已经闪闪发光的玻璃杯。这会儿，他放起了音乐，塞米莉亚一下子来了兴致。

"嘿！是《滑步舞》！"

"嗯？"

塞米莉亚笑了。她总是面带微笑，却很少笑出声，所以这一刻十分难得，我会一直记着。我突然看到隐藏在优雅、高效的政府专员外表下那个真实的塞米莉亚——她或许有个极不靠谱的兄弟姐妹，动不动就给她发短信，而她根本没空处理；她或许多年来已经第五次放了约会对象鸽子；她或许在选购"醉酒大象"化妆品时不得不耐着性子听"美容教主"跟她解释可可脂的神奇保湿特效。之前，我从未想过私底下的塞米莉亚会是什么样子，此刻终于感受到了她竖起的防线。

"太好笑了，竟然有人一把年纪了还不知道《滑步舞》这首歌，"她说，"你真的不知道滑步舞？"

"不好意思，你刚才说谁一把年纪？你要知道，拉尔夫的弟子刚刚还管我叫'小姐'呢！"

"起来。"

"干什么？"

"我教你啊。"

"塞米莉亚，这可是酒吧，你不怕那个间谍向国防部汇报吗？"

"他肯定会写'时间部的女混血和女黑人'怎样怎样，我敢向你打包票。"

*

最终，我和塞米莉亚达成了共识：此次是雷金纳德—史密斯上尉第一次在公共场合与另一位时空移民者见面，这件事本身已经会令其不知所措，因此最好还是别再增加他不认识的联络人了。于是，在戈尔、上尉、塞米莉亚聚会的那晚，我去了朋友家，坐在朋友家灰黄相间的厨房里跟几个友人共同品尝了一瓶中等价位的葡萄酒。其间，我尽量装出若无其事的样子——根据合同要求，我也只能如此，但事实上，我的心思全部在他身上，我想知道他在做什么、看什么、聊什么。朋友被刚出炉的比萨烫到了舌头，而我竟担心他也会遭此不幸。

部门为所有联络人提供了免费的心理治疗，或许是因为我们的工作不仅需要情感投入，还对心理健康有很高的要求。但我并没有报名，我始终觉得所谓专家不应掺和人际关系；甚至觉得，既然我的家族遭受过那般痛苦的经历，我个人受些苦也理所应当。恐惧和悲剧早已像壁纸一样贴满了我的生活。记得我 12 岁那年，我和母亲坐在桌边剥蒜，她讲到自己的一个姐妹，说她长得非常漂亮，因此嫁给了有钱人，但后来却丧命于血洗金边的革命分子之手。母亲若有所思地说："我不知道，她在被害前是否遭到过强暴？"是啊，12 岁的我认真思考着母亲的话，我也想知道，他们是否犯下了这种恶行？如今，我虽已成年，内心却依旧是那个坐在桌边琢磨姨妈是否遭受过强暴的 12 岁的孩子。据说，遗传性创伤的症状之一就是社交焦虑障碍，但社会似乎从未对其给予足够的重视。

回到家后，我看到餐桌上放着一包已经打开了的香烟，于是坐下来，准备点上一支，认真听听自己内心的哀鸣。没想到，烟刚抽到一半，他就回来了。

"戈尔中校？"

"晚上好，你这是吃饱了，就想抽支烟吗？"

"嗯，我的朋友都不抽烟，也不知道我又戒烟失败了。"

"啊，那我也替你保密。"

他说话的声音清晰而缓慢，嗓门比平时稍大了一些，看来是喝多了，不过依旧掩饰得很好。我若不曾与他同住、不曾因职责所在而记录他的一举一动，恐怕也不会注意到他此刻的变化。

他打开盛放烈酒的抽屉，酒瓶碰撞发出了悦耳的响动。部里一直拒绝给时空移民者提供烈酒，但我反复跟他们强调，我负责的这个家伙在皇家海军服役期间政府会发放大量的朗姆酒，他能喝这件事已是不争的事实。

他选了一瓶威士忌，走到冰箱前停下了脚步。

"你也喝点儿吗？"

"不了，我——不过，行，给我来点儿吧。"

其实我已经有点醉了，但这是他第一次邀我喝酒，所以我也不好拒绝。

他从冰箱里拿出两只冰镇好的酒杯，连同整瓶酒一起放在我面前。我把香烟推到他面前，他快速点燃了一支。

"我们应该买个醒酒器，直接从瓶子里倒酒让我感觉自己像个酒鬼。来，这杯给你。"

"谢谢！你今晚玩得开心吗？"

"开心，我喜欢亚瑟。"

"那你觉得他的联络人怎么样？"

"我也喜欢她，她是个老黑——"

我被红酒呛了一口。"嗯，我们已经不再使用'老黑'一词，只能说'黑人'，而且最好作为形容词使用。你可以说，'她是一位黑人女性'。"

"这么说难道不无礼吗？至少是有点唐突吧。'老黑'现在成了贬义词？"

"嗯，别人会觉得你是一个种族主义者。"

"种族主义者？"

"嗯，就是说你对其他种族抱有偏见。"

他眉头紧锁，"难道不是每个种族都会对其他种族抱有偏见吗？每个人接触的都是自己种族的风俗习惯，对其他种族的风俗当然不够了解。"

"嗯，现在我们会尽量忽略对方的种族身份，主要关注对方身上的优点。"

"我们？"

"比如我们时间部，公务员系统招聘时会尽量做到机会均等。"

他喃喃地重复着"机会均等"几个字，我感觉自己的脸已经红到了胸口。他开口道："她是一位医生，主治精神问题。我忘了她具体用什么术语。"

"心理医生？心理治疗师？"

"对，心理治疗师。她说她是她们司唯一的黑人，既是联络人，又是心理医生。"

"嗯，没错，她所在的'疯子杀手司'绝大多数员工是白人。当初申请该部门职位的黑人就不多，你知道的，这背后有着深层的结构性原因，毕竟在学校教育阶段，黑人就会遇到更多困难，直到中学毕业、大学毕业，情况一直如此。我们五十年前才开始认真思考这个问题，每代人都觉得上一代做得不够好。或许我们现在的做法一百年后会被视为犯罪行为。"

我急急忙忙、结结巴巴地说出了自己的想法，仿佛塞米莉亚就在身边监督着我们的对话。戈尔认真品鉴着他的威士忌，或许根本听不懂我在说什么，希望我反对种族主义的言辞能得到塞米莉亚的认可（反正我希望如此，能不能实现再说吧）。

戈尔凝视着手里的玻璃杯，转动着手腕，冰块绕着杯壁打着转。

"刚才你说'疯子杀手'？"他终于开了口。

我松了松肩膀。

"嗯，对，这是部里给行为科学司起的外号。"

他挑了挑眉毛，继续看着杯里的冰块，左右晃动着杯子。我拿出第二支烟，他出于礼貌，很自然地为我把烟点燃。

"我年轻时在防御中队待过一段时间，当时我们的任务就是镇压西非的奴隶贸易。"

他一口气喝了半杯威士忌，放下杯子继续道："你的话让我想起了'罗莎号'，捕获'罗莎号'那年我只有 25 岁。我记得非常清楚，那会儿正值圣诞节，'罗莎号'上挂着西班牙的旗帜，船上载有大约 300 名——嗯——非洲人。我当时在'派遣号'上服役，接受丹尼尔中校的领导，我们把那些非洲人带去了巴巴多斯的港口。那段时间我和助理外科医生约翰·兰卡斯特关系很好，我俩年纪相仿，他为人特别好，还会说西班牙语，我们其他人都不会。他还说，一定要想办法给我弄个椰子尝尝。你吃过椰子吗？"

"吃过。"

"我从未见过像椰子吃起来那么费劲的水果。嗯，我刚说到哪儿了？对，丹尼尔中校和首席外科医生 2 月份就上岸了，于是任命我为代理中尉。正值'罗莎号'的审理期间，我和约翰只好登船统计老黑——哦，不对——俘虏的人数。我们为他们提供了所需物资，但根据上级规定，在'罗莎号'扣留期间所有人不得下船，包括上面的船员，然后……"

他喝光了剩下的半杯威士忌，伸手想再倒一杯。

"我觉得，当时自己有点被权力冲昏了头脑，毕竟我之前从未指挥过整艘船。船只已经靠岸，真正的船长虽然很快就会回来，但又如何呢？伴随着兴奋而来的还有沉重的责任感，于是，我登上船查看上面的俘虏，发现他们的住宿环境非常局促。他们一路上肯定受了很多苦，病的病、累的累，'罗莎号'扣留期间就死了两个俘虏。可是，我当时的想法就是把人数统计准确，我或许也动过恻隐之心，也觉得他们可怜，但内心的使命感超出了对俘虏的同情，无论男人、女人还是孩子，都没能改变我的决定……"

他的声音越来越小。

"你想到了塞米莉亚？"

"之前，我手下也有过黑人水手，但这次的情况不同，货舱里的那些人非常不幸……我不知道……如果塞米莉亚知道我当初看着那些黑人受苦却只是在一味地统计数据，她是不是还会对我那么友好？"

"她知道你们那个时代就是如此。"

他忧郁地点点头，再次把杯子送到嘴边。这次他并没有喝酒，而是越过杯子，把目光投向了我。

"有句话我不知道当讲不当讲，"他说，"但我觉得自己并没看错，你应该不是纯正的英国人。"

"厉害啊，"我尽可能保持镇定，"你是怎么看出来的？是我眼睛的形状吗？"

"是你嘴唇的颜色。"

冰块撞击杯子发出冰冷的声响……之前从未有人提到过我嘴唇的颜色。

*

他不喜欢 21 世纪的语言，其中最痛恨的就是"维多利亚时代"这个词。说句公道话，我也确实听到有人把 1710—1916 年的任何时期都随口称为"维多利亚时代"。我眼中"维多利亚时代"的典型特征都出现在他穿越以后，这个词对他来说过于沉重了，也不够绅士、不够尊重。比如我常说的"古典音乐"一词，他就无法理解，对他来说，古典音乐应该是与古典主义有关，但对我来说，所有有小提琴参与演奏的音乐都属于古典音乐。另外，他还非常讨厌"发短信""性行为""番茄沙拉"等表达。一天下午他散步回来，非常认真地问我："我在荒野上遇到了几位漂亮的姑娘，她们咋咋呼呼地管我叫'大叔'。'大叔'到底是什么意思？"

　　不用想也知道，他知道我的血统后一直管我叫"混血儿"，我花了很久才把他纠正过来。其实，我以前也会用这个词，也是慢慢才改过来。"跨种族者"是一种很新的表述，新到我刚在部里工作时这个词还不能在公文中出现，如果我们想表达类似的意思，只能烦琐地说"拥有混合种族背景的人"。

　　我并没有急于纠正他，因为我也不确定自己的身份。严格来讲，"跨种族者"不属于任何文化传承空间，同时也不一定归属于"跨种族"所特有的文化空间——这个词有太多的解释余地。我曾一度以为每个跨种族者都是一座岛屿，但岛上只有他一个人；我之所以会有这样的想法，可能是因为这里柬埔寨侨民的数量太少，也可能是因为我想标新立异。

　　令戈尔不解的词远不止这些，其实也不能说他用错了，但的确不够准确。比如，他经常说"你们民族"或"你们文化"，如果我心虚地告诉他我们是一样的人、拥有一样的文化，他就会用温和的语气反驳说："我不这样认为。"然后便开始在网上搜索与柬埔寨相关的图片，包括食物、服饰和习俗等。搜索任务当然还得由我完成，他最初还不知道如何使用网络。但似乎所有的英语网站都不站在我这边，输入"柬埔寨人"后搜到的都是"异域""友好""保守""刚强"这些词。当然，除了用词，戈尔的提问方式也有问题。我不得不纠正他的错误，帮他把"祖先"改成"祖父母"，把"神圣"改成"礼貌"，把"部落首领"改成"农民"。后来，他竟然问我可不可以见我的家人，眼睛里充满了期待。这绝对属于违规操作，但我勉强给他看了我手机中父母和妹妹的照片。我手机的屏幕已经裂成了花，真是太丢人了。他指着我妹妹的照片，脸上洋溢着笑容，"哦！你们两个简直一模一样！"听到他不掺杂一丝人情世故的真实喜悦，我忙把手机收了起来。

部里预想过时空穿越初期会出现各种各样的问题，其中就包括语言对经验的塑造——语言不仅能描述世界，还能通过语言创造世界，如同亚当在伊甸园第一次将铁铲命名为铁铲，如同《创世纪》中上帝用语言创造整个世界。这一理论的本质就是认为宇宙中的原始物质可以被分成不同的群体，每个群体都包含了很多相关概念。现在想想，当初我们真该花更多时间向时空移民者解释为什么不能再继续使用我们眼中那些被视为侮辱性的词汇，他们中的一些人从来没有理解过这一点。

时空移民者在历史叙事的长河中仿若一粒微尘，却依旧要被无情地教导该如何措辞。根据部里的假设，他们的词汇用得越准确，就越有可能适应时空穿越后的生活。我们表面上用的是"融入"一词——如果他们说"电话"而不是"邪恶装置"，说"汽车"而不是"无马马车"，那就意味着他们"融入"得不错——但真正值得关心的是他们能否"幸存"。部门希望我们联络人可以成为时空移民者的日常词典，而我和塞米莉亚因为拥有不同寻常的身份背景，总是被问到很多问题。（1645 会问："你们女性不会因此头脑过热吗？"1793 会问："你们什么时候摆脱了——该怎么称呼呢——'裤装'？"）这些针对我们两人性别和肤色的问题即便有所克制，也会令我感到难过。当然，我并不想成为拉尔夫那样的人，也没想过要练就一副坚硬的外壳，但我确实一度以为，只要我功成名就，就能得到平等的对待。

部门每隔一周会安排一次活动，找个空闲的房间，摆一些舒适的桌椅，准备一块屏幕和一些茶水，把所有时空移民者聚在一起。茶水并非关键变量，但有了好茶和精美的茶具，他们似乎更愿意配合——就连尚未对茶水培养出兴趣的 1645 和 1665 也是如此。这么做有点尴尬，就像是会出现在《潘趣》杂志①漫画版上的英国梗，但的确行之有效。

时空移民者活动期间，联络人连同主导实验的健康团队会坐在双向镜后面对其进行观察。听到时空移民者描述屏幕上播放的 21 世纪的生活画面，我们会站起来认真观看：混淆时代、用词不当、毫无常识，所有问题都会被记录下来，不过不会有人当场指出，这当然是交给联络人的任务，我们会在未来的日常生活中一个一个地"解决"。

语言实验最初带给我们的是一种阴郁的快感，每每听到时空移民者对某个解释表示认同时，我们内心都会产生报复性的喜悦。你可以将自己的叙述设定为标准，只要有人记得你的叙事方式，似乎就能延缓死亡的到来。我非常清楚，为什么有人能成为作家？为什么妒火中烧的恋人会给对方施压令其做出虚假的忏悔？为什么英国的历史课本会是现在的样子？

---

① 《潘趣》杂志，英国幽默讽刺杂志。

可是，几次会议过后，语言实验中那种"沃伊特—坎普夫测试"①式的新黑色电影②魅力消失不见，无论是联络人还是时空移民者都失去了兴趣。最先捣乱的是戈尔，他开始用怪诞的方式描述屏幕上的图像——比如一条美人鱼会如何看待咖啡馆。他的描述让我甚是着迷，他竟然能在实验室玩起这种"客厅游戏"③，真是气死人了。我对所谓个人魅力没有太多了解——以为那不过是一种老派的特质，只有怪人才会为之所扰。然而，我以往对类似特质（风流、礼貌、谦恭）的粗暴防御在此根本不起作用，戈尔的魅力并非有意为之，我的挣扎也无异于竹篮打水。戈尔总是说个不停，说什么安妮·博林④发现了成衣的时尚，说什么一匹马跑进了苹果手机商店。他十分风趣，这就是问题所在，风趣的男人绝对有毒。"你只需讲述你看到了什么即可"，健康团队不得不通过麦克风加以引导。但戈尔似乎并不买账，他总能把他维多利亚时代的语言用到极致，害我尴尬得直想啃手。

又是一个搞研究的星期二，他又被安排在屏幕前描述画面。屏幕上面出现了一位金发女兵，身穿战服、手持机枪，眉头紧锁地跪在灌木丛中。他瞬间安静下来，端着茶杯陷入了沉思。

"戈尔中校？"健康团队的研究员提示他开口。

他转过身看着我们，叹了一口气。

---

① 指 1982 年上映的科幻电影《银翼杀手》中的沃伊特—坎普夫测试，这种测试用于区分人类和复制人。

② 新黑色电影，兴起于 20 世纪 60 年代，继承了传统黑色电影的视觉风格，常常采用非线性的叙事结构，主题上更加悲观和暴力，展示现代城市生活中的犯罪活动和人性的黑暗面。

③ 指维多利亚时代和爱德华时代在英国上层社会的客厅中进行的一系列室内游戏。

④ 安妮·博林（1501—1536），英格兰国王亨利八世的第二任妻子。

"这是一位职场女性。"他说。

尽管这样做很不专业,但那位研究员还是没忍住笑出了声。她赶紧朝我竖起大拇指,用以掩饰自己的尴尬。我用余光看见了这一幕,因为我正努力捕捉戈尔的眼神。我之前告诉过他,我可以透过镜子看到他的表现。

*

最初几个月,我看着他身上的各种特质像冲洗照片一样慢慢地显现。就拿每个周日早上来说吧,有一次我破天荒地在十点前起了床,然后漫无目的地在厨房里转悠。春日的阳光和煦而美妙,让人思绪万千,我甚至忘了准备早餐,坐在那里呆呆地看着水壶。这时,他突然从门外走了进来。

"早上好啊!"

"早上好!你出去散步了?"

"没有,我去教堂了。"

我感到一丝怪异的尴尬,好像他说的不是去教堂而是游乐场。他微笑地看着我,对我说:"我发现你们这个时代的世俗化程度太可怕了,你完全不必因为自己不去教堂而感到内疚。"

他经常出门散步,一走就走很远,回来时会带上刚完成的素描作品,画的都是一些高压线塔、拆下来的煤气表之类的东西。黑色的笔触,精细而忧郁,一丝不苟的线条与他档案中的船只素描如出一辙。我不知道他眼中看到的究竟是工业的辉煌,还是金属怪物的破败;又或者,他看到的只是特别的形状。他把自己画得最好的一幅煤气表素描送给了我,我把它挂在了自己的小办公室里。

由于健康团队的一再坚持，部里终于发话，允许时空移民者使用员工健身房和游泳池。于是，戈尔开始练习拳击，多数时候都是和来自1645年的托马斯·卡丁汉姆中尉一起训练。据我所知，健康团队里竟然有个笨蛋想劝他们加入击剑队（当时击剑队只有一个成员，就是那个笨蛋本人），给出的理由是，他们应该都会舞枪弄剑。卡丁汉姆看着那人递过来的花剑，简直要笑疯了，甚至流出了鼻涕。戈尔则表现得更加礼貌——毕竟他最强有力的武器就是个人魅力——不过，我听说他当时提到了纳瓦里诺战役①，还讲了一些关于剖腹的生动画面。他们当然不懂现代剑术，只是知道如何用剑杀人罢了。于是，那个笨蛋只好作罢。

戈尔无法理解当代人的矛盾：超市里摆满了各种各样的肉，而我们却反对打猎。据说，当初教会时空移民者"生活质量"一词的是健康团队的某位研究员，那人抱怨说，打猎越来越难了，因为合法的地方越来越少。或许，他眼中的"生活质量"与气枪有着千丝万缕的联系。

一天早上，我下楼发现戈尔杀死了花园里的所有松鼠，还把那些毛茸茸的家伙堆成了一座小山。

"真是见鬼了！"

"别骂人啊！我之前听到你冲着草坪发脾气，所以就想帮你把它们都解决掉。"

"都死了?！"

---

① 纳瓦里诺战役，又称纳瓦里诺海战，1827年10月20日，英、法、俄三国组成的联合舰队与土耳其—埃及联合舰队在纳瓦里诺湾进行了一场海战，该战役是希腊独立战争的重要转折点。

"那当然，我枪法可好了。你讨厌鸽子吗？"

"你可千万别对鸽子下手！"

"好，我听你的。你想留着这些松鼠吗？可以做一顶漂亮的帽子。"

"不！"

当晚用餐时间——他烤了肉，火候很大，大到无法辨认是什么肉，还给自己配了软塌塌的扁豆——他对我说："如果我们能养一条狗，我的生活质量会更好。"

部门规定时空移民者不能养宠物，就连他们本人的开销都得感谢君主立宪制的政府，所以绝不能再给政府增加负担了。部里给出的理由除了宠物会破坏家具外，还有一个无法公开的原因：时空移民者很可能突然发生变异而丧命，留下的宠物该怎么处理？我嘟囔道："我们家太小了，养不了狗。"

"它们也只有这么大吧。"他比画着一条大狗的尺寸。

"那它睡哪儿？"

"躺哪儿就睡哪儿呗。"

我知道他以前在探险队里养过狗，是一条黑色的拉布拉多。那条狗他养了很多年，很多队员在信里提到过它的老态。它应该和其他队员一起离开了人世，我不想开启这个危险话题，所以开口道："猫更小，也更好养。"

"可家里根本不用养猫啊，"他继续道，"那种喜欢睡懒觉、喜欢逗弄猎物的家伙，家里不是已经有了吗？"

我差点把一根扁豆呛进肺里。他让我用手卡住颤抖的喉咙，看我吐出扁豆后帮我倒了杯水。

戈尔肯定觉得生活很无聊，尽管拥有 21 世纪的便利和快乐，他依然感觉百无聊赖。他不需要工作，不需要为了生计而劳心费力，直接就过上了舒适的生活。他有时间看书，有时间信马由缰，有时间去英国电影协会看一整季的电影；他有时间远足，有时间欣赏奏鸣曲，有时间随心所欲地画画。可是，他厌倦没有意义的生活，他厌倦一切，我担心自己也成为他厌倦的对象。

*

5月底，部里要组织所有时空移民者做一次核磁扫描。我带着戈尔乘地铁去了单位。

医护人员把我赶进观察室，准备对他进行扫描。观察室的控制台前已经坐了三个人：一位是放射科的技师，我之前在部里见过；一位是皮肤黝黑、身材高大的军官，顶着满头白发，穿着带有准将军衔的制服；还有一位是我们的部长，给人的感觉像沙拉一样温和，眼角虽然有皱纹，却依旧绅士优雅。他这种人就不该出来工作——任何工作都不该做，因为工作对他来说太不时尚了。他之所以能成为我们的部长，应该是借助了人脉关系。我是部里的联络人，算得上项目的关键成员，但我几乎从未跟部长打过交道，向我们发号施令的一直都是副部长阿黛拉。

"部长阁下。"我说。

他客气地回应了我。他身后的准将本来就站得笔直，却又特意挺直了腰杆。

"啊，"部长说，"你见没见过——？"

"女士你好。"准将开口道。他说话时带着浓重的播音腔，我甚至以为这种口音早在70年代就已经销声匿迹了。"你是戈尔

68

中校的联络人？"

"是的，长官。"

"祝贺你得到这份工作。你之前在哪个部门就职？政治安保处？"

"不，长官，我之前在技术支持部门任职。"

"行为科学司？"

"语言司。"

"我会持续关注你的职业发展。"准将说。

我顿时开始厌恶对方，他这话像是话里有话。

戈尔躺在仪器上，通过对讲机跟外面说："我这像是躺在枪管里。"

"您只要放松就好，先生。"放射科技师说。

"我现在已经躺平了，没办法再放松了。这机器能读取我的思想吗？"

"不，完全不能。"

"哦，那样的话，我就能放松了。我向你保证，我绝没在心里诅咒谁。"

喧嚣的核磁设备终于停了下来，戈尔也起身来到了观察室。看到准将身上的制服，他立即打了个立正，脸上却毫无表情。

"稍息，中校，"准将说，"我这就准备离开了。"

"是，长官。"

准将走后，就连部长都放松了许多。"那是国防部的代表，"他小声跟我解释，"老大哥在照顾小弟，你懂的。"

戈尔说："我算得上医学奇迹吗？"

"我们得一周后才能拿到结果，不过您不用担心，"放射科技师解释说，"从现在的数据看，您的身体没有任何明显的异常。"

"哦，你们真的无法看出我的想法……"

"很抱歉，让您失望了！"

接下来接受扫描的是亚瑟·雷金纳德—史密斯，看表情他很是担心，联络人也没有跟来。他的脸色不太好，有点苍白。他身材高大，头发剪得很短，下巴上的胡子也剃得干净利落。躺下前，他按照指示摘下了手上的印章戒指，刚躺下，两手就开始颤抖。

"请放松，先生，"放射科技师说，"我向您保证，您非常安全。"

戈尔俯身对着放射科技师的麦克风开口道："这个特别好玩，1916，你会知道自己真实的想法。"

"哦，不是这样的——"

"是1847吗？"雷金纳德—史密斯声音沙哑，紧张地问道，"是你吗？你在外面干什么？"

"我正在读取你的想法，老朋友，你到底在想什么龌龊的事呀？简直淫秽不堪。老天，你喝茶究竟要加多少糖？"

雷金纳德—史密斯的双手不再颤抖。"真该把你送回到船上。"他竟然开始打趣了。

"我们要开始了，上尉，"放射科技师说，"机器可能有点吵……"

"哦！"

"不过不用担心，先生。"

"哦，上帝啊！"

"你刚才的想法很不错！"戈尔继续道，"嗯，就是关于大象跳华尔兹的那段。"

"这玩意儿听起来像是该死的坦克炮！"

"这也可能是大象跳华尔兹闹出的动静？我从未见过大象，更别说跟它跳舞了，所以我也不知道它们跳舞是什么动静。"

雷金纳德—史密斯紧握的拳头终于松开了。"我也想象不出你跳舞的样子。"他用颤抖的声音回应着戈尔的幽默。

"根据我们拿到的数据，你现在的确在想象我跳舞的样子。"

"哦，闭嘴。"

"我们真的看不到你在想什么。"放射科技师再次解释，但忍不住一直咧着嘴笑。

"这话你该对 1847 说。"上尉说。伴随着核磁扫描仪发出哐哐的声响，上尉紧张地从牙缝里挤出了一句"耶稣啊！"

"我们不用在这儿等结果吧？"我问放射科的技师。

"哦，不，完全不用。"

"如果你想回家就先走，我等会儿可以自己回去。"戈尔对我说。

"哦，那好。"

他用大大的微笑跟我道了别，然后拍了拍放射科技师的肩膀，继续安抚里面的雷金纳德—史密斯。他的举止松弛了很多，像是卷了边的信号旗终于舒展开来。当然——他之前毕竟是位服役的军官，大部分时间待在海上，应该很想念有战友陪伴的日子。

*

我怀着悲伤的心情走进家门，胃里没食，呼吸无力，整个人感觉轻飘飘的。每次想到他，我都觉得像是在撕扯已经拉伤的肌肉，只是那疼痛不在身上而在心里。我决定立即给健康团队发一封邮件，希望他们能尽快帮我安排心理治疗。

但我一个字也没打出来。打开笔记本电脑，我的手指似乎被磁力吸住了，无法触碰电脑键盘。于是，我洗了个澡，把洗碗机中洗好的餐具逐一拿出来。然后，我又翻开书，打算阅读，但上面的文字却变得十分模糊。

最终，我打开床头柜底层的抽屉，拿出之前装钢笔用的铁盒，里面有三四克大麻，还有一些卷烟纸。我用打不出字的手指拆开一支戈尔的香烟，倒出里面的烟草，用大麻卷了一个松散、凌乱的烟卷，然后拿着它去门廊坐下，看到一只愚蠢的林鸽笨拙地飞过三叶草的草丛。

"你好啊，鸽子，你不知道，是我救了你的命。"

咕咕，咕咕。

我听到他转动钥匙开门的声响。

"哈喽。"

"哈喽。这里有只大鸽子，你可别想打它。"

"你的烟是不是有什么问题？怎么有股怪怪的味道？"

"啊，哈哈，没有。亚瑟上尉还好吗？"

"他的确挺痛苦，好在核磁的时间不算长。之后我们又陪着肯布尔小姐做完检查，担心她也会害怕。亚瑟说他感觉自己像是坐在逼仄的马车里，结果她却说我俩太弱了，还说她知道这个仪器可以通过磁力绘制大脑信息。"

"哈！"

"她很特别，让我想到了你。"

"这算是夸我吗？"

他笑了。"你的烟是怎么回事？"

"你先答应我不告诉部里的人。"

"哦，是'违禁'烟草吧，那上面全是病菌。"

"这是——嗯，大麻。不过，它其实还有很多名字，几年前已经被英国政府合法化，也因此变得不酷了。"

"它有什么用？"

"你想试试吗？"

他质疑地扬了扬眉毛，不过还是在我旁边坐了下来。那只鸽子估计见识过松鼠的悲惨命运，看到他来立即飞走了。

"你得使劲往里吸，要讲究方法，感觉快咳嗽——就对了。"

"呃，太恶心了。"

"你再试一次。"

"呃。"

他满眼含泪地把烟卷还给我，从自己的口袋里摸出香烟。春日慵懒的热气笼罩着花园，灰蒙蒙的光线中我们愉快地抽着烟。鸽子飞回来打量着我俩，像是生怕我们坐不稳砸到地上它的鸟食。

"那只鸟是什么颜色？紫罗兰？"

"紫罗兰？"

"在……那儿，是紫罗兰，还是薰衣草色？"

"什么？"

"什么？"

"什么？"

我们凝视着彼此，身体无力地靠在一起，开始忍不住地咯咯咯地笑。

我赶紧回房泡了一壶茶，他也找来一包未开封的巧克力饼干。我们重新坐好，准备将它们一扫而光。

"我觉得我们该养条狗。"

"嗯，不养。"

"当初我们在海军部队要是也有这些东西就好了。"

"你说的是巧克力饼干，还是大麻？"

"最好两样都有。'大麻'？这名字听起来很奇怪，像是仙女放在人们烟斗里的东西。"

"如果大航海时代的皇家海军配发大麻，你们的北极之旅很可能南辕北辙地跑到里约热内卢。"

"那岂不是太好了！"

我俩又开始有气无力地咯咯笑。

"嗯，中校，在 21 世纪终于有你认可的东西了，我很开心。"

他笑了，露出酒窝。"既然我们是'室友'，又是朋友——希望如此——你应该叫我格雷厄姆。"

*

"'大姨'是谁？"他第二天一早就跑下楼问我。他刚洗完澡，头发还湿着——我第一次看到他如此放松的样子，他的卷发终于长了回来。

"你得给我更多的背景信息。"

"昨天你不是先回家了吗？后来准将回来看亚瑟，他俩聊到电视。亚瑟似乎认为电视是一个很棒的发明，当时准将说了一句'大姨的节目'。"

"哦，'大姨'是英国广播公司BBC古老的昵称，自60年代起便不再用了，我说的是20世纪60年代。准将这个人很奇怪，他还问我是否曾经在政治安保处效力，已经很久没有人把反恐说成'政治安保'了。嗯，不过想想也不奇怪，高层人物都喜欢活在过去。"

"的确如此。那为什么管BBC叫'大姨'呢？"

"英国广播公司给人的印象就是既古板又仁慈，你知道的，它一直在为广大劳动阶级提供教育节目。"

"你刚说20世纪60年代？那时候还允许室内吸烟，对吧？"

"对。"

"那为什么不把我带到那个时候呢？那时候也还流行戴帽子，对吧？如今只有非常虔诚的人还保持着这种礼仪。"

"那时候还很时尚。"我一边嘀咕着一边拿出手机，在谷歌上搜了一张60年代身穿迷你裙的女孩图片，然后把手机举到他眼前。

他默不作声，突然脸就红了。

"嗯，穿这么短的裙子很危险。"他说。

那天晚上他又跑来问我："有一种手持的设备叫什么？就是那种能投射出白色网格，上面还能呈现各种信息的机器？"

"网格？你说的是智能手机吗？"

"不是，形状不同，我说的设备能投射出立体影像。喏，你看这个，我凭记忆画了一幅素描。"

"……我不知道这是什么，你在哪儿看到的？"

"就在你们单位外面，有个人守在员工入口处，一直用这个在空中扫来扫去。"

"嗯,我也不知道是什么,你确定自己没记错?"

"没错,真的可以投射。"

我俯下身,仔细研究他的素描,至少装出一副认真的样子。而事实上,我正在欣赏他长长的睫毛。他皱着眉,盯着自己的素描,睫毛上翘,十分浓密。

叁

戈尔躺在船舱里，端详着自己的手掌。

斯坦利说了，他很虚弱。好吧，大家都明白那是什么意思——坏血病。忧郁撕扯着这个男人，从他的发际线溢了出来。他的牙齿也有了松动，像随时可能被风吹散的玫瑰花瓣。他从未像现在这般想家。哎，浑身的关节都好痛。据说，虚弱的人闻到橙子味都会发疯，更别说"妈妈"这个词了，这个词就像刺入他肋骨里的长矛，陈旧的伤口再次裂了开来。

他努力伸开手指，像是要在琴键上跨越整个八度。炽热而黑暗的疼痛和绷带粘在了一起。

这个旧伤之前早已愈合，那是他在澳大利亚与斯托克斯上尉并肩作战时留下的纪念。不知为何，那次枪在他手里走了火。当时他们正和上尉划着小船规划航线，河对岸盘旋着密密麻麻的葵花凤头鹦鹉，像是天上的云朵，从一棵树飘到另一棵树上。他拿起猎枪，对好了准星。

"晚餐有了。"一名士兵说。

"希望戈尔能命中。"斯托克斯说。

"我从来都百发百中。"

突然，耳边传来炸雷的声响，之后的记忆成了一片空白。他确定自己看到一只鸟掉落下来，远处是湛蓝湛蓝的天空。他躺在船上，感觉手受伤了，又不太确定，只是觉得手湿湿的。他坐起来，斯托克斯面色苍白，颤抖着伸出双手将他扶起。

"我打中了。"戈尔语气平静，斯托克斯忍不住笑了。

他很想念斯托克斯，也想念澳大利亚。他无比怀念澳洲内陆的湿热天气；此刻他已无法想起温暖是种什么感觉，更别说酷暑了。他怀念新鲜事物带来的新鲜感，他想看看大树，想在低矮的灌木丛中穿梭。哪怕是意外误食了浆果而引起消化不良，现在想想也很欢乐。此时此刻，他什么也没有，只有人类所能想象到的最贫瘠、最荒凉的乡野。他想回到新南威尔士，想见见自己的家人，但他不敢想太多，也不敢仔细查看手掌的伤口。

他在狭窄的铺位上翻了个身。这段日子以来，他一天比一天消瘦，髋骨都凸了出来。皮包骨的身体，每块骨骼都摸得出来，这令他很不开心，他不喜欢过多地考虑自己的身体，怕身体记起自己，对自己提出无法满足的要求。事实上，他一直都很瘦，所以没必要哀叹上帝没有选择按照詹姆斯·菲茨詹姆斯和詹姆斯·费尔霍姆的模具来塑造他。

当然，也没必要哀叹自己当天运气欠佳。明天他还会出门，希望到时候能找到更大的猎物。上次在北方，他跪在地上打死了一头驯鹿，这头野兽最终成就了大家的圣诞大餐。那时，他只有26岁，罗伯特·麦克卢尔是他的大副；那时，罗伯特还很帅气，发际线才刚刚开始向上攀爬。当巴克船长提议大家举杯致敬远方的朋友时，他想起了罗伯特·麦克卢尔那双忧郁的蓝色眼睛。罗伯特从不写信，或许他是因为在哪个倒霉的车站捡到了一份几个月前的报纸，才因此得知了探险队的消息。他真的是远方的朋友。

　　没错，戈尔明天还会出去打猎，如果说上帝给了他什么特别的眷顾，那就是给了他精准的枪法。他十分擅长猎杀，有时候是动物，有时候是人。他扣动扳机，知道有人惦念着他。

第三章

在我小的时候，家里摆满了各种文件材料，就连我卧室的地板上都会不断上演发票和停车票争抢地盘的戏码，有些票据甚至比我的年龄还大。家里什么证明材料都有：杂志很早就取消了订阅，但当初的订阅证明还留着；储蓄的基金已经取出，但凭据还留着；学业早已完成，但课堂的成绩报告还留着。我母亲虽身为英国公民，却保留着一本柬埔寨护照，塞在抽屉的最下面。照片上的她很年轻，留着黑色的波波头。我对母亲年轻时的事一无所知，只知道她对年轻时的自己既同情又蔑视。当年那个年轻的女子忘了去做一些事，或者认为根本没必要去做；但承担后果的却是她自己，而且影响了她整整一辈子。

家里充斥着各种自证清白的凭证，我们像生活在壳里的螃蟹，感到极度窒息——我说的窒息并非隐喻，因为票据掀起的灰尘加剧了夏日的燥热。但只要有这些证据，就不会有人指责我们多吃多占，我们不仅做好了备份，而且还"抄送了上级"。

我从小在这样的家庭长大，很难不对归档痴迷。也正因如此，我才成了一名优秀的公务员，妹妹也成了一丝不苟的文字编辑。我喜欢可以追根溯源的生活方式，一个男人就算再特别，也注定只会出现在我记录的某个脚注或收纳的绿色文档中。我相信，只要我能掌握档案，就能把控系统，哪怕只是归档系统也没关系，我需要的就是掌控本身。

所以，当我意识到自己竟然把格雷厄姆的素描作品当成了玩笑，丝毫未打算像收纳一枚公元前 70 年的铸币一样将其归档时，我自己也吓了一跳。他刚刚穿越到现代，我以为他的画不过是他初为现代人的习作，日后重大的纪念日可以拿出来回忆回忆；可我万万没想到，那幅画竟然是来自未来的重要信息。

*

那年刚入夏季，格雷厄姆就成功融入了我们的时代。他穿着系扣的衬衣，脸刮得十分清爽，还养成了定期使用洗衣机的习惯。清晨，他总是比我早起几个小时出门跑步，回来后，他因长期吸烟而造成的沉重喘息有时会把我吵醒。他把香烟交给我保管，认真执行晚餐前禁烟的规定。

有时我感觉格雷厄姆是在刻意表现他对 21 世纪的厌恶，仿佛融入现在就意味着背叛过去。每当这时，我都会很生气，不明白他为何非要如此。我对他说了很多大词：适应、合理、公民、责任感、价值观。他在吞云吐雾中陷入了沉思。

无论我怎么努力，都提不起他对电影的兴趣。晚餐后我一给他放电影，他总是看着看着就睡着了，无论看的是《蓝调兄弟》^①还是《第三人》^②，他都能很快睡过去。后来我发现，不仅是我，就连其他时空移民者也无法理解他对电影的冷漠，他们都认为，电影是我们这个时代最伟大的艺术成就。（后来，来自1965年的玛格丽特·肯布尔说服他和她一起看了电影《1917》^③，终于让他受到了冲击，完全没了困意。"可怜的亚瑟，"他对我说，"我之前完全不知道他在第一次世界大战中经历了什么。"）

相比之下，他却一直在贯彻音乐无止境的理念，无论走到哪个房间都要播放音乐。他为了搜索音乐，还特意学会了打字。他会认真地输入交响乐的名字，有时为了找到字母"M"，可能会花上整整一分钟。他说自己在穿越前，无论是狩猎、钻探还是制订蹲守计划，心里都会时不时哼起音乐，俨然就是一个带着随身听的"圣女贞德"；如今，他终于可以随时播放那些记得的不太完整的音乐了。

他经常播放巴赫的音乐，我也很喜欢听，至于说莫扎特，我只能勉强接受。此外，他还喜欢柴可夫斯基，也会时不时听听埃尔加。对了，沃恩·威廉姆斯和普赛尔也得到了他的青睐，但斯特拉文斯基却始终未能虏获他的心。既然无法激发他对电影的兴趣，我打算再试试流行音乐。我给他播放了一些早期的摇滚乐，他冷漠地耸了耸肩；我又尝试了几首80年代的劲爆情歌，他似乎在强压着心头的怒火。我所有非管弦乐的尝试最终都以失败告终，

---

① 美国音乐动作喜剧电影。

② 英国黑色悬疑电影。

③ 以第一次世界大战为背景的战争片，由萨姆·门德斯执导。

没想到，他竟莫名其妙地喜欢上了摩城音乐①。

时空移民者每周都要接受一次同理心测试，而我们联络人则要接受诚实测试——至少大家开玩笑时会这样说。有人认为时空穿越可能降低人的共情能力，毕竟，一个人若被强行带到新的时代，自然会排斥那里的地方和那里的人，进而将周围的人视为"他者"，内心对其设下防备；更糟的是，时空移民者无法从心理上解决"他者"问题，因为他们在时间体验上存在缺失。同理心理论借鉴的是睡眠科学：我们入睡后会进入快速眼动睡眠（REM），通过梦境来消化一天下来经历的事情。然而，对于那些睡眠周期中断或不够完整的人来说——如患有创伤后应激障碍（PTSD）的人，由于他们体内去甲肾上腺素的水平过高，进而阻碍了快速眼动睡眠梦境的形成；也就是说，他们无法借助深度睡眠来处理自身记忆，也无法借助化学物质来帮助自己卸下防备，这就导致那些未经处理的暴力经历和恐怖回忆会渗透进他们的清醒世界。每个人都需要持续合适的条件以获得良好的睡眠，同样道理，每个人也都需要持续合适的条件去体验真实的时间，只有这样才能拥有最基本的同理心。

正是基于这一原因，部里才安排时空移民者每周做一次心理测试，目的是激发他们的同理心或厌恶感，并对整个过程进行监控。最初，测试被安排在实验室的小隔间里进行，但是，由于小隔间与部里的病房太像，导致所有时空移民者都产生了巨大的焦虑，从而很难获得有效数据。就拿格雷厄姆来说吧，他

① 20世纪60年代起源于美国底特律的一种流行音乐风格，因贝里·戈迪创立的摩城唱片公司推广而得名。摩城音乐具有旋律流畅、节奏简洁明快、主题充满正能量等特点，这种音乐形式实现了跨种族、文化的传播。

总是不停申请出去抽烟——因而导致心率升高，这也意味着他很难把注意力集中在测试上——目光也很难聚焦。有一次，我发现他独自一人躲在五楼的吸烟区（其实就是一个落满鸽子粪的阳台），慢条斯理地将一支抽剩下的过滤嘴撕碎。我观察了他好一会儿，他浑身上下除了手指一动也没动。大多数人除非特别专注，否则一定会做出很多小动作，但格雷厄姆却可以有效控制身体的各个部位。

最终，我们把部里一间镶着木质护板墙的房间改成了"图书室"，把测试地点搬到了那里。时间部的部长自掏腰包，购进了几十本讲述启蒙时期科学及旅行的精装书；一位拥有艺术史硕士学位的行政人员还提出用技术材料预算购进一些卡纳莱托①的版画，一时间引起了不小的争议，但因为部长本人喜欢这一想法，所以批准了这笔款项。

之后的"同理心测试"取得了显著成效——当然，测试依然存在问题，其中一次测试的争议最大。那次测试中使用的是第一次世界大战的照片，照片中的士兵被新式武器瞬间摧毁。时空移民者都受到了巨大冲击，1916 甚至用上了镇静剂，其他时空移民者也备受影响，就连参加过大规模战斗的 1645 和格雷厄姆也都受到了难以想象的伤害。大家开始从心理上抵触这些测试，这无形中破坏了数据的可信度。于是，部里决定先不要让时空移民者接触广岛、奥斯威辛和双子塔等内容，控制部门也承诺制定具体的时间表，计划合适的告知时间，但后来时间表的事便不了了之了。

---

① 卡纳莱托（1697—1768），18 世纪威尼斯画派代表画家，以对威尼斯城市风光的精准描绘而闻名。

我们联络人接受了"诚实测试"，其恐怖程度不亚于20世纪60年代冷战间谍惊悚片里的某些情节。部里竟然给我们用上了测谎仪和其他各种手段，操作员在脑电图上一番操作后，便开始询问我们内心的感受。这一测试与之前部里资助的心理治疗不同，属于强制测试，每个人都得参加。我们的具体情况会参照控制部门提供的超大文件被记录在案——老实讲，他们提供的参照标准并不一定可靠。

阿黛拉每次都会出席诚实测试，并且经常对测试进行干预。我感觉只有她能听见后台的提示，也只有她了解具体的状况，所以可以敦促我们做出正确的选择。

有一天，她突然问我道："你觉得自己的工作怎么样？"

"很有意义。"我当即答道。（这属于常规问题，答案自然张嘴就来。）

"还有别的吗？"

"有挑战、不寻常。"

"别的呢？"

"嗯，有时我感觉自己并不了解状况。比方说，如果时空之门起作用了，我们下一步将何去何从？"

"你觉得自己的工作具有情色意味吗？"阿黛拉继续问道。

操作员嗑了一下牙花子，快速记录下我的数据。或许他和我一样，都没想到阿黛拉会提出这个问题，而我即刻感觉自己陷入了泥潭。

"不。"我非常平静地说。

"你确定？"

"我不知道，您觉得呢？"

阿黛拉双唇微启，露出淡淡的微笑。不过，她马上又变了脸色，看起来既紧绷又饥渴，面部皮肤像是被拉扯到了头骨后面又被夹子固定住了似的。她那个表情，我一辈子也忘不了。

"你没有，"她补充说，"对此，我根本不用看你的数据。"

"我想这取决于你对'情色'的定义。"

"那不重要。你对戈尔中校这个人怎么看？"

"我认为他很有趣。"

阿黛拉看了一眼我的数据，脸上的笑容灿烂了许多："就问到这儿，亚伦，帮她解开吧。"

事实上，我并非对所有工作都像对这项测试一样抗拒；与昆汀讨论格雷厄姆的进步就是一个很愉快的过程：今天，我这位"发育过猛的好大儿"招惹了一个骑电动车的人，他说人家的车只有胆小鬼才会骑；今天，我这位"发育过猛的好大儿"摘下耳机，向我详细讲述了从播客中听到的埃及法老图坦卡蒙①的墓穴；今天，我这位"发育过猛的好大儿"故意把金属物件放进微波炉，尽管我告诉过他不要这样做，他还是执意看看会有什么后果……我会和昆汀坐下来，对格雷厄姆的行为进行逐一分析，判断它们表现出来的究竟是疏离还是适应。在我看来，所有这些行为都只能证明格雷厄姆是格雷厄姆，我不再用所谓标准界定他的行为，这么做十分危险，阿黛拉已经在我身上发现了一些端倪。我若不是沉醉其中，至少应该想想阿黛拉为何没有让我悬崖勒马。

有一次，我照例去见昆汀，顺便把格雷厄姆的画拿给了他，

① 图坦卡蒙（约前1336—前1318），古埃及新王国时期第十八王朝的法老，他的墓室门口刻着神秘的咒语，最初进入他坟墓的人皆早死，被当时的媒体渲染为"法老的诅咒"。

想着他肯定会和我一样被画作打动。

"你觉得他画的是什么？"我问，"游戏机？频闪仪？我觉得没准是一把可以瞬间打开的雨伞。"

没想到，昆汀看到这幅画后大惊失色——脸色越来越难看，他把画揉成一团，塞进了袖笼，开始激动地敲打键盘，办公室另一侧的激光打印机开始工作。他拉着我走到打印机旁边。

"你为什么打印维基百科的网页啊？"我伸长脖子，"白垩纪—古近纪动物的灭绝？"

"因为这台打印机的噪声足够大，"昆汀压低声音继续道，"我确定咱们所有办公室都被安装了窃听器。"

我微笑地看着他："你确定？"

打印机的嗡嗡声终于停了下来，我看着昆汀撇了撇嘴。"你说我确定什么？"他装出轻松的语气问我道。

我从未想过好好研究一下那幅素描，倒是把心思放在了昆汀的表情上，他面部的肌肉明显释放出软弱的信号。合同禁止我们从时空穿越项目中退出，只能接受控制部门的"重新分配"。我见识过心力交瘁的人是什么样子——他们往往没有夸张的反应和抵抗的情绪，只是从眼睛里流露出忧郁的绝望，因为知道一切已成定局——我见识过这种情况如果得不到及时遏制，就会逐步蔓延殃及他人。我拍了拍昆汀的肩膀，跟他说，如果他喜欢那幅画，可以自己留着。

*

格雷厄姆继续适应着有我在身边的日子。"你看起来很忙啊。"

看到我在笔记本电脑上噼里啪啦地打字，他近乎害羞地对我说。有时他也会发表其他感慨："这好复杂啊。"语气既戏谑又伤感。然后他会给我讲故事，开头永远是："我和瑞萨贝尔船长在皇家海军舰艇上共事过，你应该有所耳闻吧。"我没觉得他在吹牛，知道他只是想跟我多交流。我之于他是一种权威般的存在，所以对他而言，我不能算真正的女人。这让我渐渐感到些许困惑和尴尬，仿佛我在抱怨没人与我搭讪的委屈时刚好被他逮了个正着。

我们住的房子由部里提供，不用交房租，也不用担心水电煤气等费用。我的工资终于有了盈余，攒了些钱可以帮助我应对突发状况；面对牙医的账单，我也终于不用当场崩溃。我虽然在经济状况上达到了父母的期望，但因从小一直生活在 30 天包退包换的收据中，已经养成了过于节俭的习惯，不知该如何处理手里的钱。于是，我给自己买了一个手工缝制的母鸡形状的包，心想这回他总该把我当成女性看待了吧？我迫切希望他能认可我身上的女性特质。

我把包拿给他看，他从已经读了七八遍的《暴戾人》上抬起了眼。

"你看，这是我的新包。"

"看来即便在未来，女人还是会对不实用的小玩意儿着迷。"

"谁说它不实用？可以装东西啊。"

"里面什么都装不下，它甚至装不下这本书。"

"我可以把零钱包放里面，你看！"

我把手伸进包里，从里面拿出随包附赠的零钱包，小鸡仔的形状，淡淡的黄色。他看了一眼，脸上露出了微笑。

"好吧，"他继续道，"我同意你的看法，这个包非常好。"

有了余钱究竟该如何处理？社交媒体上有很多讲述母亲将小布包放进饼干罐的老故事，导致很多工薪阶层或移民后代的儿时回忆总是与饼干有着千丝万缕的联系。我对这类故事总是一笑置之，因为它们针对的就是我这样的听众。我本不必再凑合度日，但良心却令我继续节衣缩食。我告诉昆汀，"我母亲之前做过清洁工"，所以从来不雇人打扫，若不是格雷厄姆拒绝拖地，我也不会向昆汀提出雇人的申请。一切都是因为我的母亲，我的亲妈——！我究竟在痛苦什么？我想是为父母没有过上更轻松的生活而感到悲伤吧，所以我总在想自己应该多存些钱。我担心现有的一切都会被拿走。难道我不够安全吗？难道我不是在部里任职吗？

*

关于时空移民者的适应，我们很快遇到了另一个问题：时空移民者彼此间也存在理解困难。让 1645 理解 1916 并不比让我理解 1916 容易，他们每个人似乎都在自己的孤独世界里挣扎。

1793 的联络人艾德想到了一个浪漫的解决方案：每周安排一到两次活动，让所有时空移民者聚在一起做饭吃。为此，我们临时征用了部里的一间食堂，想以此鼓励大家增进情感交流。艾德援引了多篇社会学论文，还了解了移民社区餐厅、古风宴会、智人作为狩猎采集者的起源及晚餐俱乐部的创建等信息。他群发的邮件带了太多附件，我一收到就删了。然后，我给昆汀发邮件询问了艾德邮件的重点。"人类喜欢聚在一起品尝美味。"昆汀回复说。

在聚餐活动举办初期，我参加了一次，还特意背上了我的新包。我们联络人很少在部门食堂与行政人员及健康团队成员一起用餐——他们都是需要坐班的员工。这些文员释放出的敌意虽然已经有所收敛，但还是能够让人感觉得到，倒是有点可爱。我刚走进厨房，就看到格雷厄姆把脑袋凑近燃气灶点着了香烟，他那一头卷发距离炉子非常近。因为格雷厄姆吸烟，所以我们被迫在他进出的每个房间都切断了烟雾探测装置。如果不让他吸烟，估计他什么试验都不会配合。

"1847！小心你的头发！你想把自己活活烧死吗？"

格雷厄姆直起后背，嘴角夹着烟，脸上堆着笑。

他微笑的光芒投射在旁边一位女子身上。那女子小巧玲珑，身高一米五出头，二十七八岁的年纪，美得不可方物，光线在她周围似乎另有一套物理法则遵循。她一头金色秀发，戴着一条围裙，上面印着"亲吻厨师"几个字。

我终于挤进了他的视线，他看到我后笑得更灿烂了。

"哦！懒猫也来吃饭了。你见过玛格丽特·肯布尔吗？她来自1665年！肯布尔，这是我的联络人。"

我转过身，1665玛格丽特·肯布尔给了我一个大大的微笑。

"晚上好，是你和这个傻瓜一起住啊？我很同情你，要不要喝点什么？"

我想判断她的口音，结果却一无所获，毕竟她的口音已经绝迹几百年了。"嗯，"我说，"好啊。"

"她就喜欢往饮料里加各种东西，"格雷厄姆开口道，"活活把酒水变成了沙拉。"

"讨厌！看我不把你耳朵煮了！赶紧把你嘴里那玩意儿扔了，去帮我找点欧芹。"

"她是不是很可爱？"格雷厄姆一边说着一边把烟灰弹进小碗，又招来玛格丽特一波老派花式谩骂。（"蠢人！痴人！"）他的脸一下子红了，我觉得他或许是在和玛格丽特打情骂俏，类似那种小男生拉扯喜欢女生头发的操作。想到这里，我感觉胃里一阵紧缩，于是站到了他俩中间。

"你是来帮忙的？"我问他。

"是啊，"格雷厄姆回道，不过玛格丽特当即大声反驳，"不，他才没帮忙呢。"她把饮品放到我面前——有冰、有水，像是果汁饮料，果然加了各种食物装饰。我眨眨眼，看向玛格丽特，她脸上洋溢着微笑。

"我知道，对你们来说，新鲜的水已经司空见惯。"她恢复了正常的音量，继续道，"但我每次举杯还是忍不住带着神圣的心情，感谢如此纯净的水，在我们那个时代，这绝对是奇迹。"

"哦，当……当然，"我结巴着回应，"嗯，实际上对我们来说也是如此。根据联合国的预测，再过三年，人类就会因水资源短缺而发动第一场大规模水战。呃，你们应该知道'联合国'吧？抱歉我说了这么多，你调的酒水真漂亮。"

玛格丽特拍了拍我的手，我留意到她的手小巧又好看，我以前从没想过手好不好看的问题。我的大脑开始飞速旋转，琢磨着玛格丽特的魅力等级，并不自觉地试图用肩膀挡住格雷厄姆看她的视线。"请品尝自来水饮料。"她语气温和地说。我身后的格雷厄姆笑出了声。

"你等会儿吃饭，嘴里都得是一股烟味。"我对他说。

"哦，无所谓，我抽了太多烟，已经尝不出味道了。"

"我非得把你揍扁不可，"玛格丽特厉声道，"别再吞云吐雾了，快去帮我把欧芹拿来！"

格雷厄姆应了句"嗯！"然后猛吸了一口烟，信心满满地走了，让人感觉他不是奉命去拿欧芹，而是本来就在完成快乐旅途中的一环。我默默看着他的背影。

"嗯，你喜欢做饭吗？"我问玛格丽特。

"不喜欢。"玛格丽特说。看到我的表情，她耸耸肩解释道："但是如果我不做，那几个男人做的饭根本没法吃。1847连烟草和香草都分不清。可是，身为女性，我们几世纪以来一直被困在灶台旁，所以必须让男人干点活才行。"

"啊，"我说，"是啊，我们都在努力。"

"我的联络人不喜欢我们这样闲聊，他简直就是一条干瘪的老鳄鱼。"

我笑着问她："你说的是拉尔夫吗？说得太对了。"

"他教了我很多语言知识，但都太难了。'女性主义大煞风景'是什么意思？"

"呃——"

"她们有没有基地？有没有制服？如果没有，我可以帮忙设计。啊，你笑了！如果我们每个人都脚蹬长靴，身穿绣着'女性主义大煞风景'的大衣，看起来是不是很酷？"

她做了一个非常现代的表情——与说话的笑点同步，像极了单口喜剧演员的设计。我觉得她是特意学了这个表情，就是想表演给我们部门的员工，这也说明她有一种超出我预期的伪装本领。我本想更加仔细地观察她，但她的魅力总是扰乱我的思绪。

"有些风景，我就是想煞，"玛格丽特继续问我说，"你见过卡丁汉姆中尉吗？"

她抬起下巴，示意我回头。角落里，格雷厄姆正拿着一把蔫巴的欧芹与一位相貌英俊、三十来岁的男士聊天。那人身高最多也就一米六五，颧骨突出，棕色胡须修剪得十分整齐，头发又长又卷，为了迎合现代时尚，还特意扎了起来。尽管如此，我依然觉得在所有时空移民者中，来自1645年的托马斯·卡丁汉姆最像刚刚穿越过来的人。格雷厄姆与他相谈甚欢，笑得前仰后合，笑声在整个房间回荡。

"看来他们两个相处得挺好，"玛格丽特轻声说，"但是讲真的，他不跟我或斯宾塞女士说话。他管我叫'残花败柳'，说斯宾塞'呆头呆脑'。"

"太坏了，"我唐突地说（后来，我在部门跨时代的线上词典中特意查了这两个词，前者指的是"性工作者"，后者是指"智力障碍人士"），"不过他很帅，是吧？"

"是，像只毒蘑菇。"

食堂的门开了，我以为是塞米莉亚和1916，没想到是之前见过的那位准将。

他犹豫片刻，看了看几位身穿制服（携带武器）负责监督活动的工作人员，然后自顾自地点了点头。准将没穿制服，却依旧让人感觉到威严。他站在人群中异常醒目，像一页纸上唯一加粗了的那个字。他完全不适合做国防部的间谍工作，比酒吧里的那个酒保还容易暴露，会让人不自觉地开始寻找他外套上可能显露出来的枪的轮廓。

"他看起来很可疑。"我说。

"估计是饿了，"玛格丽特解释说，"一点也不招人喜欢！他有时会带着随从一起过来，两个人就坐在那边角落里用餐。"

准将漫不经心地走过来，看样子真是饿了。他的状态让我想起学生时代的自己，那会儿，我除了黄油面包和苹果，便不再有其他吃食。玛格丽特打开烤箱，看了看土豆的火候，没想到他的脸色瞬间变得蜡一样惨白。

"好香啊，"他语速很慢，"啊……你是 1665 吧？我的……同事萨莱塞马上就到。"

"没关系，长官，"玛格丽特说，"我现在担心的是我这条鳕鱼会在我'同事'把欧芹带回来之前长腿跑掉。"

准将上下打量了我一番，估计是要写在报告里。"你的鸡还好吗？"他问。

我尴尬地清了清嗓子，发现我的包微敞着，里面好不容易塞下了我正在看的小说。

"精装书太占地方了，"我说，"我甚至能用它打晕一只獾。您……喜欢看书吗，长官？"

"有些很喜欢。"准将一边说一边看着玛格丽特给鳕鱼片裹上面粉。然后继续道："比如伊丽莎白·鲍恩①、伊夫林·沃②、格雷厄姆·格林③。"

"都是英国天主教作家？"

他转头看着我，目光过于坚定，让我感觉脸上火辣辣地疼。"应该是吧，"他说，"不过他们写的都是战争，说到战争，我可是行家。"

---

① 伊丽莎白·鲍恩（1899—1973），英国小说家，以描写战时伦敦生活而闻名。

② 伊夫林·沃(1903—1966)，英国讽刺小说家，其作品针砭时弊，揭示人性的弱点。

③ 格雷厄姆·格林（1904—1991），英国作家、编剧、文学评论家，其作品多融合侦探、间谍、心理等元素。

"真……有趣，"我说，"您最喜欢哪一位？"

"格雷厄姆·格林，"他说，"他1943年的那本书简直让我念念不忘，你读过吗？那本《恐怖部》①？"

*

那次活动之后没多久，我们就迎来了高温天气——连续四天都是43℃。这已经比去年凉快了，持续的时间也不算太长，但首席气象学家还是做了高温预测，政府也重启了夏季水资源配给制，因此，格雷厄姆的洗澡用水量被大幅削减了。

由于住的是政府的房子，因此空调的使用也受到了限制。格雷厄姆对此十分恼火，他越想越生气。

"有空调已经不错了。"我劝他说。

"政府为什么要折磨自己的员工？"

"我们要努力实现碳中和的目标，现在还差得很远，所以必须从点滴做起。"

"你说什么？"

"没什么。是这样，所有政府的房子都会限制用电，包括廉租房。"

"什么？"他这次说"什么"的语气似乎没想得到答案，只是不想继续纠结罢了。

天热得我一动也不想动，大部分时间里赤裸着身子躺在床上，在汗水中忍受煎熬。因为限制用水，格雷厄姆不得不把淋浴时间

---

① 《恐怖部》，以第二次世界大战的伦敦为背景，讲述小人物阿瑟·罗因一场意外被卷入恐怖间谍组织后发生的一系列故事。

缩短到 30 秒。持续高温那几天，我完全没有见过他。我们都开着卧室的门，这样可以保证空气流通——可空气却像被绞死的尸体，挂在空中一动也不动。我们躺在各自的房间，有点什么事——比如做沙拉——都是靠喊来告知对方。

各位读者应该也都经历过高温天气，在高温期间，就连时间都会像达利的时钟^①一样融化扭曲。我整日处于迷迷糊糊、半梦半醒的状态，格雷厄姆则出现了严重的失眠。从他声音的位置判断，他会时不时从床上搬到地毯上，晚上还能听到他做祷告。这对我来说十分难熬，他的声音离我特别近，仿佛是已经把舌头伸进了我的耳朵。由于我们两人的睡眠都不好，有时凌晨三点还会聊上几句。

"花园里了无生气。"几个小时密不透风的静默之后，他冷不丁地道出了这么一句。

"能缓过来的。"

"你那儿能看见月亮吗？"

"能，柏油路上有月亮的倒影。我感觉柏油路都快化了。"

"今晚的月亮真美。"

"人类已经去过那儿了，登上过月球。"

"哦。"

在高温天气的最后一晚——因为有太多人被热得流了鼻血，所以被称为"流血之夜"——温度骤然下降，在整整四天的时间里，我终于感受到了第一缕微风。这风一定也触动了他。黎明时分，我听到他说："我那时候的英格兰可不是这个样子。"

---

① 西班牙著名超现实主义画家萨尔瓦多·达利（1904—1989）的作品中常常出现软塌变形的时钟，被称为"达利的时钟"，象征时间的相对性和不确定性。

　　我必须转移他的注意力，他的任何忧郁情绪最终都得由我来收拾，甚至还预示着我工作的失败。

　　我从小到大的所有自行车都是快散了架的二手货，刹车不是靠车闸，而是靠意念。于是，我给自己买了一辆全新的自行车，从商店骑回家，然后把它推进了厨房。他正坐在桌边，忧郁地盯着桌上的香烟，一旁的空间推理测试试卷只做了一半——部里对时空移民者的测试又推出了新花样。

　　他抬起头。

　　"哦，脚踏车。"

　　"自行车，也可以叫单车，骑着四处转转特别方便，好看吧？"

　　"它看起来像个刑具。我们那个时代并不流行这个，感觉不太安全，鹅卵石上就骑不了。当然，我们那会儿的自行车上没有……你们管这个叫什么来着？"

　　"轮胎，橡胶做的，里面充了气，可以起到缓冲的作用。哎呀，别再按我的车铃了。"

　　"骑这个不会被汽车撞吗？"

　　"嗯，也有这种风险，特别是在我们这座城市。不过，就算走路也有被车撞的风险啊。"

　　"我见过有人骑这种车。看起来非常危险。"

　　他说这话时颇有兴致，眼里闪着光。我说："有一次我喝醉了骑车，结果翻车差点儿飞到天上去。"

"太危险了。"

"想试试吗？"

"想。"

*

我又给他买了一辆。他的腿比我的长。这笔钱我先付了，报销的事交给了昆汀。

一天下午，我们推着车朝着荒野前进。他握着车把，眉头紧锁，晃晃悠悠地把车推上了人行道。

"这同骑马一样糟糕。"

"你会骑吗？我是说真正的马？"

"我得先跟马联络好感情。"

"哈哈。"

"如果我愿意被什么大动物龇牙咧嘴地盯着看，时不时还让它踩我一脚，当初我就加入陆军了。"

"哈哈！"

那是一个闷热的夏日，我们沿着斜坡漫步。天空看起来像薄纸一样透亮，太阳照得荒野昏昏欲睡，各种昆虫嗡嗡嗡地发表着意见。

"好吧，我知道这么说不好理解，但你得找到平衡，往前看……骑吧。"

他骑了上去，一只脚好不容易踩上了脚蹬。他摔了下来。

"嗷。"

"先别管脚蹬，把注意力放在保持平衡上。我们在山顶上，看到了吗？你就借下坡的劲儿……"

他骑了上去，向前移动了大约一米远，然后又摔了下来。

"哎，你骑一下你的，给我做个示范？"

我缓缓地跨上了自行车。自从和格雷厄姆一起生活，我开始穿过膝的长裙，因此上车的动作多少有点不自然。

"真是不太淑女。"

"别担心，我的子宫还在。"

他的脸一下子从额头红到喉咙，却继续用他一贯温和的声音说："那么请问，可否请'阿尔忒弥斯'①好心地示范一下如何驾驭她的车队？"

我用力一推，顺着斜坡骑了下去，甚至不需要脚踏板。温暖的风吹拂着我的头发，我轻轻捏了一下刹车，擦着地面停了下来。

身后传来他的声音："哦，该（死）——哎呀。"

我回头一看，他又摔了下来。

我调转车把朝他骑去。他仰面躺在地上，用手臂蒙住了眼睛。

"哈喽。"

"我得提醒你，我是皇家海军的一名军官。"

"可我现在只看到你躺在地上。"

"我还因为在亚丁的英勇行为受到过船长的表扬。"

"现在还不是跟虫子一起躺在地上？"

"你说孩子们能学会骑这东西？"

"是啊，很小的孩子。"

他把手臂从眼睛上挪开，盯着头顶的天空。"看来我老了，

①阿尔忒弥斯，古希腊神话中的狩猎女神，同时象征丰产和孕育。

骑不了这个了。"他咕哝着。

我开始骑着我的车绕着他转圈。他用肘部撑着身体,恶狠狠地看着我。

"你这有点讨人厌了,是不是?"

"不,我是非常讨人厌。看我——哟——"

我快速骑下山坡,听到他在我身后大喊了一声"哈!"我知道自己想的没错,对付他最好的办法就是激将法。在我的刺激下,他一定能学会骑车,这样才能维护好自己"性格稳定"的人设。

他"哈"的一声从我身边呼啸而过。

"对,非常好,"我在他身后大喊,"现在你要拉住刹车,刹车!拉住……"

*

又过了几天,气温终于降到了 29℃,我们骑着车去了威斯敏斯特。我本来提议先骑一条简短路线,找个安静的地方,他却问我:"为什么?"于是我们就去了威斯敏斯特。他两次差点被撞,这倒激发了他的斗志。如果他连应对伦敦交通的办法都一清二楚,那可真要变成本地人了。

"你们把泰晤士河怎么了?"他质问道。

"不是我们,是你们。维多利亚时代的人对其进行了清理——我想这个词是'筑堤'?恭喜你完美错过了 1858 年的'大恶臭'①。"

---

① 19 世纪中叶,工业发展和人口激增导致伦敦排水系统不堪重负,大量污水被直接排入泰晤士河,1858 年夏天的高温致使泰晤士河中的污水发酵,恶臭弥漫在整个伦敦市区。这一事件被当时的媒体称为"大恶臭"(The Great Stink)。

"维多利亚时代？你知道的，维多利亚女王离世时我年纪还小。"

"但你赶上了相当重要的时候，还获得了委任，拍了那张狐狸一样性感的银版照片。"

"我猜你之所以说我像'狐狸'，是因为那张照片把我的鼻子拍得特别大吧。"

"不是，我说你像狐狸，是想说你——嗯——有魅力。"

"你会游泳吗？"

"什么？"

"如果我把你推到河里，应该不算谋杀吧？"

我俩骑着车驶过跨河大桥，途经环球剧院，最后在船锚酒吧吃了午饭。这家酒馆自 1616 年开业以来一直延续至今，已经成了为数不多的所有时空移民者都熟悉的地方。它的天花板很低，装有咖啡色的木梁以及深红色的窗框。我会毫不迟疑地称之为"典型"。

我们已经在一起生活了五个月，却从未一起来过酒馆。我不知道他在自己的时代是否与女人单独约会过，甚至不确定他是否有过女性朋友。他似乎觉得这整件事非常大胆，又有点不守规矩，所以一直笑眯眯地看着我，好像我们做了什么坏事却侥幸逃脱了似的。

"在我们那个年代，走私的人常在这里喝酒。"他说。

"现在在这儿喝酒的都是游客。"

"我也是游客吗？"

"某种程度上算吧，你觉得我们这座美丽的城市如何？"

"我穿得太不正式了。"这位无论什么天气都穿着衬衫和西裤的人竟然发出如此感慨。

我们吃了炸鱼和薯条，这是他那个时代留下的伟大传统。

"大多数时候我不知道你经常说的'维多利亚时代'是什么意思，"他曾经对我说，"在这座城市，我没见过任何真正具有'维多利亚时代'特点的东西。我感觉现在的伦敦就像最放纵时期的古罗马，要有场战争才会让一切回归正轨。"他的语气非常严肃。

我向他讲了我母亲初到英国时的失望：她点了一份炸鱼，以为能端来一份煎泥鱼，结果却是一块白色鳕鱼。"我非常同情她的遭遇。"他一边低声说着，一边用叉子叉起一根薯条。我顺手把番茄酱递给了他。

"我们起航的地方有家旅馆，"他说，"叫白鹿旅馆，霍奇森中尉在那儿吃过一次玉黍螺，结果引起了严重的不适。"

"我向你保证，这个番茄酱肯定安全。玉黍螺可能携带霍乱之类的病毒，不过现在这些流行病已经没了，各种调味料自然也很安全。"

"嗯。"

我开始低头鼓捣手机。对了，他特别讨厌这玩意儿。

"把你的机器收起来，咱们好好吃饭不行吗？"

"我在查你刚刚说的格林尼治白鹿旅馆，现在改名叫约翰·富兰克林爵士旅馆了。"

他把刀叉放在盘子上，发出了清脆的声响。

"啊，对不起，我不该在午餐时提这个。"

"你没必要道歉。"

他轻轻放下刀叉，盯着盘子里的鱼。

"你们不能像带我来这里一样把他们也带过来？"

"不，不能。我虽然不了解项目的技术细节，但上级说过我们不能这么做。"

"嗯，抱歉，又让你白费口舌了。"（他之前问过我能不能把他送回到过去。）

"我知道你在替他们难过。"

"我总觉得自己对他们负有一定的责任，毕竟，约翰爵士去世后，我就成了探险队军衔第三高的人。我们在一起相处了两年半，他们为人都很正派，非常值得尊敬。要是你能认识他们就好了。"

"是的。我也希望如此。"

"我无法想象——他们都经历了什么。他们一直前进，忍饥挨饿，同伴的尸体也带不走。我了解他们，他们都有善良的灵魂。"

他伸出手，蒙住眼睛，低下了头。

"如果我看到什么特别的东西，我会想象自己如何跟船上的伙伴解释。比如收音机，他们肯定都会喜欢；还有女性主义，他们肯定也会觉得很有趣。"

"很少有人用'有趣'来形容女性主义，不过没关系。"

他撑开双臂，煞有介事地用叉子叉起几粒豌豆。

"还有你们这里的高温天气。"他说。

"这可不是我们的高温天气，是全世界所有国家的共同责任。不过你说得没错，高温的确是个问题。"

"你之前说气温升高是由于历史……排放导致的？污染？"

"对，化石燃料之类的。"

"你们能回到过去改变现状吗？"

*

按照原定计划，等项目进行半年，部里会召集所有联络人向副部长做汇报，但拉尔夫凭一己之力把会议时间提前了。

　　会议安排在部门最靠里的一间会议室，隔音效果很好。阿黛拉作为主持人，永远是第一个到。每次开会，我们进门时她都已经坐在了长桌的首位，身体紧绷，像是等待恶魔附身的人体模型。这次我提前到了一刻钟，发现她还没来。

　　我沿着走廊一路小跑，找到最近的一间厨房。老实讲，我认为在限制区域内设置厨房是非常荒谬的做法。进入限制区域的所有文字必须有根有源，这就意味着，如果有人在自己的午餐上贴了张便条，比如"桑德拉的午餐，请勿动！"，部里也会在便条上加盖"不涉密"的印章。什么事都要提交部长审批，项目操作人员和管理人员想组织一场乒乓球联赛也得走流程——好在申请得到了批复，他们如期举办了比赛，但明确规定联络人不可参赛。

　　阿黛拉正站在厨房的水槽前用冷水冲洗手腕，这自然违反了限制用水的规定。她整个人的状态很不好，或许只有上帝知道她的整形医生究竟想把她整成什么样子。

　　"您好。"

　　"哦，你来得真早，这可不像你。"

　　"我可以问您一个关于时空之门的问题吗？"

　　"不行。"

　　"如果时空移民者能活下来，我们可否利用时空穿越改写历史？"

　　阿黛拉把水关掉，用拇指抹了抹水龙头，弄得上面的金属吱吱作响。

　　"历史运行的方式跟你想象的不一样，"她解释说，"历史并非由一系列因果关系构成，也就是说，我们无法像在铁轨上更换火车头一样改变历史前进的方向，历史只是对已经发生和正在发生的事件的讲述。你在公务员系统干了这么久，竟然还不知道这个？简直让人匪夷所思。"

"那也就是说，我们没办法回到过去——提前把婴儿时期的希特勒掐死了？"

"你真是个蠢姑娘。"

"是。"

"历史记载的都是我们需要让其发生的事情，你嘴上说要改变历史，但其实是想改变未来，我们要明确区分二者的差别。"

阿黛拉对我说教好半天，洗过的手早就干了，但她还是抽了一张纸巾，打开洗手池下的柜门，把用完的纸巾扔进了垃圾桶。我注意到垃圾桶里有份材料，虽然只是露出了一个小边儿，但能看出是特别的绿色纸张，上面贴着黑色封条。我一眼就认出那是我们联络员提交的核心报告——部里告诉我们，这些信息至关重要，可阿黛拉竟连封条都没有拆就将其扔进了垃圾桶。

*

"恭喜各位，"会议开始，阿黛拉开口道，"所有时空移民者都成功活了半年。你们中的几个人要求我今天增加一项紧急议程，那么时空移民者的情况我们就到最后再说。"

阿黛拉说话的语气像是我们浪费了她的时间。没人知道她当这个副部长究竟图什么，也没人知道她为此动用了何种手段。论威望，副职显然不如正职重要；但作为项目的代理负责人，她似乎又显得过于敬业。

艾德先发言："谢谢阿黛拉，我认为我们应该重新制定时空移民者联络人阶段之后的年度目标。我知道，今年所有人都在努力帮时空移民者掌握独立生活的技能，但我认为，为了他们的长远利益，我们应该让他们更长时间、更加系统地接触……"

"知道了，"阿黛拉打断了艾德的话，"这个问题我们三个月后再议。"

"我们恐怕……"

"这是部长的意思，塞米莉亚，你有什么要说的？"

"我想提的是劳工问题。"塞米莉亚答道。

就连塞米莉亚看到阿黛拉也会紧张；她小心翼翼，尽量不发出声音，脸上的神情像是即将被捕食的动物，充满了警觉。

"你说吧。"

"我们从时空移民者那里收集了大量数据，这些数据不仅对时空穿越项目有用，对其他项目也有益处，比如"英国历史"项目和教育部门的数据分析工作。时空移民者本质上承担了档案管理员顾问的工作，来自1847年和1916年的那两位尤其如此……"

"对不起，"拉尔夫大声插话道，"我之所以提议提前召开这次会议，是因为我有一个非常迫切的问题。"

我本以为塞米莉亚会与我交换一个眼神，再给拉尔夫一个白眼，但她似乎已经对拉尔夫麻木了。在所有联络人中，她只讨厌拉尔夫，说她甚至懒得花精力去厌恶他。

拉尔夫之前是那种老派的外勤特工——如恐龙一般的存在。他的身体僵直得像一条铁轨，两片薄薄的嘴唇像是魔鬼鱼。谁知道部里是怎么想的，竟然把玛格丽特·肯布尔交给了他。我猜他可能以为自己会分配到一个温和传统的姑娘——会给他读多恩①诗集，还能给他洗衣服。

"我觉得自己无法胜任联络人的工作，"拉尔夫继续道，"1665的取向……"

*

那天下午，格雷厄姆已经回家了。如塞米莉亚一直推崇的劳工理论所倡导的那样，那天他"休息"。他先是和其他时空移民者一起去了泰特现代美术馆，或许是想更好地了解当代艺术。

"我有几个问题想问你。"我一进门他就严肃地问我道。

"好，我也有一些问题想问你。"

"哦？"

"我的问题是关于肯布尔小姐的。"

他的脸上没有任何表情。

"关于什么？"

"嗯，"我继续道，"你知道她是女同性恋吗？"

"这咱俩得坐下来慢慢说！"格雷厄姆继续道，"哦，天哪……我今天真是大开眼界。"

他泡了两杯茶。当他从橱柜里拿杯子时，一盒香烟从里面掉了出来，他赶紧把它塞进了面包盒子。

"女同性恋，"我解释道，"是指只喜欢同性的女性。"

"喜欢……？"

"你肯定知道我的意思，别装了。你以前在海军服役，当然

_____

① 约翰·多恩（1572—1631），英国玄学派诗人。

知道什么是——我不太确定你们当时用的是什么词——同性恋？”

“不……？”

“就是对同性抱有肉体的欲望和浪漫的渴望。”

格雷厄姆放下手中的杯子，脸一下子红了，那抹红色像水彩画般晕染开来，让他看上去愈加迷人，害我一时愣了神。尔后我才意识到，这个孤独的男人刚刚发现，那个整天和他待在一起的女人对他根本不感兴趣。我皱起眉头，他也眉头紧锁，我俩双双低下头，盯着自己的茶杯。

“我认为这个时代总是过分强调所谓的真实自我，”他的语气异常冷静，“服役期间——嗯——如果被发现有你刚刚说的那种情况，我们一定会受到严惩。但我总觉得，仅凭一些习惯就对一个人的身份盖棺论定，首先是不够明智的，其次也毫无意义。”

“现在我们对同性恋的看法已经变了。”

“显然如此。”

当天，格雷厄姆对我的态度大有改变，仿佛我不再是原来的配方、不再是原来的味道。他在房间里不安地踱来踱去，手指不安分地划过一排排的书。我本该借此机会跟他说点儿什么，从而改变玛格丽特·肯布尔可能面临的处境，但他的态度让我莫名感到十分受伤。

当天轮到我做饭。于是我做了一份自认为能折磨维多利亚时代的孩子的食物。没错，我利用手头的食材做了一道麻婆豆腐，放了大量的蒜和麻辣调味料。效果确实明显，但似乎又和我想的不太一样。他吃了我做的菜后即刻停止了忧郁，惊讶地摸着自己的下唇，紧接着又盛了一大勺。

用过晚饭，他从面包盒里拿出香烟，点了一支，尔后又把烟盒推到我面前。我看着他，他一言不发，一口吸掉了半支烟。

"你之前跟我说，是罗伯特·麦克卢尔发现了西北航道。"他终于开了口。

"对，你应该认识他，他也参加过乔治·巴克爵士率领的冰冻海峡探险队。"

"那是一次可怕的探险之旅。你知道吗，我们被迫用铁链把整艘"恐怖号"捆绑起来，防止它在返程路上散架。所有军官都得帮忙往外抽水，没人能连续睡觉超过 4 个小时，船只一直在发出恐怖的声响。关键是在这之前，我们已经被困在浮冰中整整 10 个月……"

"我知道。"

"嗯，后来我们终于在斯威利的港口靠了岸——再不靠岸船就沉了。住的地方有限，我和他被安排到了同一间房。我不知道你对罗伯特了解多少……"

"他是一个冷酷的机会主义者。嗯，你别这样看我，历史材料上就是这么说的，说他在航道探险中差点害死自己和所有队员。"

格雷厄姆一边思考一边用鼻孔吐出烟雾。"我明白你的意思，"他说，"不过，说他'冷酷'似乎不太公平。没错，他讲究纪律严明，而且有点小肚鸡肠，但他其实非常寂寞，同时又很浪漫，但浪漫只会让他更寂寞。"

"他先后两次下船去找你，内心一定很孤独。"

格雷厄姆使劲吸着手里的烟蒂，脸上写满了不安。

"他说他再也回不去了，"他继续道，"在斯威利湖——他真的以为我们会死在那里，而我从未那么想过——他总是紧紧抱着我，每晚如此，一边抱着我一边流泪。"

他把烟掐灭，提高了语速："两个月后，我被调到了'谦虚号'上，之后就再也没见过他。所以，当你说他出来找过我——"

我等着他把话说完，他却心不在焉地摸了摸耳边的头发。他面色冷静，甚至有些苍白。

"他真的非常孤独。"格雷厄姆重复道。

我并没有把这件事写进周报，因为我不知道该如何解读他的话。他是在给我一个理由，还是在借此说明自己的观点？

*

就是在这个节骨眼儿，项目上的各项工作以各种方式刺激着我的神经。

我总是想起那些被扔在垃圾桶里连封条都没拆的"重要"文件，心里充满了怨气，但好在还能控制。阿黛拉并未发布任何新的命令，我们的联络人还在继续向她提交核心报告，实验也在继续进行。如果以收集数据的工作量计算，时空穿越项目已经距离目标越来越近。我每天都得记录他的心率、血压、体温，还包括他穿什么、吃什么、做了多少运动；每周得依照控制部门设定的标准评估他所取得的各种进步，包括他对电话、交通工具和媒体的使用，以及不同媒介对其造成的伤害或带来的便利；此外，还有没完没了的词汇与习惯测试，我还得对他的脾气秉性进行事无巨细地观察。总而言之，我的工作还在继续。如果你一直使用来自核电站的能源开灯、烧水，应该就不会花太多时间去思考这样一个事实：当初研究核能的初衷是为了摧毁城市。

之后不久，我接连收到了三封邮件：第一封来自健康团队，通知我们时空移民者的医学扫描结果出现了异常；第二封来自部长本人，他对所谓异常结果有所质疑，并要求大家忘记第一封邮件的内容；第三封简单粗暴，提醒收件人谨记违反《官方保密法》的严重后果。

格雷厄姆近来的表现并不比之前更古怪，但他这个人很难看透，所以我也不知道自己是不是每天都在见证他的异常却浑然不知。空气潮湿且污浊的夜晚，他可以一动不动地在花园里躺两个小时，只是为了猎杀一只狐狸；在等待期间，他还拔掉了自己的一颗坏牙。（他后来拿给我看，牙齿的颜色很像墓碑，外面裹着一层红色的牙渍。）我不知道他的这种行为是维多利亚时代的自然反应，还是上级所列出的"异常之举"？

我给顾问打去了电话。

"昆汀，我知道你不能说，但究竟怎么了？"

"扫描仪无法显示1793的数据。"

"你说什么？"

"你这个是工作电话吗？"

"我——是啊？因为这是工作上的事啊？"

他当即挂断了电话。

我整个人从椅子上滑了下来，坐到了地板上，开始不安地啃起手指。安妮·斯宾塞（1793）是部里从巴黎接过来的时空移民者，她的丈夫是个法国人，已经被送上了断头台。在联络人会议上，艾德曾经报告说她对穿越后的生活很不适应。我当时以为他说的是她的精神状态，现在看来，他指的是时空穿越对其造成的身体影响。

我打开工作电话上的通讯录，把昆汀的私人号码写在手背上，然后骑着自行车跑到了6公里以外的一个电话亭。电话亭竟然只能电子支付，简直太混蛋了。于是，我又骑了1公里，终于找到了一个可以投币的电话。

"昆汀，我在投币电话亭。现在打一次电话居然要花1英镑，我念书时往家打电话只需要20便士。"

"好吧。"

"你得告诉我究竟是怎么回事。"

"扫描仪无法显示1793的数据，包括身体扫描仪、金属探测器之类的各种仪器，什么数据都没有。我们被迫又给她做了一次核磁扫描，结果还是一片空白。"

"我不明白。"

"我们也不明白，她已经被召回部里，她的联络人也被停职了。"

"这会牵扯到戈尔中校吗？"

"我不知道，希望不会。老实讲，我现在关心的不是他。关于他画的那个设备，他还跟你讲过别的什么吗？比如谁拿着那个设备？他们长什么样？拿着设备干什么？"

我自从把那幅素描交给昆汀后便没再想过这件事。

"昆汀，"我说，"你说的不会是——一台威风凛凛的任天堂游戏机吧？"

我明显犯了一个错误，不该开不合时宜的玩笑——这种操作简直是在即将雪崩的山体上扔下了一颗石子，我当时根本没有意识到。昆汀猛咽了一口唾沫，我听得十分清楚，他一定是把电话紧贴在脸上，像是强忍泪水时发出的声音。

"你到底知不知道——"他刚想说什么，却又戛然而止，转而问我道，"你听见'咔嗒咔嗒'的声音了吗？"

"嗯，可能因为是投币电话吧？"

电话那头再次传来紧张的咽口水的声音。"看来这条线路也不安全，"昆汀说，"看在上帝的分上，赶紧把电话挂了吧。"

*

我希望你们可以理解，我当时没把他的话当回事。我认为，这个项目潜在的风险——宇宙可能先吞噬自己，再把我们当餐后甜点吞掉——已经让他变得太过偏执，近乎歇斯底里。我不想卷入一些莫须有的阴谋论，单是与维多利亚时代的海军军官共处一室已经让我疲于招架。我挂断电话，投入的硬币掉了下去，砸到里面原有的硬币，发出了声响——看来这个电话亭一直有人在用。我不明白大家用它做什么呢？打私通的幽会电话吗？还是向撒玛利亚人①轻声祈祷？手机如此盛行，传统的听筒所能听到的事情已经不多了，要么是情爱，要么是结束，要么是慌乱中的紧急求助："快，快，我不知道他是否还有呼吸，不知道他还能不能挺过来。"

---

① 指英国的撒玛利亚人热线，该组织旨在通过电话咨询提供心理健康支持服务。

肆

第二天，天气很冷。当然冷了，他们可是在北极啊！但北极
也有阳光灿烂的日子，每到这时，船上的服务人员就会把洗好的
衣物拿出来挂在绳索上晾晒。大家这才发现，"厄瑞玻斯号"上
竟然有人穿红色的法兰绒衬衣。（戈尔遵循麦克卢尔多年积累的
经验，坚持穿着皮毛一体的裤子。）

但是，阳光明媚的日子也有坏处，容易引起雪盲。夏日的阳
光在冰面上反射回来，像是一把抛出去的利刃。周遭是广袤空旷
的世界（确切地说是一望无垠的海面——他们一直被困在浮冰中
间），声音和动作传播起来非常怪异，哪怕只是日常散步也可能
引起幻觉：让人误把地上的罐头盒和靴子当成成群结队的刺客或
鬼魅一般的旅人。

今天，天空十分阴沉，还不断传来隆隆的雷声。戈尔越过冰
冻的大海，独自前往威廉王岛。比起与人结伴，他更喜欢独自打猎。
他沿着圣洁的大地一往无前，越走越远，最后变成了冰天雪地中
的一个黑点。他浑身只有肌肉和肌腱在运动，脑子里什么也没想。

即使看到猎物，心智也无法回归身体，只能勉强把注意力集中在子弹上面。但如果与人结伴，他则不得不努力维持自己原本的人设。

回首1836年的那次冰冻海峡探险，他竟为了活捉一只海豹在冰上待了整整10个小时（海豹一旦被猎杀，就会因为惯性而沉入海底）。正是那次可怕的耐力测试让他患上了雪盲症，迫于无奈，他只好无功而返。距离那时候已经过去了10年；岁月不饶人，如今的他遭遇围攻时不得不躲在大炮后面；他患过痢疾，早上起来背还会痛，身体会提醒他自己不再年轻，会发出信号让他尽早返回船上。

他走在白茫茫的陆地上，射中了两对鹧鸪，但它们都已瘦成了皮包骨，估计做不了几碗汤。他只好继续前行，打算爬上另一座山看看。人就是这样，总是这山望着那山高。可是，目之所及依旧没有驯鹿，也没有麝牛，甚至连一匹狼也没看到。他已经感觉不到自己的双脚，迈步时只是感受到一种梦幻般的压力。这听起来或许很难理解，但他真的还挺享受这种感觉。他之后当然会为此付出代价：每逢霜冻，双脚都会像浸泡过的尸体一样肿胀。

最终，他因为口渴不得不往回走。几个小时不到，他已经喝光了随身带着的水。他拿出装着白兰地的酒壶，冰冷的金属壶身瞬间扯掉了他嘴上的一层皮。好在现在是夏天，若是在1月份尝试这个动作，嘴唇肯定会被扯下一块肉。

冰冻的波浪堆积在威廉王岛的岸边，像寺庙坍塌的残垣断壁。他用镐头开辟出一条路，麻木的双脚支撑着身体，一步一步走到了岸边。他曾在《伦敦新闻画报》上看到有关北极的蚀刻版画，画中的北极一马平川，在灰色天空的映衬下显得一尘不染。可是，眼前的北海区域却似犬牙交错，浮冰在压力的作用下被推挤成一个个危险的山脊。他得走一个多小时才能回到船上，若是换作平坦的草原，或许 20 分钟就够了。

他在浮冰上艰难行走，天空低沉，一场风暴即将来临，能见度也越来越差。

戈尔留意到了天气的变化，内心却毫无波澜，他也不知道自己能否顺利返回船上。他真想在临死前喝杯热巧克力啊，但他不能让自己沉溺于美好的幻想。菲茨詹姆斯问过他，如何能做到用同样温和的态度面对各种小烦恼和大危险，他耸耸肩回应道：

"把事情往坏处想只会让我情绪低落，所以我不会这么做。"

"那你如何看待希望？格雷厄姆，你谈过恋爱吗？"菲茨詹姆斯问他，"你可曾将赢得某人的微笑视作人生的意义？"

"啊，爱情是生命最大的灾难。"

风越刮越大，寒冷的光线刺痛了他的双眼，他甚至不再继续想自己的那杯热巧克力，只能集中全部精力一步一步地不断向前迈进，迈腿、蹬地，迈腿、蹬地。

他的大脑此刻只关注双脚的动作，其他什么也没想。忽然间，他看到一个黑影蹲在一个黑色圆盘旁边。那是海豹在冰上挖的一个洞。他看着那黑影缓缓移动，像是在慢慢舒展身体——动作十分慵懒——可是太远了，他看不清楚，不过还是下意识地做好了开枪的准备。

子弹出膛，发出刺耳的声响。冰上传来一声嚎叫，破碎而凄惨，像是人的呼喊。

第四章

夏日即将终结，我们遇到了两件大事。

第一件事。那天我们骑车外出，正在等红灯，一辆摩托车从我们身边疾驰而过，留下一抹幽蓝的残影。当时，我们刚从自然历史博物馆出来，他之前对进化论的认识还停留在维多利亚时代初期的水平，因此在骑车回家的路上还琢磨着相关内容，突然出现的摩托车终于把他从思想的涡轮里拉回现实。

他说："内燃机真是个好发明，他们的摩托车为什么比送快递的摩托车快那么多？"

"不是一种车，我猜。"

"开这么快不违法吗？"

"不违法……"

"它最快能跑多快？"

"你才刚刚学会骑自行车！"

"贝勒罗丰①看到飞马时会说'哦，不，谢了，我有能在地上跑的马就足够了'吗？"

我给昆汀发了一封电子邮件："你猜他现在想买什么？"可邮件被瞬间退回了。邮箱地址是自动填写的，以前给他发邮件都能发过去，我很是不解。我尝试了部门不同的域名，但哪个都没发成功。

我一边啃咬着大拇指，一边看着邮件退回的提示。突然，我的工作电话响了，上面显示的是一个未知号码。部里配发给项目组人员的电话都做了加密处理，来电不可能是垃圾电话，甚至不会是误拨。我赶紧接通电话，来电的是我们的副部长。

"下午好。"阿黛拉说。

她的嗓音平淡如水，她说她已经把我的电子邮件转给了财务部，正在等待对方审批，目前还"联系不到"昆汀。

"他在哪儿——"

"你喜欢这份工作吗？"她问我，语气像是在读远处的提词器。想到她这话可能是委婉的威胁，我便含糊地表达了自己很荣幸参与项目的心情。

我挂断电话——手心里全是汗——打开工作用的笔记本电脑。从理论上讲，我本来就知道自己所有邮件都会被监控，但那封邮件我才发了10分钟，老天！我赶紧删除了自己一直使用的谷歌账户和谷歌浏览器。

与其说我害怕处罚，不如说我害怕处罚会剥夺我既有的权利。职业生涯的每一步都在帮助我成为监控者，好让我摆脱被监控者

---

① 贝勒罗丰，希腊神话中的英雄，因拒绝阿尔戈斯王后的求爱而遭到陷害，后来在雅典娜的帮助下驯服了飞马珀伽索斯，成功杀死了怪物奇美拉。

120

的无奈。我并非没有道德上的疑虑，只是觉得在国家机器的统治下提出个人的疑虑多少有些幼稚，也有些不切实际。于是，我翻转了内心深处的沙漏。

*

第二件大事是部里对时空移民者取消了行动限制，前提是他们可以通过控制部门安排的测试，证明自己对21世纪有相对充分的认识；也就是说，部门允许他们在英国大陆境内旅行。

我们在项目初期针对时空穿越做了很多假设，包括假定时间维度与空间维度的关系如同人体的淋巴系统和循环系统一样，二者相互关联、不可分割。宇宙若想正常运转，人类若想正常生存，二者不可或缺，即使其余"系统"相安无事，两种维度一旦离散，就会造成致命伤害。所以，我们要确保时空移民者在更为广阔的地理空间移动时不会分解成微小的原子消融于环境（或是破坏环境）。只有这样，我们才能确定21世纪真正接受了他们。

我们对时空移民者有两种设想：他们要么是宇宙中的异类，免疫系统可能遭到攻击；要么是正常的细胞组织，可以被"系统"识别并纳入世界体系。我们再次使用了"融入"一词，但这次指的不是他们能在新世界活下来，而是能够实现升华，打破个体与新世界的边界。真正的归属需要切实地融入，成为利益的攸关方。

所以，我十分担心格雷厄姆对21世纪的鄙视态度，他让我感觉被慢待倒无所谓，我担心宇宙会感受到他不识时务的态度，并因此把他带走。"我那时候的英格兰可不是这个样子"，他告诉我——但这就是英格兰自然演变后的样子，我也是自然演变后的我。如果他愿意透过我认识世界，和我一起体察世界，我会很乐意帮助他。

*

格雷厄姆说当其他时空移民者听到部里解除行动限制的政策时，都高兴地"摇起了尾巴"。

"哦，是吗？你没'摇尾巴'吗？"

"我非常克制，只是跳起来舔了那个家伙。"

他语气里透着尖酸，害我碰了一鼻子灰。

我劝他在我的小办公室突击复习一下考试的内容。部里并未说明考试的形式和题型，我觉得这很不公平，只能劝他好好复习。

"嗯，这次考试应该和中尉测试差不多，该知道的都得知道，书面部分应该不太难，口头部分则取决于面试的人……"

"你紧张吗？"

"不，我可是很自负的，希望你们还在使用这个词。我不觉得你会喜欢 19 岁时的我。"

我的办公室朝南，房间很小，在酷暑的 8 月更显憋闷。太热了，他把衬衫袖子卷了起来，裸露的手臂散发出荷尔蒙的气息，真是让人看着头痛。在他左臂内侧有两颗浅棕色的痣，左掌心还有几道粉色的疤，他俨然成了办公室里的风景。

虽然他已经 38 岁，但内心的自负却不减当年，只是学会了更好地掩饰。他与部里的几位靶场管理员和军需处官员都成了朋友，偶尔还会去靶场练练射击。因为枪法太准，害得几位初级外勤特工都卷了起来。考试临近，他认真学习了《公路法规》，盼着能骑着摩托车到边界外探险。他待在部里的时间越来越长，总是时不时问谁一个问题，语气温和又坚决，让人根本无法拒绝。为人父母，总要面对孩子的离家或顶嘴，我感觉自己与这样的父母共情了。他正在走出我的视线，不再需要我的指导。他已经适应了周遭的新世界。

*

阳光变得愈发炽热。正午时分，阳光垂直照射着地面，我冒着中暑的风险走上人行道，走进了一个将影子灼烧殆尽的世界。我怀念自己在英国的漫长雨季留下的影子。

时空移民者都在努力适应新生活，格雷厄姆甚至进入了危机管理模式，他肯定觉得自己是在鼓舞士气。他先是获得了控制部门的许可，然后便在行政人员的协助下举办了系列沙龙讲座，每周二晚上都会邀请部门员工讲讲当代英国文化，讲座结束后大家会一起去吃三明治、喝柠檬水、品朗姆酒。到了周四晚上，再请一位时空移民者分享自己感兴趣的事，然后大家一起吃点东西、喝点啤酒和可乐。这样，玛格丽特就不用再准备集体晚餐了，之前的集体活动一直都是她来张罗餐食。

一句话总结：部门的讲座烂透了。控制部门下发了一系列现成的演讲稿：教条死板，无比压抑。我被安排读了一篇关于多元文化的讲稿，这帮混蛋，还让我加上一些自己的经历。我语调平淡，眼睛始终盯着讲稿，读完后我一口气干了250毫升的白葡萄酒；塞米莉亚举起斟满的酒杯，轻轻碰了碰我的空杯，她的下巴异常紧绷（或许是因为部里安排她来介绍英国的前殖民地及加勒比移民）。控制部门做的讲座只讲究政治正确，但内容冗长、语调平淡，房间里仅有的活力很快就被其消耗殆尽。人的想法本来就存在着摩擦和分歧，若被流程图所固化，即刻就会丧失生命力。想法首先得能激发出问题，尔后才能成为解决方案。

相比之下，时空移民者的讲座就精彩多了。他们讲的内容五花八门，远远超出了我们狭隘的预期。玛格丽特与格雷厄姆不同，她对电影兴致极高，特意借助 PPT 讲解了查理·卓别林为什么会"看上去像个傻瓜，实际上却是个哲学家"，她分析得头头是道。卡丁汉姆则以士兵般的优雅姿态登上了讲台，他用比玛格丽特晦涩的语言总结了曼森谋杀案^①，还莫名抨击了素食主义的疯狂。（他的联络人伊凡第二天就被紧急叫到了部里。）

大家都盼着亚瑟·雷金纳德—史密斯登场。雷金纳德—史密斯三十五六岁，相貌英俊，属于典型的盎格鲁—撒克逊人的长相。他身高一米八二，却总是表现得十分低调。他的发音似乎有点问题，总是分不清 R 和 W，或许正是这个原因，他才选择了以下方式。

"感谢大家前来捧场，"他说，"但我并不擅长演讲，所以今晚我就不在各位面前献丑了。"

台下一片沉默，场面非常尴尬。"什么啊！"观众席中的玛格丽特开始起哄："嘖!!! 嚯!!!"

我心头一紧，雷金纳德—史密斯却依然面带微笑，虽然有些不安，却似乎并未影响心情，像是在为自己的下一句台词做铺垫。

---

① 指 1969 年发生在美国洛杉矶的两起连环谋杀案。主犯查尔斯·曼森先是指挥"曼森家族"成员杀害了著名电影导演罗曼·波兰斯基的妻子莎朗·泰特，手段极其血腥残忍；第二天晚上又授意谋害加州一家大型超市连锁店的老板拉比安卡夫妇。查尔斯·曼森和他的几名追随者最终都被抓获并定罪。

观众看到他并未紧张地逃跑，顿时爆发出一阵笑声。真奇怪！我之前从未想过这些时空移民者彼此能成为朋友。

"嗯，塞米莉亚，"雷金纳德—史密斯说，"你能……？"

塞米莉亚倚在演讲大厅门口，用臀部轻撞打开了门，伸手从外面拖了个什么东西进来：原来是一架带轮子的卡西欧键盘。趁着观众还在饶有兴致地窃窃私语，塞米莉亚帮亚瑟把乐器抬上了舞台。

"下面有请1847……"雷金纳德—史密斯说。

格雷厄姆舒展着手臂，带着略显刻意的从容姿态走向了舞台。我恍惚间觉得他拿着一把重剑，但其实是一支长笛。他敏捷地跳上台，站到帅气的雷金纳德—史密斯旁边，努力克制着内心的紧张。

"我们将为各位表演一个小作品，呃，'迪斯科舞曲'。"

"我们之前简单排练过，"格雷厄姆说，"但还远远不够。"

"如果我们说自己'排练了很久'，那就是在吹牛。"雷金纳德—史密斯补充道。

"的确如此，嗯，实际上'我们练得很不好'。"

"是，我们练得不好，时间也不够，所以真的挺难听的。"

"是的，"格雷厄姆表情严肃，"愿上帝保佑你们。"

他们演奏了一段号笛舞曲[①]，我之前听格雷厄姆吹过几次，都是在早上我该起床（却没起）的时候。没想到，舞曲刚演奏了几小节，竟丝滑地转成了杰克逊五兄弟[②]的歌。他俩的表演非常

———————
① 号笛舞曲，起源于欧洲，旋律轻快活泼，因其对邮递员号笛声的模仿而得名。

② 杰克逊五兄弟，美国流行音乐乐队，音乐风格融合了流行、节奏布鲁斯、放克等多种元素。

出色。"唷!"玛格丽特再次起哄,观众再次爆笑,大家开始用脚在地上打起了拍子。

塞米莉亚溜过来,坐到我的旁边。"嗨。"她低声说。

"嘿,你就不打算请我跳上一曲吗?"

"嗯,既然你都提了……"

事实上,几位项目人员和行政人员已经在舞台前跳了起来。他们都很年轻,都是牛津和剑桥的毕业生,经过层层选拔,已经在部里站稳了脚跟。我不知道他们签署的协议内容有多可怕,其中一人似乎刚听到有人说"舞动起来",便开始了肢体的演绎。

塞米莉亚本来是一个很克制的人,却仍无法抗拒音乐的律动,也开始摆动身体。她坐在椅子上,我侧身看着她,开口道:"你知道他们要表演这个吗?"我压低了声音。

"我也是最后一分钟才知道的。他们一直在没人的办公室秘密排练,昨天我跟我的顾问见面后,他们找到我,请我帮忙安排细节。"

"嗯。"我说。

"他们之所以找我而没找你,可能是因为我和他们都认识,可不是说你和1847的关系不够好。"塞米莉亚继续道。她虽然沉浸在节奏里,却依然在替我着想。

"嗯哼。"

"你们俩应该找个时间过来。我们可以玩桌游。"

"没人愿意跟我玩桌游,每次圣诞节我家玩大冒险的游戏,只要有我参与,节日气氛就会被破坏。家里人都管我叫'尤利乌斯·逮她·不是凯撒'。不管什么游戏,只要有我参与,绝对乐趣全无。"

"我们跳舞吧？"我在向她分享自己的小秘密，她却一直盯着前方的临时舞池。

"不。"

"跳吧，给亚瑟捧个场。"

"不，哦，老天啊。"

塞米莉亚拉起我的胳膊，把我拖到舞动的后勤人员中间，带着我开始左右摇摆，动作有点酷，又不太酷。"是啊，女士们，一起过来跳吧！"伊凡高声喊道，我真想把他列入我的黑名单。我四处张望，不知道该看向哪里。唉，此刻我还在房间里，这就意味着格雷厄姆能看见我，我真希望自己马上被鲨鱼吞掉。

"那个人是谁？"我语气中带着绝望。

塞米莉亚做了一个夸张的转身动作，顺着我的目光看了过去。"你没见过萨莱塞吗？"

"没有，就算见过——你小心我的脚！——也不记得了。"

萨莱塞站在礼堂的最里面，头发的颜色像月光下的湿土，他表情紧绷、一脸阴沉。我觉得就算所有人开始相互亲吻、高喊"致敬撒旦"，他脸上的表情也不可能比现在更难看了。萨莱塞的身边站着准将，两人正在交谈，头靠得很近，像是被罩在无形的忧郁罩里，隔绝了房间里的热闹。

"看到他俩让我很难受。"塞米莉亚低声说。

"我也感觉很不自在。"

"是的，我也是。"

每次讲座的时间为半个小时，这会儿我刚琢磨着该不该让塞米莉亚跟我一起做滑步动作，整场噩梦就宣告结束了。"你跳得多好啊，"塞米莉亚说，"感觉你已经享受其中了。"

"算是吧，塞米莉亚，你感觉的没错，不过我发现了，只要有节奏和律动，你就觉得我们非得动起来不可。"

"旋转和变革都让人快乐。"塞米莉亚说。她再次切回到顾问模式，说话的语气像是要传授给我什么重要的人生道理。我不知道她先后多少次告诉过自己部门激进的青少年要对世界心存感激，要把感激的事物记录下来。但老实讲，我很厌恶这种做法。

"哦，这我可不知道，"我回答说，"我会问问1793，看看变革和快乐有什么关系。怎么说到变革了？我们可是在为政府工作啊。"

格雷厄姆和雷金纳德—史密斯从舞台上跳下来，站到了我们旁边。

"讲座很精彩，"我说，"非常独特。"

"你们太棒了。"塞米莉亚说。

"谢谢！"雷金纳德—史密斯低声应道，"那个，嗯，看来大家还挺喜欢这种古老而梦幻的感觉。"

"对，就是梦幻的感觉。"塞米莉亚说。我稍稍侧过身子，戳了一下她的肋骨。

我开口道："你们知道吗，世界上人数最多的麦迪逊舞表演的吉尼斯世界纪录可是在柬埔寨哟，当然，我不在现场，但我也感觉与有荣焉。"

"太好了，"雷金纳德—史密斯说，"'麦迪逊舞'是什么？"

"'吉尼斯'又是什么？"格雷厄姆问。

"麦迪逊舞是一种集体舞，20世纪60年代开始在柬埔寨流行，迄今依然如此，不过在——总之吧，我听说我父母在他们婚礼上就跳了好几支麦迪逊舞。我母亲很擅长跳舞，小时候本来想学民族舞的，却被送去金边①读了一所法国学校，教授的课程中根本没有舞蹈。"

"法国学校？"雷金纳德—史密斯礼貌地重复了一遍。他听我讲话的样子比当了一辈子水手的格雷厄姆还要迷茫。

"对，就是法国学校。柬埔寨以前是法国殖民地，我外公一直从政，他希望我母亲能接受法式教育并融入法国文化。"

听到我的故事，无论是维多利亚时代的人还是爱德华时代的人都没表现出惊讶，只有塞米莉亚加重了呼吸。

格雷厄姆和雷金纳德—史密斯在房间里走了一圈，每个人都向他们发去了真心的祝贺。塞米莉亚说："我母亲也喜欢聚会，过去常为教会组织复活节的舞会。"她转过头，看了一眼远处墙上的时钟，我并没看到她脸上的表情，但能听得出她的声音有些颤抖。"融入法国文化，"她喃喃自语，"想着提醒我把弗朗茨·法农②的书拿给你。"

"我不看，肯定又是移民二代的故事，书里面的母亲喜欢聚会，对吧？这个国家是不是专门制造这号人物？"

"好吧，看来我俩都有长女病，"塞米莉亚转过来对我说，"我弟弟、妹妹跟我走的方向不一样：我弟在做音乐，我妹在做蛋糕，他们都管我叫'警察'，我每次打电话给我弟，他都会说'警官好'。他前几年还管我叫过'古巴比伦③'，不过我威胁他说如果再这么叫我，我就要告诉他的制片人他上过私立学校，他这才消停。"

---

① 金边，柬埔寨首都，曾为法属殖民地，1953 年获得独立。

② 弗朗茨·法农（1925—1961），马提尼克裔法国作家、哲学家、革命家，致力于探讨殖民主义、暴力革命和民族解放等问题。

③ 古巴比伦实行君主制，国王拥有无上权威，这里暗示弟弟认为姐姐强势、霸道。

她的话把我逗笑了。我伸出胳膊，示意她挽着我，心里开始盘算：她有一个弟弟、一个妹妹，母亲已经故去，对父亲只字不提，我得把这些记录在案。为什么又是长女？

　　我从未读过法农的书，觉得自己理解不了。我不理解自己的价值观——我的伟大传承——为什么非得是一个完整的体系，就不能是代表着进步的中立经验主义路线上一个不起眼的点吗？我的日子比母亲的好多了，比父亲的也好；我能得到更纯净的药物、能选择更丰富的商品、能拥有更明确的权利，这难道不能称之为"进步"吗？我对历史的理解仍然充满了困惑，我仍然在用严格的线性叙事的方式理解它。我当初真应该认真听取阿黛拉对历史的讲解，我知道她肯定也会这么说我。

＊

　　我陪着格雷厄姆去部里参加适应测试，心里盼着能见到昆汀，他的电话一直打不通。我俩已经习惯骑车去部里，但那天太热，我们坐了地铁，为的是少出一些汗。我们还是太傻太天真了。8月份地铁里的温度绝不亚于桑拿房。为了测试，他还特意穿了一套60年代风格的西装（剪裁非常修身），所以肯定更难受。

　　"如果我死了，你能把我的骨灰撒进大海吗？"

　　"能，爱尔兰海？英吉利海峡？大西洋？"

　　"北冰洋，"他伤感地说，"至少那儿凉快些。"

　　"你把上衣脱了吧。"

　　"脱掉上衣我会更尴尬。"

　　在员工入口处，我停下了脚步，一边祝他好运，一边看着他用手帕擦拭汗涔涔的卷发。我走去昆汀的办公室，里面空空如也，连笔记本电脑和充电器都被人搬走了。我朝着另一位顾问（负责托马斯·卡丁汉姆的前情报部门成员）的玻璃门看了一眼。

"萨达威尔！"

"嘿！你好，听说你负责的时空移民者今天来参加测试了？"

"是的！他……很自信。"

"看来他适应得不错，方式虽然独特，但效果很好。"

"对，他把花园里的松鼠都杀了，还特别讨厌看电视。"

"真是个傲慢的家伙。"

"哈哈！"

"不过他这也挺好，我负责的那家伙只对《我的世界》和性工作者感兴趣，还想让我们解决相关预算，可真是太麻烦了。"

"啊，可以想象，昆汀也一直劝我让 1847 少抽点烟。"

"昆汀最近怎么样？我听说他被调岗了。"

"是吗？"

萨达威尔皱着眉头站起身，有那么一刻我甚至以为他要责备我，我竟然不知道自己的顾问在哪——当然，这并非我的职责——不过我马上意识到，他其实看向的是我的身后，我也赶紧转过身去。

"希望我没打扰到你们。"

来的人是准将，旁边站着萨莱塞。

"您有什么事，长官？"萨达威尔走过来问道。

"我想找副部长，听说你们有个旅行者出了问题。"

"您是说时空移民者？"

"对，"萨莱塞快速回应道，"没错，我们想见见她。"

"对，我们想见见阿黛拉。"准将说。

我试图吸引萨达威尔的目光，但他的目光一直在准将和萨莱塞之间游移。

"希望您能理解我的职责所在，长官，"他继续道，"我能看看您的证件吗？"

准将从口袋里掏出一张部门签发的身份证明，递给萨达威尔。他的样子比我上次见他时更糟——身上有一种难以言说的气质，像是那种若想洗澡只能用炉子给自己烧水的人，与他的军衔完全不符。他看到我盯着他，于是我赶紧低下了头。

萨达威尔把身份证递了回去。"副部长阿黛拉正在参加控制部门的会议，"他的语气十分谨慎，"我们都不知道她在哪儿，只知道会议讨论的是1793的问题。21世纪似乎对她很不友好，具体可以参见国防部的报告，长官。"他语气中带着些许责备补充道。

"哦，有问题的不是我们这个世纪，而是她自己，"准将说，"她无法保证'此刻'与'彼时'的统一和连贯，因此才会脱离时间的维度。这在1793身上表现得十分明显，她甚至不愿把'彼时'带到'此刻'，你明白吗？她总是沉浸在悲伤里，而悲伤就会让人脱离时间维度。"

萨达威尔脸上写满了担忧。"这是国防部的看法？"他问，"您已经告诉副部长了？"

"我目前只见过部长，"准将继续道，"很想见见副部长阿黛拉。"

他再次把目光投向我，好奇而冷漠。我在他身上感受到一股孩子气——不是说他喜欢玩闹或年轻气盛，这两样气质他都没有——他脸上的专注很像那种无情摆弄宠物四肢的孩子，好像非要知道把四肢拉扯到什么程度才会断裂。

*

　　我回到家，第一时间查收了电子邮件。格雷厄姆参加的适应测试与驾照考试——或中尉考试——一样，结束后第一时间就能出结果：格雷厄姆顺利通过。

　　我骑车去家附近的杂货店买了一瓶香槟，回来路上又给自己买了一根雪糕。我一边坐在长椅上舔冰激凌，一边琢磨着准将。他这个人有丰富的野外生存经验，但他和萨莱塞一样，总会让人心生不安。两人像是空降到敌后的间谍，表面上在熟悉周遭环境，实际上却在等待杀人时机。

　　来自1793年的安妮·斯宾塞虽然也参加了集体晚餐、同理心测试及语言测试，还与最快乐、最年轻的联络人艾德共同生活，但部里似乎已经将其认定为失败案例，并判断她将不久于人世。她的核磁扫描没有得出任何数据，艾德在停职前就做了相关汇报，但这只是1793身体无法同步现代技术的一个例子而已。事实上，所有机器都无法读取她的相关数据，只有肉眼能捕捉到她的存在。准将认为她"无形"的原因在于她本人，与外部条件无关，这倒是一种有趣的想法，可以给身份政治学一个全新视角："你属于哪个时代？""你是否具有多重时间性？还是会囿于扭曲的时空？"如果内部时间体验与外部时间体验不匹配，身体的状态是否像携带了癌细胞？如此一来，问人时间或许问的是"你觉得自己能活多久？"

　　我吃完冰激凌，眼看着夜幕悄悄降临。太阳从天空慢慢滑落，空气中拂过缕缕微风。我骑车回到家，发现格雷厄姆已经回来了。

他把冰箱里几个冰盒摞在一起，正准备搬到楼上。

"恭喜你啊！"

"谢谢！"

"我买了这个，咱们庆祝一下。"

"谢谢你，有心了。"

"你要把冰块拿哪儿去？"

"我打算利用现代技术泡个冰水澡。"

"我先把酒放在冰箱里冰镇 15 分钟，你要不要一边泡澡一边喝上一杯？我可以把酒给你放在门外。"

"你可真堕落啊，那就给我来一杯吧。我还想连着抽它半包烟。"

"他们没为难你吧？"

"我知道自己容易被当成怪人，比如说在苏格兰，我和亚瑟一眼就能被认出是英格兰人。考核小组里就有个苏格兰人，他好像挺认同我的这种想法。"

我把一杯红酒端上楼——剩下的塞好瓶塞留着晚餐时再喝——听到格雷厄姆在浴室里放声歌唱，"我渴望偷得浮生半日闲"，歌声偶尔含糊，应该是在抽烟。我听到水花拍打着浴缸，他开始低声哼歌，大概是在涂抹肥皂。我悄悄走到浴室门口，把头倚靠在墙上。我绝不会去见部里安排的心理治疗师，我知道自己应该去，但也知道自己不会去。

*

我们邀请玛格丽特和雷金纳德—史密斯上尉这周来家里吃饭，

格雷厄姆决定做意大利肉酱面，我们一致认为这道菜简单美味，还十分现代。

在穿越到 21 世纪前，格雷厄姆除了探险期间曾把口粮放在篝火上烤熟外，几乎没有自己动手热过一碗汤。他们只在乎食物提供的能量，并不在乎食物的味道。船上有厨师和侍从；偶尔回家也会有女人下厨。虽然电视、短信、除臭剂始终未能让他动心（"我每天洗澡"，他说话的语气像是被伤到了自尊），但他喜欢上了烹饪。他带着难以掩盖的紧张一边哼着歌一边忙着做饭，可惜还是把洋葱烧焦了。他本能地想抽支烟缓解焦虑，我直接把烟拿到了一边——我可不想品尝带着烟灰的肉酱——他说我"婆婆妈妈"，他会用这个词倒是让我很吃惊，我绝对没教过他，他是从哪儿学的呢？

收汁时门铃响了，他把木勺递给我，自己跑去开门。

"你好，1916；你好，1665。欢迎二位！"

"1847！"玛格丽特大发感慨，"我是乘公交车来的，简直太刺激了。"

"晚上好，1847，"我听到雷金纳德—史密斯的说话声，"好香啊！"

"你太客气了，我恐怕得把你们灌醉，因为我不太会做饭。"

他带着两位客人进了厨房。

玛格丽特穿了一条天蓝色的高腰阔腿裤，上身搭了一件白色蕾丝衬衫，活脱脱一个迪斯科女神。想想她的实际年龄，与迪斯科女神的形象真是风马牛不相及。

"你好啊！"我惊讶地说。

"你好！"她一边回应，一边扑进我的怀里。我依旧无法判断她说话是哪里的口音。她抬起头，微笑地看着我，估计听到了我吞咽口水的动静，问我道："我是不是不该拥抱你？可我见到很多人都这么做，不过1847从来不让我拥抱他。"

"不，不，这样很好，你俩请随意。他不让你抱他，你就尽管抱我！"

雷金纳德—史密斯（他让我叫他亚瑟）也谢绝了玛格丽特的拥抱，害羞地与我握了握手。"很高兴见到你。"他低声说。他的发音有点奇怪，格雷厄姆本想向我抛来打趣的眼神，不过马上收了回去。

我把勺子放回锅里，问他们道："你们想来杯马提尼吗？这是我唯一会调制的酒，我们家可是很有档次的哟。"

"'有档次'？"玛格丽特有些不解。

"'有档次'本来的意思是优雅而高贵，这里有讽刺搞笑之意，"亚瑟说，"你应该知道，只要1847在的地方都会显得优雅而高贵。"

"那就是说，只要我喝了'高档'的马提尼，也能变得能说会道？"

"我喜欢你的裤子。"我对玛格丽特说。

"非常感谢！我特别喜欢这条拉链——你看？"她拉开口袋拉链展示给我看。"如果我们那会儿有拉链，穿紧身衣会节省很多时间……你们那个时代有拉链了吗？"

"没有。"格雷厄姆回答说。

"我也没有，不过拉链在我们那个时代就开始流行了。"

"这是个很棒的发明。"

"不过，有时……也有点危险，"亚瑟小心翼翼地继续道，"取决于安在什么位置。"他和格雷厄姆对视了一眼，然后心领神会地笑了。

格雷厄姆忘了把意大利面端上桌；玛格丽特刚喝了一口马提尼就开始打嗝；两位男士在本就不大的厨房里一直吞云吐雾；我忘了事先准备好配套的盘子。尽管出了这么多状况，但这次小聚会还是非常愉快。我又开了一瓶红酒（玛格丽特无论如何也喝不下马提尼了），几人共同举杯，对四人唯一公认的21世纪英国的进步——便携音乐——表达了感谢。

他们已经成了朋友，如我亲眼所见——真正的朋友。玛格丽特曾试图与安妮·斯宾塞做朋友，但对方太过沉默寡言，再加上"多愁善感"，于是玛格丽特便知难而退了。玛格丽特非常讨厌卡丁汉姆，亚瑟也不加掩饰地说他"难搞"，这倒引起了我的兴趣，因为我知道格雷厄姆经常约卡丁汉姆一起打拳。

"他就是个木头疙瘩。"玛格丽特说。

"形容得很生动，"格雷厄姆接过话来，"但他和我们一样，都被困在了这个时代。"

"1847，这个我不太清楚，"亚瑟说，"但我好不容易有了重生的机会，可不想整日围着他转。"

"他们当初就不该把他从牛粪上带过来。格雷厄姆，你怎么能受得了他呢？"

"生活在海上会培养出人极大的耐心。"

"说得好像海军都是圣人似的。"亚瑟说。

"嗯。"

亚瑟很开心，脸红扑扑的。他属于那种比较特殊的外向性格，拥有所有内向特质，却非常喜欢与人相处。他的最大天赋是温柔，无论男女，温柔都是宝贵的美德，对于亚瑟这类人来说尤其如此。浅聊几句后，我对他的生平有了粗浅的认识：他毕业于一所不错的公立学校，尔后在牛津学习古典文学，大学时光非常快乐，但有多门考试不过，于是改变从业方向，培训后成了一名医生。

"其实我连医生也没当明白。"他补充道。

"是不擅长处理内脏器官吗？"我问。

"不，我做医生还算称职，但不太喜欢其他医生。那些人都很残忍，从医容易让人变得心硬，至少在我那个时代如此。他们还都相当傲慢，可面对他人的痛苦怎么可以傲慢呢？于是，我没过几年就放弃了行医，到拉杰开始了新的生活。我父亲的校友帮我在那儿找了份工作，负责监督铁路建设，但我们建的铁路根本没有其他人用，简直荒唐至极。后来，我被调到了伦敦办事处，结果不到半年，德国就入侵了比利时。"

我看到格雷厄姆邪魅地挑了挑眉毛，像是在心算一道数学题。"你很快就成了上尉，找到了自己的方向，是吧，1916？"

亚瑟露出痛苦的表情，扶着杯子的手抖了一下，然后咂巴着嘴将杯中的酒一饮而尽。"战争期间，人晋升得——都很快。"他简短解释道。

紧接着他又补充说，他本来可以开心地做一名教师或牧师，但他的原生家庭认为当老师很尴尬，做牧师则会成为笑话。他的这些愿望确实不符合"职业的父亲形象"。几天后，我与塞米莉亚在布卢姆斯伯里散步，谈话间她提到了亚瑟，说他身上有种"很深的道德责任感"。我想到自己即使对喜欢的人都会有种心不在焉的残忍，内心感到无比羞愧。

玛格丽特带着难以察觉的急切心情认真听着两个男人谈论自己的职业生涯。在她所处的年代，女人的生活半径很小，基本是围着家庭转，她心目中的苏格兰不仅遥远，而且荒蛮。我们后来谈到了我在柬埔寨担任翻译的经历，她把注意力全部放在我身上，我可能说了不该说的话。

我不记得我们怎么就谈到了大麻——或许是因为我们对21世纪真正的进步无法达成共识。时空移民者一致认为21世纪的进步喜忧参半，不知怎么，我就把研磨器和卷烟纸递给了格雷厄姆（他在卷烟方面比我熟练）。

我在与玛格丽特的相处中变得愈加生动和包容。大家谈论的话题越来越沉重，我下意识地留意到两位男士关注的重点。我明白，不同的人会以不同的方式应对所谓权力和魅力，我也在努力理解他们的观点。可没过20分钟，我就开始和玛格丽特计划专属于女生的苏活区①之夜。我需要向她解释很多概念，包括伦敦苏活区的历史，什么是泡吧、节奏布鲁斯、闺蜜之夜及各种跳舞。老实讲，我自从在语言司任职后便没再去过夜店。

"我对帕凡舞和吉格舞略知一二……但如果只有女生……"

"这个你不用担心，你就……放飞自我，扭动起来就好。"

"我很想放飞。"她语气里流露着巨大的渴望。

"来，我教你跳滑步。"

"嘿，这看起来很有趣，"亚瑟说，"这叫什么？滑步……"他摇摆着身体，奇怪的性感魅力又增加了不少。格雷厄姆掐灭了手中的烟。

"你不要跟着起哄了，1916，咱们再开瓶红酒吧。"

"我不想再跳波尔卡②了，也想学学滑步舞。"

---

① 指集办公、商业、娱乐、居住等功能于一体的现代化建筑类型，通常追求个性化风格和多元化发展。

② 起源于捷克的民间舞蹈，舞步轻盈、活泼，以小步跳跃和旋转为主要动作。

"'波尔卡'是什么舞蹈？"玛格丽特跳着滑步气喘吁吁地问道。

"你让1847教你，我想他那个时代已经有波尔卡了。"

"你们不要以为人多就可以逼我就范。跳舞我就免了，多谢。"格雷厄姆拿着酒瓶轻盈地滑到一边。

"嘿！你会跳舞！"

"这事只有我和上帝知道。"他严肃地说。

"哎，别生气呀，1665。亚瑟，你如果还能站起来，就带她跳段波尔卡呗。"

亚瑟站起身，我们轮番向玛格丽特做出狂野的鞠躬动作。看到玛格丽特被亚瑟夸张地拥入怀中，我抑制不住地大笑起来。玛格丽特身材矮小，身高只到亚瑟的肩膀。

"哦……哦，上帝啊……你们看起来像是英俊的长颈鹿……带着自己的兔子妻子跳舞……啊哈哈哈……上帝啊……"

"你就带她跳一会儿嘛，1847。"

"啊！"

"过来吧。"

"我不跳舞，我之所以特意学习长笛，就是为了不让人叫我跳舞。"

"这个时代的音乐家都被封印在了音乐盒里，没有现场演奏也能获得节奏和律动，"玛格丽特说，"你快教我跳波尔卡，否则，别怪我踩你脚啊。"

"我觉得你已经被'女性主义'冲昏了头脑。嗷！"

"可以请你跳支舞吗？"亚瑟问我。

格雷厄姆从未与我有过身体接触，哪怕是在餐厅帮我拉椅子或在厨房帮我递盘子时也从未碰到过我。此刻，我看着他带玛格丽特跳舞，内心有种七上八下的感觉。我也不想辜负了这段美好时光，于是朝亚瑟走了过去。

"我教你跳摇摆舞，"我说，"我有个很烂的前男友，他非常喜欢跳林迪舞，那会儿还常带我去上舞蹈课。我必须把这该死的才艺传给别人。"

"我大概听懂了你的意思。我知道这世上有那样的男人，他们会带着人欢快地跳舞。"

我若有所思地看着亚瑟。那天晚上，我无意中多次捕捉到他的目光。仔细想想，每次都因我们同时将目光停留在了格雷厄姆身上。

厨房另一侧传来格雷厄姆的声音："你要先迈左脚。"

"继续。你就不能心平气和地教我吗？"

"为什么你一直想领舞呢？不对，1665，你应该迈左脚。"

"你是个糟糕的老师。"

"我都说了我不会跳舞。嗷！"

与格雷厄姆相比，亚瑟跳得非常优雅。他俯下身，扶着我后倾，我如芦苇般弯曲着腰身；他带着我旋转，我优雅地转了一圈。

"哎呀，上尉，你以前也这么'活泛'、这么'时髦'吗？"

"亲爱的女士，你要知道，我们可是'活泛'和'时髦'的缔造者。"

我们的舞蹈或音乐可能触发了亚瑟关于战争的记忆——抑或其他与战争无关的痛苦经历。大麻已经抽了一段时间，不可能再造成眩晕和恶心。但我能感觉到痛苦刹那间像薄纱一般将他笼罩了起来，事先毫无征兆。他脸色苍白，掌心的冷汗甚至滴落到了我的腰间。

"亚瑟？"我喊着他的名字，格雷厄姆也同时喊道，"1916，你怎么了？"

亚瑟用颤抖的手擦拭着额头，呼吸变得急促。

"哦……请——原——谅——我——"

"这里太热了，"格雷厄姆一边说着一边把亚瑟从我手中拉走，并且带他去了厨房门口，"我们到外面抽支烟吧，也让我的双脚放松一下，玛格丽特都快把它们踩扁了。"

亚瑟喘了一口长气，勉强算是接收到了格雷厄姆的幽默。格雷厄姆扶着他，他肩膀高耸，瘫倒在格雷厄姆身上，脸贴着格雷厄姆的耳朵。

"不让人吸烟真的非常危险。"格雷厄姆说。

"对——不起——"

"小心台阶。"

玛格丽特把手悄悄伸进我手里。格雷厄姆向我投来一个眼神——一个意味深长的眼神——眼神交换的分量让我的心一下子又敞亮起来。我问玛格丽特是否了解现代的化妆方法，然后带她来到了我的房间。

玛格丽特一进来，我就开始统计房间混乱的罪证：椅子上堆满了衣服，衣服有点脏，不适合放进衣柜，但又不太脏，还没必要放进洗衣篮；床头柜上放着两只玻璃杯和一只马克杯；踢脚线和抽屉缝隙都积满了灰尘。遇到玛格丽特这样的美人，任何我这种长相平庸的女人都会像鸽子一样围着她打转，至少我当时是这样的想法。老实讲，她真的太美了，美得让人迷失自我。看到她的小脚踩在我的地毯上，我内心升腾起一种复杂的痛苦。

玛格丽特似乎没有意识到我的这些内心戏，甚至连镜子都没照一下。我拿出口红，她顿时来了兴致，笑着咧开了嘴。

　　"哦！这种颜色是用什么材料做的？"

　　"我不知道。"

　　"我从来没见过这种颜色，太夸张了。"

　　"是啊，我也不知道自己当初为什么会买一支蓝色的口红。来，你试试这只粉色的，它不太适合我，显得我脸色有点绿。"

　　"这粉色倒是和我脸上的痘痘很配。"她难过地说。（她额头和脸颊上的确长了几颗痘痘，但她太美了，痘痘长在她脸上都显得很时尚。）

　　"哦，这个可以用粉底，你看……"

　　我已经不再使用粉底——因为我要考虑维多利亚时代海军的感受，但还是向玛格丽特展示了这款粉底的遮瑕力。她没想到粉底涂抹起来如此丝滑，颜色也很衬她的肤色，于是便用它在脸上画了个小箭头。没想到这粉底在她白皙的皮肤上看上去倒像是一块黏土，我们"咯咯"地笑出了声。

　　没过多久，酒精和大麻就让我们上头了，很难再保持直立状态，说话也变得不再清晰。我们面对面躺倒在床上，晕乎乎的，毫无力气。我莫名有种胜利的感觉，但又不确定这种感觉从何而来：来自玛格丽特还是格雷厄姆，抑或来自我的内心？

　　"你很漂亮。"我说。

　　"你才'漂亮'。"

　　"我有点累了。"

　　"嗯，你和格雷厄姆是情人关系吗？"

　　"不，天哪，当然不是，我只是他的联络人。"

"哦。"她话没说完就睡着了。

我也开始打瞌睡。不知道过了多久，格雷厄姆的声音把我吵醒了。

"……咱们去看看玛格丽特和懒猫吧。"

卧室的门吱嘎响了一声。

"你的联络人很亲切，不太像联络人。"

"她是个奇怪的女人，哎。"

"哦，别吵她们了，格雷，让她们睡吧。"

"这个时代太堕落了，她们竟然就这么睡了，头发都没放下来。"

门"砰"的一声关上，我再次打起了瞌睡。玛格丽特的呼吸有点重，像一只被挤压的小狗。门再次被推开，这次我多少恢复了些意识，先是感到一丝凉风，尔后又是一阵暖意。他给我们盖上了毯子。

第二天一早，我和玛格丽特的嗓子已经说不出话来。我们蹑手蹑脚地走下楼，想喝点茶、吃点面包。来到厨房，发现两个大男人已经把厨房收拾妥当。

*

秋天悄然而至，嵌入了我们的生活。树木枯萎，落叶纷纷，铅灰色的云层覆盖着天空，整个伦敦都吹起了秋风。

格雷厄姆和亚瑟决定去苏格兰参加雄鹿季①的活动——他们也

_____

① 指雄鹿发情的季节，这一时期雄鹿更加活跃且有攻击性，易于狩猎活动。

想体验一次国内飞行。在部门的监控下，他们飞去了阿伯丁，之后的行程也一直有外勤特工尾随。但最后，二人抵达了高地小镇，情报部门不得不取消跟踪，因为小镇很安静，当地人十分熟络，对可疑人物都保持着高度的警惕。

部里给所有时空移民者配备了手机，由情报部门负责承担相关费用（及监听其动向）。格雷厄姆来到 21 世纪已有 7 个月之久，却只开过 3 次手机。他们的飞机落地大约半小时后，我接到了亚瑟打来的电话。对此，我一点也不惊讶。

"嗨，亚瑟！"

"是我，1916 在那边靠墙站着呢！"

"哦！你好。第一次飞行感觉如何？"

"不同寻常又平平无奇。不过，起飞时我和亚瑟还是紧张得差点把对方的手给握断。"

"哈哈！耳朵难受了吗？"

"是的！很奇怪的感觉。飞机竟然把我们带上了云端！云层就在我们下面，像一张柔软的床垫，看起来非常结实。"

"告诉你一个有趣的知识点，一朵云平均的重量约为 551 吨。"

"的确有趣。"

"你们在机场没遇到麻烦吧？"

"安检仪读取数据时失灵了。"

"读取……？哦，你是说安检仪没反应吗？"

"机场地勤人员只好手动帮我做了检查，众目睽睽之下搜了我的身，最终确定我没有携带武器。我感觉自己受到了羞辱。"

"哦，天哪！你可真是被宠坏了。"

"以后，肯定没人愿意跟我结婚了。"

"听了你的经历，我很难过。"

"嗯，不过无论如何我都会坚强地活下去。我得挂了，再不抽支烟我就要疯了。"

电话挂断，我打开笔记本电脑，登录了我们团队——包括我、昆汀、控制部门、健康团队和负责 1847 管理的行政人员——的平台。外勤特工已经发出警报，提交了格雷厄姆安检失败的相关信息。其中一位特工写道："建议将这个时空移民者送回基地。"我眼前出现了格雷厄姆通过测试后孩子般的笑容，再次听到他洗澡时兴致勃勃地唱歌。于是，我第一时间给出了我的意见：

> 如果出于谨慎而矫枉过正，必然会影响他对新环境的适应，这还不如强行送他回老家。截至目前，所有设备都能正常读取他的信息。

然后，我又发了条私信给昆汀："他在部门员工入口没出现过信息读取问题吧？大多数时候都正常，对吧？"昆汀依旧不在线，如此已经有段时间了。

格雷厄姆健康团队的一位成员在群里对我的话表示了认同：

> 他的"读取"率基本能保持在86%，有记录以来一直如此，是所有时空移民者中最高的一位。我们不该将其隔离，这样会拉低整体的平均值。

两周前，那位特工继续写道。

系统显示几个人正在同时输入信息，不过突然看到阿黛拉——她的状态我们看不见——的留言，大家都停止了发表意见。

报告显示，1916和1847先后出现了暂时无法读取数据的情况，不过数据随后再次出现，说明他们在对控制自身可读性进行尝试。大家先不要干预，他们返程时继续监控即可。

对话到此结束，哪怕只是通过输入文字，阿黛拉也能做到掷地有声。我回复了"谢谢"，随后"砰"地合上了电脑。

我像一只没有方向的气球，在房子里漫无目的地飘荡。我的确无所事事：作为联络人，我的工作就是观察格雷厄姆，但此刻的他远在天边，我又能做什么呢？

我走进他的房间。他这个人很爱干净，或许是因为习惯了船舱里有限的空间，房间里没什么多余的东西。我坐在他的床边，他睡的是一张双人床，但他跟我透露过，他永远都像一根掉落的树枝睡在床的一侧，应该是习惯了船上的狭窄铺位。我没有翻看他抽屉里的日记或画作，也没有把脸埋进他的衣服寻找他的气息。我担心有个隐形的观众正在观察着我，观察我是否已经陷入疯狂。

*

他和亚瑟离开英格兰没几天，塞米莉亚忽然来家里找我，想跟我谈谈刚刚召开的"可读性"工作会以及准将提出的"此刻"和"彼时"的概念。

事态的发展不容忽视，部长不得不亲自主持了工作会。他（声音干涩、表情呆滞）宣布，联络人的工作暂且保持不变，但健康团队要对时空移民者"进行新的测试"，在"标准环境和压力条件"下对其"生命体征和身体反应"进行监测。"这听起来有点像MK超级计划[①]。"我插话道。"这可是我们史无前例的首创。"他说这话时并没有看我。

"哦，塞米莉亚，嗨。"

"哈喽，我没有打扰你吧。我来是想看看昆汀调岗后你怎么样。"

"不打扰——快——请进——"

我烧了水，摆上饼干，空气中弥漫着期待的气息。我说："真不敢相信，我们竟然在研究漫长而黑暗的灵魂穿越，你们国防部管这叫什么？'彼时'是吧？这与你们部门'疯子和杀手'的人设真是大相径庭？"

"我们部门可不愿意这么说自己。"

我皱了皱眉，她语气温和地补充说："你肯定能理解，毕竟你也讨厌有人拿'谷歌翻译'开玩笑。"

"我想是吧，那管你们叫'缔造者部门'可以吗？"

"很好，谢谢。你外祖父是柬埔寨雨林地区的总督，我说得没错吧？"

我没想到她会提到这个，一时语塞，好在开水壶的声音掩饰了我的尴尬。我一直警惕他人问及我的血统，不知他们是何目的。

[①] 指美国中央情报局在20世纪50—60年代秘密进行的一个实验项目。该项目在未告知受试者的情况下，通过药物、催眠、感官剥夺等方式对人实施精神控制，事情曝光后遭到了公众的谴责。

我妹妹认为这种问题属于"小冒犯"，但她自己却无时无刻不在讨论自己的柬埔寨血统。塞米莉亚之所以问我这个，可能要怪妹妹上周在一个线上杂志发表了最新文章，讲述了自己冒充白人时内心的惶恐。我和妹妹的姓氏是少见的欧亚双姓，外人很容易把我俩联系在一起。我有时会想，妹妹是否已经决定以我们已故的柬埔寨外祖父为原型对所谓的父亲问题进行研究。毕竟我们的父亲是白人，为人和蔼可亲、平和安静，喜欢午后打盹，喜欢制订计划、收藏东西（邮票、DVD、限量版钢笔等），他的心理不够复杂，不适合做研究对象，很难写出值得发表的文章。

"嗯，我外祖父曾是暹粒总督，55 岁后才被解聘。"我说，"暹粒地区可能确实有雨林吧，哈哈，不过你如果知道他当过总督，应该也知道他的结局。"

"失踪了。"

"嗯。"

我感觉她正透过我的头发注视着我的脸。"我知道突然提出这个话题很奇怪。"她说。

"确实挺劲爆。"

"只是……鉴于你的家族史，我没想到你会选择现在这份职业。你在语言司工作时……我可以说吗？属于柬埔寨的后殖民时代，你希望时空穿越之门……？"

"阿黛拉说过，我们无法改变过去，只能改变未来。"

"她的话只是在玩文字游戏，改变过去就是改变未来，她只想让过去按照她的想法存在。顺便问一句，你到底想没想办法阻止你的中校管我叫'黑鬼'？"

她说话时脸上带着微笑，不过她一直都是这样，即使生气了，笑容也挂在脸上。我感觉自己在气势上已经矮了她一截。

"我很抱歉。"

"抱歉什么？"

我觉得回答她"种族主义"会很幼稚，迟疑片刻后答道："他也曾非常直接地问我是不是'混血儿'，所以你别太在意。"

"你觉得我能不在意吗？不用加糖，谢谢。"

我把茶包放在一边，发现杯子顶部飘着一层水垢。

"我理解，"我放慢语速，"这个项目对你来说最难受……"

"别再纠结了，"塞米莉亚说这话时仍然面带微笑，只是让人觉得她的微笑像是内部设置的程序，"老天，看来部里组织的有关偏见的培训真是罪无可恕，"她说，"我不想让你有任何心理负担，信不信由你，我知道自己是黑人，你无须为了让我好过而向我展示你的脆弱。"

我把茶放到她面前。

"如果我说了什么让你不高兴的话，我很抱歉。"我说。

"你没有让我不高兴，只是让我感觉很无聊。"

"好吧。"

"'好吧'，你肯定有一个博客账号，上面的人都像你这么说话。"

她的话把我逗笑了，却依旧带着些许紧张。塞米莉亚的微笑也自然了一些。"看来是被我说中了，"她说，"我敢说你还发表过一份倡导'黑人的命也是命'的阅读清单。"

我坐下来。她猜得没错，我确实分享过一份别人的阅读清单，但此刻我宁愿趴在地上舔地板，也不愿承认她对我的拿捏。"塞米莉亚，"我说，"是不是出了什么事？"

塞米莉亚耸耸肩，虽然表面妆造完美，但内心似乎很是不安。

"是的，"她最后终于开了口，"你还记得你对部长说我们的'可读'性监测有点像美国中央情报局的MK超级计划吗？听了你的话，我认真思考了我们对时空移民者的所作所为。我的专业是临床心理，因此不能违背自己的职业道德。"

"那我们剩下的人呢？"

她没有碰我给她泡的茶。"你们剩下的人？"她说。

"哈喽，长官。"

"别闹了，"她的语气比平时尖锐得多，"这件事开不得玩笑。"

我内心有些不悦——不过并未表现出来，因此不具有"可读性"，但我的心里已经长出了刺。我本该结束对话，但皮下的刺却不肯示弱，愤怒开始淤积——我不喜欢让自己处于下风，也不擅长优雅地处理类似的状况。

"我不会用什么覆水难收之类的格言来侮辱你，"我说，"但你已经签了工作合同，就意味着你跟我一样，都相信我们做的事情在改变世界。你当初就是这么想的，还记得吗？你觉得礼貌地提出请求就能改变世界吗？还是觉得其间必定要冒一定风险？"

她深吸一口气，以往被职业素养压抑的所有情感都开始在脸上翻腾。

"我来找你，"她继续道，"是因为……因为……我以为你会理解我，你真的不懂吗？你也是试验品、出头鸟，你看核心团队还有其他柬埔寨人吗？还有其他东南亚人吗？我们黑人的数量也屈指可数。"

我向后靠在椅子上，她虽然并未斥责我，我却感到无比难过。她有时让我想起我妹妹。"塞米莉亚，"我说，"我不是什么受害者，也不想给他人任何理由把我当成受害者。我建议你也不要给他们这样的机会。"

塞米莉亚凝视着前方，脸上的情感像流水打着旋儿流进了下水道。"谢谢你的茶。"她站起身，语气冰冷。

我没有跟她说再见，前门"砰"地关上后，我坐下来，周遭是无尽的沉寂。关于创造未来，这是我学到的第一个教训：每个人都在一步步地封闭自我，从而浪费了创造未来的机会。

伍

"你的脚肿了。"古德西尔说。

戈尔回到"厄瑞玻斯号"的病房,斯坦利一边撕扯着他的裤腿,一边大声张罗热水。这位同伴其实见过更严重的冻伤——戈尔本人也有过更糟糕的经历,让斯坦利恐慌的是刚刚戈尔的汇报。

"你确定你把他打死了?"副中尉勒·维斯康特问道。勒·维斯康特是一位参加过鸦片战争的老兵,一脸冷峻,英气十足,即便如此,他也跟其他军人一样,对于流血事件始终难掩内心的柔情。

古德西尔干巴巴地补充说:"戈尔先生从不失手。"

戈尔很感激这位助理医生的冷嘲热讽。古德西尔和他算是朋友,但依旧遵守着中校和船医间级别上的边界。不过这样说也不准确,他们其实就是朋友。古德西尔在乎的是科学,他绝不会用船上的数据换取戈尔肩上的金肩章。

"我以为那是一只海豹,"戈尔说,"可怜的家伙!我听到他的喊声后赶紧跑过去看。"

"他百分之百死了吗?"勒·维斯康特再次发问,声音有点

153

发虚。

"对！赶紧派几个人过去看一下。"戈尔说，"带上烟草，如果我们还有多余的刀，也带上几把。别带太多，跟他们说我们没有恶意。千万不要动尸体。"

"格雷厄姆，我犹豫到底要不要我们的人带武器。"勒·维斯康特咕哝道。

"那就只带烟草吧，古德西尔，你说呢？"

"好的，长官。"

"我的脚这样，还能走路吗？"

古德西尔瞥了一眼戈尔的脚，抓住足弓部分快速地摩擦。

"我知道，不管我怎么说，"他说，"你都会下地走路。"

"那倒是。"

戈尔把脚塞进靴子，旁边桌子上放着自己的手套，已经磨掉了皮。爱斯基摩人的血早已浸透了他身上的皮草，戈尔赶到时看到他已双眼浑浊。

"我射中了他的心脏，哈里。"他含糊地说。古德西尔没做回应，只是捏了捏戈尔的胳膊。现在还能做什么？戈尔像检查计时器一样审视着自己的内心，胸腔升腾出来的是情感吗？需要安抚吗？

甲板上值守的船员一边跺脚一边呼喊。梯道上传来"咚咚咚"的脚步声，有人发现一伙爱斯基摩人正朝着他们的方向走过来。

第五章

　　时间来到了9月，我与玛格丽特·肯布尔坐在皮姆利科区的一张长椅上，空气中弥漫着秋日铁铰链般的寒意，麻雀沿着路边飞来飞去，与柔美的黄色落叶优雅地共舞着华尔兹。我和玛格丽特都围着优质苏格兰羊毛织成的格子围巾，那是亚瑟和格雷厄姆从高地给我们带回来的礼物。玛格丽特时不时地伸出双腿，欣赏着自己的新靴子。她打扮得像个南方美女牛仔，红金色的头发散落在衣领上，围巾和衣领间巴掌大的缝隙刚好露出她贴身的低领上衣。玛格丽特胸部十分丰满，我提这个是因为她还不习惯不穿束胸，总觉得这样太暴露。它们活泼地向上隆起，似乎想要进行一场对话。乳沟深处长了几个痤疮，像粉色的薄饼碎屑，非常迷人。她皮肤白皙透亮，很像那种昂贵的润肤露。我之所以记录这些，是因为我知道许多男性作家经常因为对女性胸部的细节描写而受到诟病，不过美丽的胸部的确会激发人的表达欲，甚至连我也不例外。

她下周要重新参加适应性测试，所以我在帮她复习。

"下次大选，你会投票给谁？"

"他们每个人都在说谎，都在搞小阴谋，所以我宁愿投给一条疯狗。"

"你这么说会给自己惹麻烦，在我这儿当然没问题。你有男朋友吗？"

"没有。如果我喜欢向我提问的人，如果她长得很漂亮，我可以问她'有没有女朋友'吗？"

"可以。"

"那你'有女朋友'吗？"

"别闹了，你这个可怕女人。你有脸书吗？"

"脸书的用户都是些不长脑子的人。过了今年，我倒想申请一个 Instagram 账号。"

"哦，我的天，玛格丽特，千万不要注册 Instagram。"

"1916 来了！"

亚瑟沿着街道大步流星地走了过来，身体微微前倾，像在顶风前行，但这会儿根本就没刮风。他穿着花呢夹克，很有年代感，倒是符合皮姆利科区的风格。他和格雷厄姆从苏格兰回来后我一直没见过他，所以最先打听了他旅行的感受。他顿时红了脸，咕哝着说："哦——很好，真的——很棒，棒极了！"

他在我旁边坐下，眼睛盯着地面。玛格丽特探出脑袋越过我问亚瑟道："1916，你'有男朋友'吗？我可以在脸书上加他好友吗？"

就在亚瑟满脸通红地咕哝着说不要逗他的时候。玛格丽特抬头看着我说道："我表现得如何？"

"很好，是个十足的现代女性。顺便说一下，你的胳膊一直挂在我的胯上，我不介意，但你真该请我喝一杯。"

"你们俩最好注意点，1847马上就到，你们知道他有多毒舌。"

"他已经来了，还带了一个腐朽的恶魔。"

"是卡丁汉姆吗？"我眯着眼睛问。

格雷厄姆款款走来，穿着机车皮衣。他最初——扭动肩膀，皮衣发出响动——向我展示这件衣服时，我还以为自己发生了过敏反应，舌头突然变得特别重，手指也开始变得刺痛。我瞥了一眼亚瑟，他似乎也对皮革过敏。

"你好，"格雷厄姆说，"你们是在策划打劫吗？看起来特别心虚。"

"你看起来倒像只跳进墨水里的青蛙。"玛格丽特说。我们三人中只有她没被穿着皮衣的维多利亚男人打动。

"我也很高兴见到你，1665。托马斯，你见过我的联络人吧，我忘了是否给你们介绍过彼此……"

"您好，女士。"卡丁汉姆的语气中透着强烈的傲慢，让我无法专心应对格雷厄姆，也无心思考虑亚瑟和格雷厄姆的关系，以及格雷厄姆与玛格丽特的关系。

"嗯，很高兴与你正式见面，卡丁汉姆中尉。"

卡丁汉姆面色凝重，我突然意识到：虽然我与（在他原本时代因同性恋或双性恋而被边缘化的）亚瑟及（身为探险家生活随性而节制的）格雷厄姆十分熟络，却并不知道"从历史中穿越过来的男性"普遍会对我作何反应。卡丁汉姆对我表现出了极大的厌恶，或许觉得我低人一等，所以应该低眉顺眼。穿越到现代，他竟然不如玛格丽特活得自在，所以他怒火中烧，像个被收走玩具的孩子。

"戈尔中校经常提起您，您很精明啊，女士。"

他的发音非常做作，我没太听清他说的是"精明"还是"贱"。旁边的玛格丽特已经把她那双纤细的小手弯成了爪子形状，仿佛随时会向他发起攻击。

*

8岁那年，我对人类以外的世界产生了明确意识，发现嫲[①]、爸爸、妹妹、家、学校、老师、洗澡、盘子、椅子、蜡笔、连衣裙这些人和事物与我之前想的完全不一样，他们并非构建宇宙的模块，而是各种独立的人和动物——包括蠕虫、老鼠、麻雀、潮虫、松鼠、飞蛾、鸽子、猫、蜘蛛等，他们共同构建了我们的世界。我可怜地以为自己必须努力抢夺空间，太多动物遍布各个角落：有的隐藏在下面，有的生活在阴影里；有的高高在上，即使爬上树也看不清；有的深埋在地下，即使钻进土壤也难觅其踪；有的与我共处一室，我对其浑然不知，它们却对我了如指掌。面对繁花似锦的周遭世界，我不知该如何应对，慢慢害怕起小小的蜘蛛来。

那段时间，父母正在努力哄骗5岁的妹妹克服她对黑暗的恐惧，她每次熄灯都会低声呜咽。我害怕蜘蛛，但我和妹妹表达害怕的方式截然不同，我会尖叫、会惊慌、会爬到高处把书和花瓶拽下来、会歇斯底里地大哭。哪怕眼前没有蜘蛛，只要想到它们，

---

① 高棉语"妈妈"之意。

我也会情绪失控。

母亲目睹过真正的恐怖，让人根本无法正常喊叫，所以我的惶恐让她很是恼火。如今回想当初，我终于明白她生气是因为我的尖叫让她受到了惊吓。但母亲渐渐发现我对蜘蛛的恐惧始终不减，只好想办法解决，结果却适得其反。她以为只要当着我的面杀死一只蜘蛛，就可以证明人类根本无须惧怕昆虫——但她从小就礼佛，对动物十分友善，即便是令人毛骨悚然的动物她也下不去手，每次都会笨手笨脚地把蜘蛛弄伤。看着蜘蛛拖着半残的身体四处逃窜，我只会更害怕，哭得更厉害。母亲也会落泪。她不想杀死蜘蛛，真的不想，她不想杀死任何生命。

最终还是父亲想出了奇招。那年的春天，一只硬币大小的龟纹蜘蛛在我家花园里织了一张大网，罩住了一整棵灌木。我非常厌恶，自从知道它在那儿后，便不再到草坪玩耍了。

"什么？"爸爸对我说，"难道你不想见见多腿夫人吗？"

"她缺了一条腿？"母亲非常愤怒，"你把它怎么了？弄死了？"

"多腿夫人，"爸爸做了个鬼脸继续道，"是位高贵的老妇人，住在灌木丛，一直守护着她的储藏室。"

"她现在都有储藏室了，天哪！"妈妈嘟囔着，"那它接下来是不是该有螺丝刀了，然后再建一栋房子。看来我得给市政厅打电话申请一份规划许可了。"

爸爸没有气馁，坚信自己的故事能战胜妈妈的说辞，父母中至少得有一方的教育方式行之有效。他告诉我，多腿夫人是一位深受其他昆虫尊敬的优雅妇人。然后，他又较真地补充说：严格来讲，她并不属于昆虫——她既是勤劳的工匠，也是能够生杀予夺的女族长。父亲邀我跟他一起站在安全位置观看多腿夫人解剖讨人厌的苍蝇，全程还帮我做着解说。

爸爸的方法奏效了。多腿夫人从我眼中的非人类变成了准人类——当然，还算不上人类。她的确有些手段，绝非那种上不了台面的小把戏。"你看，"爸爸说，"你能看到她在角落里守株待兔吗？我们看不清，她其实正在修剪指甲。她已经完成了织网的艰苦工作，那是她在建筑学校学了四年的成果，现在她要做的就是坐下来等待，等着猎物自己送上门来。"

我从此便一直记着多腿夫人的耐心，这对我的成长产生了深远的影响。我几乎从不着急，磨磨蹭蹭也浑然不觉。当然，我也养成了记录细节和秘密的习惯。我发觉自己在部里陷入了孤助无援的境地——阿黛拉分身乏术、昆汀销声匿迹、塞米莉亚在走廊见到我冷漠无语、控制部门过分关注健康团队的"可读性"试验。于是，我退回到自己编织好的网。一定是哪个环节出了问题，既然不知道是什么，此刻我只能等待。

昆汀虽然不在线，或是已经失踪，但我还是一如既往地把核心报告抄送给他。我继续跟他联系：写邮件、发短信、群里聊天、语音留言，我知道自己的信息会被监控，却巴不得如此。我想让部里知道自己没有私心、为人和善、清清白白。我想办法让这些信息显得轻松自然——不要牵扯太多私人感情，不要像食堂的八卦，也不要谈及我个人的感受。

初秋，我做的一切终于有了回报。一天上午，我下楼吃早餐，发现格雷厄姆正站在操作台边研究蛋白粉罐子上的标签，面前还摆着一本字典。

"啃咬丝绸牛头怪。"他说。

"早上好啊？"

他举起一张长方形的卡片——那是一张普通的明信片，拍摄地是五十年前的白金汉宫，在大都会地区所有商店都能买到。"这背面写的，"他说，"或许是密语？这年头你们还用这种方式传递情报？哦，对了，早上好。"

昆汀寄这张明信片很冒风险，他得赌我知道背面的短诗指代什么。有款手机应用将全世界每平方英尺的土地都标注成了专属于它的三个词。啃咬—丝绸—牛头怪所指的地点是一片荒野——空间开阔，头顶有天空，旁边有行人。

信息上并未注明时间和日期，于是我下了班就赶了过去。我在之前发给昆汀的那些有去无回的信息中经常提到自己会来这里散步。果然，他就站在几米开外的地方，戴着棒球帽，看起来很普通，让人激动不起来。这倒是一个聪明的办法，隐身于众目睽睽之下。

"昆汀，伪装得不错。你怎么不给我打电话？"

"事关机密。"他说。

"你还好吗？"

"我被监控了。"

"哦？现在吗？该死，那你不早说？"

"不，现在没有。但在我睡觉和出入的地方都有人监视我。我的权限也受到了限制，部里——"

他突然停下来，走到我身边，凑近我的脸，我闻到他呼吸中带着一股酸味和皮肤药的碱味。他显然是病了，反正我觉得他病了，于是，我的语气温和了许多。

"昆汀，你没事吧？有什么我能帮你的？"

"我能相信你吗？"他突然问我。我知道他真的病了，时空穿越项目给他造成了巨大压力。若是换作以前，身为外勤特工的昆汀绝不会问我是否值得信任，因为他知道我肯定会说谎。我得安抚他，让他平静下来，于是便扮演了一个毫无难度的角色——因为塞米莉亚已经为我准备好了台词。

"你当然可以相信我，这个项目也让我很忧心。你读过我的档案，知道我作为出头鸟和试验品是什么感觉。"

他脸上露出希望的曙光，点头注视着远方，朝着发生过种族灭绝的我的家乡的方向。我在他人眼里究竟是怎样一种存在？

"还记得你给我的那幅素描吗？"他问。

"记得。"我不动声色地回答。

"我认为那上面画的是一种武器，它尚不存在，却明明白白地出现在这里，而且——我知道它的威力，那真是……太可怕了。"

我握住他的手，一方面希望他能感到些许安慰，一方面也顺势按了下他的手腕，发现他的脉搏跳得飞快。

"这确实令人担忧。"我放慢了语速。

他猛地把手抽走。

"我知道你不相信我，"他有些急躁，"换作是我，我也不信。但我可以证明，这个项目不是为了推动科学进步，而是为了研发武器。"

如果说我们部门完全没有猫腻，那绝对荒谬至极——循规蹈矩不可能实现真正的进步——但我发现昆汀的存在已经威胁到了联络人监督时空移民者的运作模式，他要么会成为没有经验的吹哨人，要么已经患上了偏执狂和妄想症。不论哪种情况，他作为我的顾问都会让我受到牵连。如果他判断正确，泄露了秘密，我会受到惩罚和斥责，到时只能听天由命；如果他判断失误，就相当于我放走了一个疯子，日后恐怕也会晋升无望。

"你听我说，"我开口道，"联络人对于这个项目至关重要，而我负责的时空移民者适应得最好，所以他们不会动我。你把证据给我，接下来的事情我来处理。"

*

对了，我还没讲蜘蛛故事的结局。那天之后，我开始频繁拜访"多腿夫人"。那段时间我正在读《爱丽丝梦游仙境》，于是便把书拿去念给她听，刘易斯·卡罗尔的那段摇篮曲太难了，我结结巴巴地好不容易才读下来。"多腿夫人"一副正襟危坐的样子，置身于薄如蝉翼的蛛网一动不动，似乎听得很认真，我自然很开心。然后——电光石火之间——她敏捷地从角落里爬了出来，捕获了一只被困住的苍蝇。我"啪"地把书合上，认真观察起她的一举一动。

到了蝴蝶盛行的季节，我刚好读到假海龟为爱丽丝演唱悲歌。在爸爸种植的玫瑰枝条上，一簇茧蛹裂了开来，隐约露出里面的翅膀。蝴蝶成形，伸展翅膀，我注意到它们奇异而华丽的色彩。蝴蝶总是渴望获得更多关注，蜘蛛却只在乎是否能够果腹。

我伸出手，捏起一只尚未完全羽化的蝴蝶。它摸上去毛茸茸的——那些形成才不过几小时的细小鳞片在我的手指间纷纷散落。我顺手一弹，就把它扔进了蛛网里。它在其中挣扎许久，最终进了"多腿夫人"的肚子。

成年后，我会在喝醉时给朋友讲这个故事，在认识格雷厄姆之前还给几个异性追求者讲过，他们都觉得年少的我太过残忍，谁会把蝴蝶喂给蜘蛛呢？但我觉得这故事另有意义。当然，我那时依旧害怕蜘蛛，毕竟我只有 8 岁，而"多腿夫人"又长着 12 只眼睛，可以吞噬生命。但我从孩子的视角找到了唯一可以平息恐惧的办法：打不过就加入，我要长出翅膀，我要努力工作。

*

秋天来势汹汹，日子朽烂而潮湿，就像掉落在冰箱后面很久的东西。无论天气如何，人行道上总是积着咸腥的雨水。

10 月初，玛格丽特患上了感冒。

跨越三百五十多年，普通感冒也发生了巨变，玛格丽特的身体因此受到了重创，不得不从联络人的住处搬去了部里的病房。

阿黛拉召集了一次紧急会议。

"我们得让他们每个人都感染上感冒病毒，"拉尔夫说，"让1645 当着他们的面打个喷嚏，然后让所有人留院观察。"

"17 世纪的时空移民者恐怕熬不过这个病毒。"伊凡说。他是卡丁汉姆的联络人，说这话多少有点幸灾乐祸的意思。

"他们对病房的印象都来自穿越后那段住院的日子，"塞米莉亚说，"也就是说，住院可能让他们受到刺激。"

"哦，刺激，"拉尔夫说，"你是说我们不能刺激他们吗？"

"对，不能，拉尔夫。我们要尽可能保持他们精神和身体的健康，这是我们的工作。"

会上争执不断，时空移民者的看护问题让团队的分歧暴露无遗。看护比死亡更能揭示人的性格。面对看护问题，没人能保持中立。注射疫苗、保守治疗、同意权限、重疾标准、纳税人资助系统的使用和滥用等，晚宴上只要提出这些问题，一定会出现各执一词、争论不休的场面。

我提议说，为了让玛格丽特安心并保证她能平安出院而不被退回到前世，我们应该安排其他时空移民者跟她视频通话。

"没错，"塞米莉亚态度冷淡，"这个我可以安排。"

"哦，我并不是说你必须……"

"谢谢，塞米莉亚，"阿黛拉语气中透着疲惫，"如果没有其他事项，我就向部长提案了……"

阿黛拉属于那种"有病强忍"的群体，对看护的态度也是如此。时空移民者如果出现病危情况，必须将其转至病房，不管他们是否会受到刺激；若是能扛得住，就可以在家康复，不必兴师动众。

塞米莉亚组织了一次视频通话，针对病榻上的玛格丽特与健康团队进行了认真的协商，感觉像是在谈判如何交换人质。我们四个也用 Zoom 参与了同玛格丽特的通话，希望能给无助的她带去些许安慰。（时空移民者对笨拙的软件非常失望，没想到在如此前卫的未来，软件竟会出现延迟、卡顿及音质等问题。）

"他们给我打了针！我怕会要了我的命……当初他们折磨我们时用的不就是这些手段吗？"

当她举起插满静脉输液管的手臂时，亚瑟和格雷厄姆都露出了恐惧的神情。

"我想起来了，"亚瑟声音嘶哑，"之前我都忘了……1847，你呢……？"

"我也想起来了。"

"那个病房……玛格丽特，你能倾斜一下摄像头吗？天哪，这不就是当初我住的病房吗？"

格雷厄姆没做回应，脸色却已变得苍白。塞米莉亚和我交换了眼神，那一刻我们再次做到了团结一致。她很快收起表情，与现场的健康团队讨论起具体的安排，健康团队拿过笔记本电脑，给背景做了虚化处理。

玛格丽特只在部里待了六天就康复出院了。那六天我非常焦虑，把指甲啃得乱七八糟。她终于出来了，我又开始埋怨自己的愚蠢，竟然对现代医学毫无信心，不过就是一场感冒嘛，她当然能康复。

接下来倒下的是亚瑟，但出生于 20 世纪的他对现代感冒并不陌生，因此根本不用住院，和塞米莉亚一起熬了几天就康复了。之后中招的是我。

"别离我太近。"我警告格雷厄姆。

"我没事，"他轻松地说，"天气不冷，最多就是轻微的鼻炎。我可是在北方荒野患过雪盲症的人，咳嗽什么的我一点都不怕。"

我戴着口罩，鼻子发出呼哧呼哧的动静，这是几年前冠状病毒大流行留下的后遗症。我想给自己煮点泡饭，但发现连倒水的力气都没有。

"我来做吧。"他说。

我两眼肿胀，流着鼻涕教他如何做越南泡饭。我们都把油条叫茶糕、把大葱叫青葱，但我病得太重，已经记不清自己的习惯用法。我让他帮我看着火，等着泡饭慢慢煮熟。虽然我的指导方法很奇怪，但他做出来的东西还算凑合。他把泡饭端到我的卧室门口，开口道：

"你穿戴得体吗？我能进来吗？"

"我从来就没穿戴得体过，咳。"

"那你可以……得体一次吗？"

"如果你担心看见不该看的，那你多虑了。咳……呃……哦，这泡饭看起来不错，谢谢你。"

"不客气。"

"你看起来有点紧张，第一次进入一位女士的闺房？"

"我有姐姐妹妹，嗯，曾经有过。你那个是什么？"

"吹风机，咳咳……呃，不好意思……能直接往头发上吹热风。"

"挺有用。那这个呢？"

"这是我的闹钟，早上会播放鸟鸣。咳……那个半月形的东西还会发光，模仿日出的光线，我就不用摸着黑起床了。"

"好聪明的发明啊。这些又是什么？"

"避孕药。"

"避孕……？"

"我每天吃一颗，预防怀孕。咳……当然，我最近也没有什么性行为。"

他匆忙放下药丸，脸一下子就红了，嘴里咕哝着："'性行为'，多么令人尴尬的说法，希望以后不会再有人说了。"

接下来的一两天，我们之间的氛围再次变得怪异，彼此都感到很不自在。对我来说，格雷厄姆对性的态度始终是个谜，我不知道他是否有过性生活、是否渴望性生活。部里的精神分析师对此了解得也不多，只知道格雷厄姆觉得21世纪相对活跃、贪婪的性行为与18世纪如出一辙。我有他的医疗记录，上面有他穿越时的健康状况，但没有任何有关性病的检测或治疗记录。在维多利亚时代的英国，卖淫行为极为普遍，再加上缺乏可靠的保护措施，他如此清白的记录说明他身为水手要么是个处男，要么极其幸运，没有染病。但话说回来，鉴于我对他个人的了解，他的确是个非常非常幸运的人。

他终于还是被我传染了。

我意识到他生病是因为在上午 10 点钟的时候，他的床竟然发出了"吱嘎"的声响——换作平时，他已经起来好几个小时了。我敲敲他的门，回应我的是一阵咳嗽。于是，我擅自把门推开。

"我没穿衣服。"他声音沙哑，一边说着一边坐了起来。

"你盖得很严实。"我说——但其实我在撒谎，他 V 领的 T 恤——我这是第一次见他穿 T 恤——暴露了他平坦的胸部和胸前一簇簇问号一样的黑色胸毛。

"你……看起来不太好。"我补充道。

"别告诉部里。"

"如果你病情加重……"

"我没事，只要跟你一样赖它两天就好了。"

"都起不来了还要嘴硬。"

我伸出手，帮他把被子拉高，不动声色地盖住了他的胸口。

"我得测一下你的体温。"没等他反应过来，我已经把手掌放在了他的额头上。他抬头看着我——目光中充满了谨慎和警惕——像是在预测我的下一个动作。

他很烫。"你发烧了。"我把手缩了回来，他的汗水在我的掌心上闪闪发光。

"我没事，真的。"

"我得去打电话……"

"别——"

"……打给玛格丽特和亚瑟，他们感染过，也许能帮我判断你的病情。"

玛格丽特和亚瑟不到半小时就赶了过来。

"1847！"玛格丽特哀嚎着趴在床上。"你看起来太糟了！天哪，衬衫都湿透了！"

"他的体温特别高，你摸摸他的额头。"

"1916，赶紧把这些女人从我身上弄走。"他绝望地向亚瑟求助。

"要不让他喝点茶？"亚瑟提议。玛格丽特和我拖着脚步走出格雷厄姆的房间。

"哦，太可怕了！他的脸色糟透了，像一块脏抹布。"

"你说什么？我可听见了。"

"你赶紧把他那身破衣服脱下来，"玛格丽特跟亚瑟喊道，"如果他再抵抗，就用刀把他的衣服划开，衣服上的病气会加剧他的病情。"

我俩走下楼，玛格丽特说可以给格雷厄姆削个苹果。于是，我烧上水后开始削苹果。玛格丽特说现代苹果味道寡淡，只有酸味，我便开始向她解释什么是集约农业。楼上偶尔会传来两个男人的低语。

随后又传来沉重的脚步声和拧水龙头的响动，亚瑟大概是在放洗澡水。再后来是更多的低语，不过语速明显加快，应该是发生了争执。突然，亚瑟厉声说道："你自己根本坐不起来，我总不能让你淹死吧。看在上帝的分上，格雷——"然后他又轻声说了些什么，我没听清，但朝着玛格丽特扬了扬眉毛表示理解，因为他恳求的语气我非常熟悉。

楼上的谈话停了几分钟，玛格丽特和我交换了眼神，随后是寂寞的水声，然后像是有人被扔进了浴缸。玛格丽特笑了。我听到格雷厄姆不满地抱怨："谢谢，我可以自己洗头。"

"这个苹果我们吃了吧，等会儿给他再削一个，"我说，"要不然该变色了。"

玛格丽特往嘴里送了一片。我看到了她明亮、整齐的牙齿。我不知道生活在 17 世纪的人用什么清洁牙齿，它们竟然能拥有珍珠般的光泽。她把苹果咽下去，白色的喉咙优美地上下蠕动。我感到一丝困惑，站起身准备煮点茶。

"我参加了好多场英国电影协会的'放映'活动。"玛格丽特对我说。

"哦，是吗？他们都放了什么？"

"有来自韩国的电影，"她说，"屏幕底部有英文字幕，所以我知道电影在说什么，有很多浪漫的故事。"

"你看过好莱坞的旧电影吗？你一定会非常喜欢。"

"'好莱坞'是什么？"

我笑了，真的很难不把时空移民者当作一块白板，并在上面留下我的观点。我每次看到玛格丽特的脸，看到她性感的桃色嘴唇和脸上新长的痘痘，就会深刻领悟"知识就是力量"这句格言。他们每个人身上都有着难以掩饰的少年感，文化认知的缺乏让他们看上去像极了十几岁的孩子。我不知道自己对此着迷是因为母性大发还是兽性作祟。我每次送书给格雷厄姆，都是希望他沿着我期待的方向前进。

玛格丽特双手托着下巴问我道："《卡罗尔》是'好莱坞'电影吗？我非常喜欢。"

她朝我眨眨眼，我也朝她眨眨眼。她太迷人了，很难不对她做出回应。如果没有男人在场，她跟我说话会降低音量。看来即使洒脱如她，也很难说摆脱小女生的说话习惯——为了安全，也为了伪装。我清楚这一点。我有时也会如此，只要无伤大雅，我也会在一些无关痛痒的句子中加入感叹的语气。

*

格雷厄姆坚决不让我们向部里报告他的病情，他之前从未像这样求过我，我思前想后，倒是很喜欢被求的感觉。

就这样，格雷厄姆在家里养了十来天，终于恢复了体力。这段时间，我、亚瑟、玛格丽特对他关怀备至，却让他倍感烦恼。他不喜欢被人碰，也不喜欢被人过分呵护；后面几天，每次我们要照顾他，他都会变得烦躁不安。这让我和亚瑟都很难过（亚瑟有一次几乎要哭了），玛格丽特似乎无所谓，也只有她能强迫格雷厄姆接受帮助。

我虽然享受格雷厄姆求我替他保密的感觉，但内心也清楚，我向部里隐瞒时空移民者的健康状况，私下里擅自与昆汀会面，这些做法都很危险。我连续几个星期都没去部里，希望官僚体系不会注意到我的缺席。我在格雷厄姆康复的最后阶段收到了副部长发来的邮件，她说给我安排了新顾问。我满心以为自己逃过了一劫。

我坐地铁前往部里，外面一直在下雨——雨势不小，地方政府已开始了防洪准备。

阿黛拉坐在昆汀的位置上，双手交叉压着一沓文件，像是上好发条的玩偶。她明显在等我开口，一举一动都在给我暗示。

"阿黛拉，很高兴见到你。"

"请坐。"

"嗯，谢谢！我什么时候能见到我的新顾问？"

"我就是你的新顾问。"

我惊讶地看着她。她看到我的表情即刻补充道："考虑到昆汀的叛变行为，稳妥起见，部长和我一致决定由控制中心直接监管你和1847。"

我突然嘴巴发干，舌头粘住了上牙膛。我像撕扯牛肉干一样好不容易才把它扯下来。

"您说他叛变是什么意思？"

"他未经授权与一位自称准将的人私下接触，并与对方讨论了1847画的一幅无关紧要的素描。"

时间对我来说变得忽快忽慢，我先是恐慌，后是悲伤，不同的情绪扭曲了内心对时间的感知；我琢磨着要不要将这种感受向健康团队汇报。

"您知道我把素描给了昆汀。"

"我知道，我也知道你见过他。"她听起来并没生气，似乎也没期待我做解释。不过，她有意把话说得很慢，似乎在等我接过话头。

"嗯，"我说，"我觉得昆汀有点妄想症，我一直试图说服他要相信我。我不想他爆出任何事，更不想危及我们的项目或格雷——1847。您刚才说他一直通过那位准将向国防部泄露信息？"

"对，就是那位貌似拥有准将军衔的人，他还有个同伙叫萨莱塞。"

"'貌似拥有准将军衔'是什么意思？"

"他是间谍，并不效力于国防部，也不隶属于英国政府，从来就不是政府的人。他的主子是我们的一个盟国，没想到对方竟然会派情报人员进入我们的领土。我们从一开始就了解到了准将的情况，但我认为——我还有部长、国防部一致认为——最好不要打草惊蛇，先监视他们的行动、了解他们的计划，以便更好地控制结果。可是很不幸，那个准将跑了，昆汀也没影了。你其实一直在与叛徒合作，一直在协助他搞破坏。但你还算是一个不错的……联络人。"

她的语气依然如铜墙铁壁般冷静，我能感觉到她并未打算严惩我，因此十分感激她的克制。她观察我的方式让我想起那位准将，当初他的凝视也会让人感到紧张，两人仿佛都在检查我的颈静脉。

"老天啊。"我咕哝着，不自觉地啃起拇指上的皮。

"把手放下！"阿黛拉严厉地说，吓得我在椅子上打了个激灵。她面露难色，握紧拳头，指关节像大理石一样凸显。"你得改掉这个坏习惯，"她说，"这会暴露你的紧张，太危险了。"

*

你或许生气了，觉得我太幼稚，觉得如果换作是你，一定可以抓住操纵杆，改变电车的方向，转向无人的轨道，避免撞向一排被捆绑的囚犯。你问我为什么不多个心眼，但其实我并不傻。阿黛拉这个人很难捉摸——就连她的脸都一直变来变去。我知道，她的理由根本站不住脚，虚虚实实、半遮半掩，但话说回来，谁的领导不是如此呢？谁会信任所在的职场？谁会认为自己的工作能绝对主张正义？他们打着"名声"的旗号给我们每个人下了毒，提高了我们对痛苦的忍受力。如果压力减轻，我反而会更害怕，就像一只被暴雨吓到的家养猫。

*

藏蓝色的夜晚像绷带一样紧紧包裹着日渐短暂的白天，冬日的毛细血管慢慢渗透进秋日的空气。

格雷厄姆一直和我住在一起 —— 他是我工作和生活的重心 —— 我早已不再将他视为本该死去的古人。对我而言，他真实存在，而且给我造成了不少麻烦。我与阿黛拉见面后不久，他骑摩托带着亚瑟越过了部门规定的边界线，进入了乡村地界。他俩快乐地在泥泞中行走，一整天都在采黑刺李，打算回来制成杜松子酒；我一整天都在担心准将会找到他们。因为他们擅自外出，阿黛拉把我训了一顿，说话的语气活像家长在提醒被蜜蜂蜇伤的孩子以后不要再撕扯花朵。

我因此也斥责了格雷厄姆，可他根本不在意，只想知道部里怎么知道他越过了边界线、怎么知道他的具体位置。我一时语塞，不知该如何作答。

"这个你不用管。"我咕哝道。

"我之后会有所顾忌。"他说。

生活就像一道道砰然关闭的大门，我们每天都在做无法逆转的决定。仅仅12秒的延迟，仅仅说错的一句话，生活就可能彻底改变方向。我不知道当初如果我没有惹恼塞米莉亚，或者对昆汀再多点信任，这一年的冬天事态会如何发展。我不太敢想自己对格雷厄姆造成的影响，我说的每个新词或概念都可能在无意间对他产生冲击，导致他走上不同的轨道。

谁也无法回避生活的创伤，无法避免人际关系带来的伤害；谁都得接受现实，承认自己会对他人和自身造成的伤害；谁都有可能把事情搞砸，坏到无法收拾的程度，而在此过程中却什么也没学到。压迫就是如此，你并不会因为自己被边缘化而获得任何特殊的知识，却可以学习走出伤害，审视给自己造成压力的桎梏，从中有所收获。你会发现薄弱的环节，从中取得突破。回首当年，我以为自己做的事很了不起，以为只要变得更优秀就能逃避外在剥削；但事实上，我只是眯着眼朝着黑暗的方向"啦啦啦"地歌唱，黑暗却似乎根本不在乎我看不看得见。

*

11月初的一个晚上，我回到家中，空气中弥漫着烹饪和香烟的混合味道。格雷厄姆坐在餐桌旁，唇间夹着一支香烟，正在用笔记本电脑查阅东西。他虽然不再需要花几分钟才能找到字母"M"，但也仅会用两根食指敲字，打出一句话需要花很长时间。

"嗨，闻起来不错啊，你做了什么？"

"嗨，越南河粉的高汤。"

"是越南粉。"

"越南粉。"

"嗯，对。"

格雷厄姆对东南亚食物产生了浓厚的兴趣，经常问我母亲会烹饪哪些食物，还总是把小塑料碗放在我面前让我试试味道。他专注的神情让我想到他画素描时的样子。他收集了很多我童年的用餐轶事，仿佛这些事可以帮他拼凑出一个完整女人的画像。但他忘了，我大部分时间只会做鸡肉配饭。当然，我也会跟他分享砂姜的好处，他觉得非常深奥。

　　我瞥了一眼炖锅。

　　"是要烧开吗？"

　　"哦——不——麻烦帮我调成小火。"

　　"好。你在做什么？"

　　"参加海军学院的考试。"他不好意思地回答。

　　"哦。"我也有点不自在，用勺子搅了搅肉汤。

　　过渡年结束后，所有时空移民者都将开始下一阶段的融入计划——找一份正式的工作。尽管现代海军与他那个年代的海军已经发生了天翻地覆的变化，但他依旧想为之效力。我希望这次他不必在海上一待就是几个月甚至几年，但现在想这些还为时尚早。阿黛拉一直说他还没做好准备，他都没怎么离开过伦敦，更别说要离开陆地了。我当然也希望他留下，只不过我有自己的原因。我知道自己内心的感觉，却无法对他道出真相，真是太没出息了。

　　我漫不经心地走到电脑前，上面的内容把我吓了一跳。浏览器地址栏虽然显示的是海军能力测试的链接，但实际上是政府组织的外勤特工测试。我之所以一眼就能认出来，是因为我在语言司参加过这个测试，只可惜两次都没通过。

　　我脑海里突然出现了一个扫描仪无法识别的外勤特工形象，现代技术于他来讲形同虚设，这可是外勤界的福音啊！我想到他曾受到的各种莫名其妙的礼遇，以及他在射击场上拥有的绝对优势，想到他在部里四处打听做什么、怎么做、为什么做时得到的好感和宠溺，他简直太适合做间谍了。

恐惧中，我开始无法控制地后倾，眼前的墙壁变成了天花板。

"哎呀——怎么回事——"

他一把抓住我，这是他第一次主动触碰我的身体。我紧紧抓着他的手臂，指甲抠着他的羊毛外衣。

"没事……就是头晕……"

"快坐下。"

"不，不用。我没事，真的。"

我其实有事。如此近距离的接触，我能透过烟味闻到他皮肤的气味。他松开抓着我的手，虚扶着我的后背，轻得像蜻蜓掠过水面。

"我要把烟灰落你身上了。"他低声说。

"把烟掐了。"

他一只手扶着我的背，另一只手扔掉了香烟。

"你能站起来吗？"

"能。"

"那你能……松开你的爪子吗？"

"哦，对不起。"

"没关系。"

这也是我和他肢体接触最久的一次，不知他是否注意到了，是否也像我一样在心里反复思量。

其间，格雷厄姆的笔记本电脑一直在播放不合时宜的配乐（又是摩城），终于切换到了下一首，是披头士翻唱的《你真的抓住了我》。我开始大笑——这首歌应景得荒唐，他讨厌披头士，这倒是维多利亚时代的典型反应。

"哎，又是些喧嚣的声讨。"他一边说着一边把手放下。

我又笑了。除了外勤特工这件事，他眼下跟我说什么我都愿意配合。"披头士很棒啊！这个版本比原版好听，更适合跳舞。"

他扬扬眉毛："这可怕的哀号，让人如何随之跳舞？"

"可以的，来。"

我将一只手放在他肩上，他浑身写满了犹豫，像一张突然被风刮起来的纸。不过，他很快握住我的手，若有若无地触碰着我的腰，让人十分沮丧。

"你看？"

"你这不是跳舞，就是……摇摆。"

"可你连摇摆也卡不上拍子啊。"

他叹了口气。天哪，他太不会跳舞了，身体僵硬，完全没有节奏，踢腿的力量都不如接受绞刑的犯人。可我这辈子从未像渴望他一样渴望过任何人。

我们在厨房里自由地舞动，他带着我转了一圈，完美错过了歌曲中的每个节拍。当他将我拉回身边时，紧紧地拥我入怀。他的指尖试探性地触碰着我的腰。我看着他绿色的眼眸，它们生动而奇异，像神秘的极光。

"既然你会演奏长笛，怎么会这么没有节奏感呢？"

"你可比长笛大多了。"

"你是不是对所有女性都这样说话。"

他突然搂紧我，我的心一下子提到了嗓子眼。我想说点什么，却不由自主地叫了声"汪"。等我睡觉时躺在床上肯定会恨不得给自己两拳，"汪"是什么鬼？

他离我很近，我看不清他的五官——只看到他嘴唇微笑的曲线。他低下头，呼吸吹动了我耳边的头发。

"你乖乖的，"他说，"否则，我就把你扔到肉汤里。"

然后，他松开了搂着我的手。

*

圣诞节以它独特的方式降临伦敦——平淡的风、温和的雨，以及渐渐低垂的天际线。整座城市看起来就像是一位二流印象派画家的作品，植物、阳光，万物如往常一样消失不见。

我在部里与格雷厄姆的健康团队一起查看他的网络色情搜索历史，结果突然收到一条天气预警。我们有权访问时空移民者在互联网上的搜索历史：亚瑟的谷歌搜索涉及的内容非常广泛（包括"赛前舞""酿狗酒""夜总会""舞厅""时尚""时尚舞蹈""麦当娜""快活水""边缘性行为"），导致内政部先后几次邀请塞米莉亚，请她介绍一些适应英国生活的指导经验；玛格丽特查看女性裸体的次数不亚于卡丁汉姆，但除了裸体女星，她对穿衣服的女性也很感兴趣，甚至有一段时期是"霉粉"，不过很快就因其话题转变过快以及自身对音乐的无感而耗尽了力气，这倒让拉尔夫松了口气。对了，她还以惊人的速度学会了电影种子下载。

格雷厄姆之所以受到健康团队的特别关注，是因为他已经发现部里一直在监控他的笔记本电脑。我之前一直怀着既期待又忐忑的心情等着他搜索网上的色情内容。上级提醒我们要做好相关

179

的心理预期，因为健康团队可以获得全部数据。简报内容非常可怕：时空移民者搜索的内容如果包含儿童、动物或尸体，我们必须立即通知控制中心；除了亚瑟，所有时空移民者都来自很久以前，在他们所处的时代，合法性行为的年龄是 12 岁，15 岁结婚毫不稀奇；搜索内容如果涉及暴力色情（这是专门针对卡丁汉姆制定的条款），问题也不大，但具体情况须结合日常行为报告和心理评估做综合判断。我们无法剪掉他们观看的 X 级成人内容——因为这样会影响监控的初衷，但部里承诺，我们若是看到任何不适内容，现场的咨询师可以为我们提供情绪疏导。

格雷厄姆每次上网，每次用近乎笨拙的两栖动物般的优雅和速度敲击键盘，我都会想象部里的搜索历史数据库出现了胸部、紧身胸衣、丝袜等内容，并因此感到无比尴尬。我担心自己了解到他在性方面的古怪癖好，抑或他只对金发碧眼的姑娘感兴趣，这都会让我十分难过。可是没想到，他最先搜索的内容都是很讨喜的家事：最有挑战的食谱；如何制作奶酪蛋奶酥；味噌酱是什么；在哪里可以买到味噌酱；日本对欧洲开放了多久……收到这份报告后没两天，我又收到了另一份报告，列出了以下他搜索的信息：

> 你好啊，可怕的小猫；我搜的东西你都能看到吗？还是你会读心术，知道食谱的材料？你今天回家时能不能买瓶椰浆？

根据时间戳，他打出这些内容用了整整 6 分钟，但这并没有削弱我被他将了一军的感觉。是的——我上次看到他的搜索记录后，回家路上去杂货店买了瓶味噌酱。我根本没多想，对味噌酱的熟悉让我下意识地将它放进了购物篮，结果就被痴迷于东方文化的格雷厄姆发现了端倪。

当我回到家时，他果然问我说："嗯？你今天买椰浆了吗？"他的微笑着实温暖，让我羞愧难当，瞬间降低了姿态。如果我下次再吃味噌食品，肯定会品尝到失败的滋味。

格雷厄姆的心理分析师——更确切地说是那个一直忍受格雷厄姆问题骚扰的人——师从于弗洛伊德学派。我对他很感兴趣，每次去听他汇报都会刻意打扮一番，总觉得他对女性可能会有各种各样疯狂的想法，希望他能把我诊断为性虐待狂或其他时尚的毛病。

"他的自我压抑会引发严重后果，"他说，"不仅会造成防御性的他者化，还会妨碍他与这个时代形成有意义的联结。"

"同意，但他知道我们在监视他。"

"你教他使用无痕浏览窗口啊？"

"我当然教他了，但我们不是依然能看到他浏览的信息嘛。"

"他又不用知道这个。坦白说，他表达需求的方式如此克制，对此我十分担心，这说明他过去遭受过严重的创伤，他把痛苦埋在了内心深处，很难解决。我们再来说说他都经历了哪些大事……"

我想到了纳瓦里诺战役——格雷厄姆当年只有 18 岁，他可能目睹了水手被炮火撕裂后挂在桅杆上的可怕场景；尔后，我又想到有些人须臾间失去了生活的全部，包括家园和家人；我还想到了我的母亲。没错，内心的压抑会造成诸多问题，但也可以成为有用的工具，支撑着你养家糊口，让你打足精神送孩子去上学。

"这些我们都说过了。"我说。这时，一位工作人员探头进来，叽叽喳喳地念叨了一句"天气预警！"

"什么意思？"

"暴风雨要来了。"

"该死，不是说周二来吗？"

"他们说现在就来了，所以你最好赶紧回家，否则可能就回不去了。对了，你怎么回家？"

"骑车。"

"哦，还是别了吧。"

在伦敦骑车必须磨炼出一副"天不怕地不怕"的强硬气势，否则根本无法坚持下去。我还是决定骑车回家，结果如那位工作人员所预测的那样，我的确做了一个错误决定。狂风肆虐，我像一只被困在火柴盒里的甲壳虫，磕磕绊绊地骑在人行道上。我索性跳下车，推着车子往家走。

距家还有大约三公里时天彻底黑了，下起了瓢泼大雨。雷声隆隆，空中像是有个巨大的餐具柜从墙上掉落了下来。

家门前的街道已经开始积水，如小河流淌，欢快地迎接着落下来的雨滴。好在我还能分辨出工作人员荧光上衣反射的微光，还听到有人高声喊叫，透着些许的欢愉。市政厅送来了沙袋——运送的卡车轮子大得出奇，简直像是在出洋相——人们都在自家门前设置了屏障。报纸将这种积极应对的态度称为"闪电战精神"①，气候灾难和闪电战简直成了国家的法定假日。我们就是用同样坚韧的乐观态度向时空移民者介绍了第二次世界大战——亚瑟得知我们发动了第二次世界大战后非常难过。面对时空移民者，我们重点讲述了敦刻尔克的英雄主义和疏散者的无私精神，当然还有

---

① 指第二次世界大战期间，英国民众团结一致抵抗德国空军的侵袭。

宝贵的闪电战精神，却没有告诉他们关于死亡集中营的事。

一个人站在马路中间指挥着交通，手里拿着明亮的雨灯。我气急败坏地朝着灯光的方向蹚着水走过去，心想对方肯定会因为我在这种天气骑车训我一顿，越想越是气不打一处来。"哦，可怜的落汤猫！"对方的话把我吓了一跳。

"格雷厄姆？！"

他手里拿着暴雨灯，自带光环对着我微笑。"哈喽，"他说，"我在收音机上听到了风暴预警，想着自己应该做点什么。"

"做点什么？"

"戈尔先生，这些东西放哪儿？"卡车上的人大喊。

格雷厄姆蹚着水朝他们走去，我跟在他身后——自行车拖慢了我的脚步。

"这些装备从哪儿来的？"我对他喊道。

"你说什么？"

"荧光上衣？还有那该死的大灯？"

"不错吧？安东，屏障你至少要垒一米高。"

"可我们没有那么多沙袋啊！"

"司机在哪儿？我跟他说——"

"格雷厄姆。"我说。他转身再次微笑地看着我，再次散发出骑士的风度。

"你赶紧回家，"他说，"衣服都湿了，要感冒了。"

他朝着卡车走去，我依旧推着车跟在他身后。自己仿佛成了一枚指南针，坚定地指着北向。

"格雷厄姆，那些是部里的装备吗？你为什么会有？你怎么弄到的？部里没有发给你啊！"

"我当初就想着能派上用场。"我只听到这么一句解释。因为就在这时，一根管道突然爆裂，整条街变成了一道水滑梯。

*

我们以最低的代价安然挨过了这场暴风雨。我第一次意识到自己也生活在居民区里，而不仅是部里提供的安全屋。格雷厄姆比我更早意识到了这一点——他不仅知道几个住在附近的人的名字，还经常和他们攀谈，简直太变态了。此外，我还留意到家里有许多不是部里发放的物品，意识到自己对格雷厄姆的观察太不仔细了——又或者，我之前关注的只有他的情感，而非他的行为。

此前，格雷厄姆对我来说只是一种理论上的存在，我几乎是在把他当作已死之人来进行研究。我偶然读到过一篇博客，作者是研究富兰克林探险的著名学者，文中讲到一台失踪的航海经线仪——"阿诺德294号"。根据海军留下的记录，该仪器"与在北极地区探险的'厄瑞玻斯号'一起失踪"，最后一次使用记录是1837年在澳大利亚海岸的"比格尔号"上。我对格雷厄姆的服役记录早已烂熟于心，知道他被派去"厄瑞玻斯号"之前曾在"比格尔号"上担任第一中尉。这位历史学家得出了与我相同的结论：当时还是中尉的戈尔是"阿诺德294号"在北方消失的根本原因。

历史学家认为海军记录有所缺失，戈尔中尉没理由擅自留下那台航海经线仪。我们两个同住之初，我问过格雷厄姆这个问题，他朝我绽放出了迷人的微笑。

"哦，"他说，"那台仪器非常好用。"

"所以你是得到许可才留下它的？"

"好吧，你可真是只狡猾的猫，"格雷厄姆说，"正如你一直向我提议的，我发挥了主观能动性。"

他的话逗得我开怀大笑，甚至忘了继续追问。我本该从中吸取教训，但面对格雷厄姆，任何人都很难做到冷静，包括他之前效力过的各位船长。大家都喜欢他，都觉得他跟自己一条心——可爱的人都知道如何烘托别人，如此才能打造自己的完美人设（我再次回想起菲茨詹姆斯船长对他的描述，说他是一名优秀的军官，性格稳定、脾气温和）。但我隐约感觉到，他并非对谁都会掏心掏肺，海军也罢、帝国也罢，抑或我们部门，他是否与之为伍要看他觉得合不合适，没人能强迫他做选择，可我当时并没有多想。他认同自己格雷厄姆·戈尔的身份，总能做到识时务者为俊杰，而且似乎还挺喜欢我，这些对我来说就够了。

*

圣诞节期间我有一周的假——这是核心联络人唯一被批准的假期——所以我要回去看看父母。除了可怜的安妮·斯宾塞，其他所有时空移民者都将被送去肯特海边的一栋别墅庆祝圣诞，还会安排几位健康团队的成员监督他们的活动。在我看来，这无异于参加了一场工作社交活动，是一个加速到来的灾难性事件，但格雷厄姆却对此依旧充满了遐想。

"终于能看到真正的火炉、真正的墙壁了。"他说。

"那种环境下的男人才是真正的男人，对吗？那咱们这栋房子是用什么做的？"

"塑料管线和刨花板。"

再过几天就要圣诞了，他邀请玛格丽特和亚瑟来家里吃晚餐。亚瑟进门时，他正在做奢华的海鲜烩饭，这道美食与起泡酒和白兰地简直是绝配。

"嗨，亚瑟！"

"你好啊，亲爱的姑娘，我带了一瓶酒向你表达歉意。"

亚瑟递给我一瓶梅子色的酒。

"黑刺李杜松子酒？"

"黑刺李伏特加！我之前没喝过伏特加，所以想试试……非常抱歉，我和1847采摘黑刺李的事给你惹了麻烦，我真不知道我们越过了边界线，我一直忙着采摘，他说去哪儿我就跟着去了。"

我随便含糊了几句，告诉他不必放在心上。好在亚瑟并不像格雷厄姆那么在意部里为何能够确定他们的位置；我觉得他介意的是塞米莉亚和他从未招待过我们，而且可能永远也不会发出邀请。

玛格丽特也到了，一进门就搂住了我的脖子。她依旧穿着奇装异服：下身穿一条淡紫色的天鹅绒喇叭裤，上身是一件羊绒套头衫，上面绣着一只气鼓鼓的鸭子。

"你千万不要说我啊。"她一边低声说着一边抓住我的手腕。

"我可不敢保证，要看你做了什么事？"

"我在'电话'上注册了约会软件。"

"玛格丽特，你可是刚通过适应性考试啊！"

玛格丽特拿起手机，朝我晃了几下。我看到她手机背面有张略微磨损的全息贴纸，据说是来自某儿童电视节目的录制现场，观众都是一些有精神问题的成年人。她竟然比我还了解这个世界。

"我会写情书，"她说，"我一直就很聪明，约会软件不过就是一个新的媒介。"

"部里给你准备怎样的故事背景？说你上过瑞士的静修学校，现在有点神经错乱？"

"是的，我穿着紧身连衣裙生活在山间，每天与小鸟和羊群一起歌唱。如今，我完全适应不了大都市的乌烟瘴气，导致脑子出现了混乱。"

"嗯，听起来很合理。给我看看你注册用的个人资料，嗯，这张照片好看，相当……真实。"

"你千万别跟那两个男人提起这件事，你知道他们多唠叨。"

我没等她话说完就把她推进了厨房。她说一想到圣诞节还得跟卡丁汉姆一起过，便没了一点念想。

"要是他染上水痘或出车祸断了腿，或是……"

"这可不是基督徒该说的话，1665。"格雷厄姆表情严肃，一边说着一边递给她一杯起泡酒。

"你是不是也不想和他一起住？"

"嗯，因为我和亚瑟在苏格兰一起住过，他的呼噜声我还可以忍受。"

亚瑟困惑地红了脸，清了清喉咙开口道：

"我说，伙计们，我带了一个很棒的小东西，你们肯定会喜欢。"

他从包里摸出两个电子产品，看上去像20世纪80年代的物件。他把两个电子产品连到一起，啸叫声顿时充满了整个厨房。

"这是特雷门琴吗？"我问。

"是特雷门琴的改进版，"亚瑟自豪地说，"你把手放这儿看看？"

我用手在装置传感器上方晃了两下，它发出了悲惨的叫声。

"1665，你来试试。"

玛格丽特把手伸到特雷门琴的传感区，设备竟然没有任何反应。我把手轻轻搭在她的手上，特雷门琴发出了嘶哑的声响；我把手收回，声音再次消失。

"没问题的，1665……你要想办法让它感知到你的存在。"

玛格丽特把充满光泽的头发甩到背后，皱着眉头看着眼前的特雷门琴。几秒钟后，她的手开始颤抖，特雷门琴终于发出了刺耳的声响。

"我还是控制不好，"她说着把手缩了回去，"每次我想抓住'此刻'，都会无法控制地回到'彼时'。"

亚瑟把手悬在特雷门琴上方，设备时而沉默无声，时而响起音乐。

"你能控制它对你的感知？"我惊讶地问。

"是的！这很难。玛格丽特说得对，'此刻'和'彼时'之间的转换有点麻烦。"

"你怎么知道如何控制它呢？"

玛格丽特和亚瑟交换了眼神。"这……很难解释，"亚瑟说，"穿越之前，我们对此也一无所知。"

格雷厄姆走过来，站在我们中间。他在设备上方晃动指尖，样子像是在拨弄溪水。机器响了一声，之后便陷入了沉默。

"这些声音有规律吗？"他问。

"是 C 大调的音阶，"亚瑟低声说，"从左往右依次升高。"

格雷厄姆伸出双手，聚精会神，眉头紧锁。他张开手指，咬着下唇，突然间，设备用沙哑的音色演奏起了《绿袖子》①的前奏。我们大笑起来。他看着我们三个，绽放出难得的放肆笑容，露出了两个深深的酒窝。

*

我乘坐慢车驶出了伦敦灰淘淘的广袤郊区，映入眼帘的是人工种植的绿地和双车道公路，然后是火车站外一家接一家的小超市，还有通往稍显落寞城镇的一座座桥梁。车窗外的风景变化得越来越频繁，没过多久我就到家了，家的氛围紧紧包围着我。

妹妹比我到得早，已经站在门口迎接我。她眉头紧锁，手上沾着肥皂泡沫。"露营的炉子坏了，油漏得到处都是，我正收拾呢。"她解释说，"快把行李给我，你看起来累坏了。"

"哈喽，见到你很高兴啊！"

每年平安夜，我家都会吃一种柬埔寨的火锅：古老的野营炉子放在桌上给火锅加热；米纸片放在装满热水的碗里泡软（之前不止一位客人认为这碗水的用途是洗手）。我刚进门就听到父母在餐厅里因为野营炉子发生了争执。我提高嗓门大喊道："嗨，爸爸；嗨，嫲。"他们走来门口，给了我一个大大的拥抱，却并未因此停止数落对方。

家里堆的东西比以前还要多，看来我家文书记录的传统还在发展壮大。杂乱无章的台面上摆放着塑料外卖盒，里面塞着洗手液、创可贴、橡皮筋、开瓶器以及父母写满象形文字的便利贴。妹妹

---

① 一首起源于 16 世纪英格兰的传统古典民谣，相传是英王亨利八世为其王后安妮·博林所作，表达了爱而不得的伤感之情。

一路小跑上了楼，把我的包扔进了我的卧室，听着应该是撞倒了一堆旧报纸。

"你那份间谍工作开展得怎么样？"我爸爸愉快地问道。

我心头一紧，马上回想起来：我进时间部时，部里为我在语言部门打造了一个掩护性的身份——负责一个绝密项目的翻译。所以家里人一直以为我干的是邦德女郎的工作。

"嗯，很好，"我说，"就是用电话窃听一些无辜的人，没事在办公桌边擦擦枪之类的。"

"他们还给你发枪了？"妈妈惊慌地问，"枪太危险，你知道吗？"

"我在开玩笑，嫲，我开玩笑呢。"

"你怎么可以拿枪开玩笑？"

"嫲，"妹妹一脸无聊地插话道，"好吧，可惜不太好笑。"

"好吧。"妈妈若有所思地说。

妹妹还在跟我生气，我们10天前吵了一架。我们两个每次吵架都很激烈，不过也总能速战速决。她在一家知名线上杂志上发表了一篇文章，讲述了我们童年的故事，说我们的妈妈不小心放开了汽车的手刹，结果撞到了邻居的福特阿斯特拉。邻居出来后斥责并威胁母亲，言语间透着对我们的种族歧视——说我们"危害他人、不负责任"，还说什么"愚蠢的女人听不懂我说话"。对方不断质问母亲："你在说什么？你那是什么口音？简直是胡言乱语！我们这儿跟你们老家不一样，我们这里的人都有三观。"母亲十分难过，她英语本就不好，也不善与人争辩。我和妹妹跑出门，被眼前的一幕吓哭了——当时的我只有9岁或10岁。结果邻居说我母亲故意把我们掐哭，目的是博取同情，所以她并没有停止对母亲的指责。后来，身为白人的父亲下了班，从街上缓缓走过来，邻居这才同意让步，并要求查看我们的保险单据。

我痛恨这段回忆，多年前已将其封存，结果却被妹妹写了出来，简直是再次将我们的伤口暴露在肮脏的世界面前，这让我万分惶恐。我打电话给妹妹："该死的，你疯了吗？"我咆哮着问她："难道母亲是你写作的素材吗？你怎么可以这么自私？"

妹妹开始了反击式的自我辩护，说她就是想暴露那些极端丑陋的真相、就是要复仇之类的，还说一定要让社会听到我们的声音。"可你这是在羞辱母亲，"我咆哮着回应，"羞辱了我们所有人。"

她当即挂断了电话。今天是我们争执后首次面对面沟通。

妹妹坚持认为她的作品是在拨乱反正，表达了自身对童年压抑的生存空间的反抗。她说她写的都是事实，事实就是"净化器"，只要使用合理，就能把泥土和血浆变成清水。我不知道除了那些与她志同道合的人以外，还有什么人读过她的作品。在我看来，她的做法不过是在我们的脖子上挂了一个靶子，怎么可能有人通过展示弱点而找到力量？力量来自金钱和地位，手中有了枪也就有了权力。

看着家人步履维艰地修理野营炉子，我内心感到一阵可怕的寒冷，仿佛一面墙倒塌了，房子暴露在12月的夜晚。或许，我真该有把枪？准将肯定有，萨莱塞或许也有一把。如今，我知道他们对我构成了威胁——有没有人授权并不重要。准将接近我们是要获得什么重要信息吗？他知道我家人住哪儿吗？母亲已经见识过太多恐怖事件，普通人六辈子也很难体会到她的痛楚？父亲也很害怕冲突，否则不会囤积10年的停车罚单？妹妹却一直自认为很勇敢，以为把软肋翻出来给人看就可以让当初欺负我们的家伙感到羞愧？我安全吗？部里会保护我吗？

*

几位时空移民者在圣诞假期纷纷给我发来了短信。亚瑟发得最多，他坚持用电报的方式发短信（1847+ 布莱恩 吹长笛 + 吉他 句号 非常吵 句号 尝试了凯利舞 句号 肯定写了错字 句号 非常快乐 结束），还给我发了很多模糊但欢乐的合照。玛格丽特平时很少发短信，但还是给我发了几张奇怪而诱人的照片，拍的是她感兴趣的东西：壁炉的火光映照在破碎的圣诞树装饰上、一碗橙子、斑驳的镜子映出的月亮倒影。

格雷厄姆只给我发了一条短信。感谢他特意为此打开了手机。

亲爱的懒猫：
　　我太久没用这台机器了，用不太惯，所以请允许我长话短说。我们在这里过得很愉快，但稍微有点异教徒的味道，所以我强迫大家今晚必须参加午夜的礼拜，不允许 1665 有任何不得体的行为。我和 1916 将负责制作各种配菜，我们不太敢尝试火鸡这道主菜。圣诞节当天我会打电话给你，希望你一切安好。
　　注：这则短信花了我半个小时。
来自你深情的朋友，
格雷厄姆·戈尔圣诞节那天，临近傍晚他才打电话过来。我整天都处于一种吃撑了的迷糊状态，抚弄着脖子上那枚漂亮的金色吊坠，形状是一只大步流星的母鸡。这是他送我的圣诞礼物，还附了一张卡片，上面他用潦草的字迹解释说："这是一条母鸡项链，让它与你那只母鸡形状的包包做伴吧！"作为圣诞礼物，我送了他一条飞行员的真丝围巾，还有一本《冷战谍魂》，那本《暴戾人》他已经读了至少十几遍。

"圣诞快乐！"

"圣诞快乐！你听起来像没睡醒，是我把你吵醒了吗？"

"不，不，我圣诞节总是迷迷糊糊的。谢谢你送我的漂亮项链。"

"不客气。"

"我喜欢这只鸡奔跑的样子。"

"她正赶往一个重要会议，跟你平时的状态差不多。"

我听到了打火机的摩擦声，然后是火焰燃烧纸张的滋啦声，最后听到他深吸了一口烟。

"你在外面吗？我听到你吸烟的声音了。"

"哦，你能听到啊？抱歉，真是太失礼了，不过，你不会要让我把烟掐了吧？"

"我并没这样想，看来你已经掌握了使用电话的技巧。"

我听到他又吸了一口烟。"这可比面对面和人交流容易得多。"他语气和善。

"哦，是吗？"

"你每次站在我面前，带着你的……你的……有趣的小嘴。"

他的话有点冒失，我俩都陷入了沉默。他清了清嗓子继续说：

"嗯，和你聊天很愉快，不过我可能又说错话了。"

"哦不，你没——我想说……那个……嗯……你玩得开心吗？"

"开心，你呢？"

我松了口气，但同时又感到一丝失望。"是的，出乎意料的开心。现场与家人争吵比在脑海里瞎琢磨有趣多了。哦……"

他迅速呼了一口气。"啊，"他说，"不必觉得尴尬。"

"这里每个人都失去了家人，但我们组建了一个临时家庭，跟病人在病房里一起过圣诞差不多。"

"这……很好。"

"他们都是怎样的人？你的家人？"

"哦，非常普通。"

"那不可能，你能多给我讲讲你母亲的事吗？她们在圣诞节有什么特殊的传统？"

"嗯，他们都是佛教徒，所以，没有。"

"哦，那好吧。你家人一直待在你长大的地方吗？"

"是的，全家在我8岁那年搬到这里，之后就一直住这儿。"

"你小时候一定很奇葩。"

"你竟敢这么说。"

"我能听出你在笑呢！"他继续说，"你家什么样？"

"我们住在一片森林附近，不到一公里远就有一汪美丽的湖水，夏天我常在那里玩，先后被好几只大鹅追过。"

电话那头沉默了几秒，我一度以为他断线了。终于，他再次开口道："我在笑呢！"

"哦？我耳朵可没你那么灵，根本没听到。"

"那我就努力笑得大声点。"电话那头传来了他轻微的呼吸声，声音介于叹息和笑声之间，"你知道吗，你不在我眼前时，我真怕你只是我想象的产物，而且我……"

我内心一阵慌乱。他不自然地咳嗽了一声，似乎在重新组织语言。"在那样的地方长大是什么感觉？"

"嗯，"我说，"你具体想知道什么？"

"任何事，所有事。"

*

之前，我每次跟格雷厄姆谈到自己、自己的家庭，或是自己对这个世界的看法，我都在想办法占据他的大脑。我知道自己想给他留下什么印象，因此只会告诉他我愿意让他知道和相信的事。不过，每次这样之后，我又会感到难受，像是吃了太多甜食或喝了太多红酒。我想肆意放纵：对他承认真实的自己，告诉他自己真实的样子。

将万事万物分门别类是大英帝国一直致力的伟大工程：拥有者和被拥有者、殖民者和被殖民者、文明人和野蛮人、我的和你的。我骨子里已经继承了这种分类体系，这或许就是我总是玩世不恭地对待自己种族的原因。"他们"仍然掌管权力，"他们"即使嘴上说我们只是"被边缘化"的群体，所以不应再用"蛮夷之人"来形容我们，但心里却仍然认为我们是需要处理的麻烦。什么时候能轮到我掌管胡萝卜和大棒呢？妹妹总是热情地发送推文，谈到很多有色人种出版首部作品获得微薄稿酬后便销声匿迹的真相，她会基于此类事件对摧毁胡萝卜加大棒展开一番高谈阔论。可在我看来，她越是这样，越是暴露了她内心的不安。

　　只有讲好故事才能培养出忠诚和服从。时间部及其分支机构的所有工作人员都相信自己在面对枪口时能沉着地抽完最后一支烟。然而，事实上，我们的思想已经受到禁锢，以为所有命令都是正确的指示，以为我们的工作无可挑剔。"保持冷静"不过是又一道命令，与"击毙那个人"或"删除其余内容"没什么差别。我们不管不顾地前赴后继，为了得到一丝善意而宁愿挨枪子儿。格雷厄姆绝对是我认识的为数不多能真正做到视死如归的人，临死前他会肆无忌惮地拿出一支烟，但或许是因为他的烟瘾实在太大。

　　或许，我已经厌倦了故事，不想再讲，也不想再听。我认为，所谓梦想总是事后行为：后现代、后船长、后种族。每个人都想让我谈谈柬埔寨，可关于柬埔寨，我并没有什么可以教给大家；你若能从我的描述中增加对柬埔寨的认识，那是你自己的收获。格雷厄姆在我生命中的那段日子，我时常盯着镜子里的自己，希望能以陌生人的角度审视自己。我时常看着它，琢磨"它到底是什么？"我讨厌自己跟身边的人长得不一样——可这不就是混血唯一特别的地方吗？哦，英格兰，英格兰！你最擅长的就是讲述自己的故事。因为有了这些故事，格雷厄姆·戈尔去北极时才会坚信死亡可以重于泰山，他因此把自己也活成了一个故事。哦，英格兰，你肯定也想把我变成故事吧！

　　当我刚进入时间部时，他们通过人力部门对我进行了审查。一位女士浏览着我的家族史问我道："背负着如此痛苦的经历长大是什么感觉？"她的话包含了太多内容：我第一次约会时对方竟然用方便面的谐音开起了波尔布特的玩笑；阿姨没完没了的痛哭；

没有骨灰的佛塔；摇滚歌星加里·格利特①；除草用的橙剂；我们挚爱的吴哥窟②；政权更迭；不知自己会葬身何处；戴安娜王妃；地雷；母亲抽屉里的护照；母亲的噩梦；暴戾的女人；讨厌的巴基斯坦人；图尔·斯兰格学校；萨洛斯·萨尔老师；祖父的勋章；行刑队；叔叔颤抖的手；我的遗愿清单；真正的老大；我对拉丁裔女性的钟爱；杀戮；《越战突击队》（1984）；安吉丽娜·朱莉；喀麦隆人？越南人？你能再说一遍你的名字吗？我着实经历了太多太多。

我思考片刻。

"我不知道，"我回答，"如果没有这些痛苦经历的成长，又是一种什么感觉？"

---

① 英国摇滚歌手加里·格利特曾利用柬埔寨的管控漏洞和儿童色情产业在当地寻欢作乐，丑闻爆发后引发强烈的社会反响。

② 位于柬埔寨暹粒省，是世界上最大的庙宇类建筑，有"柬埔寨国宝"之称。

陆

那伙爱斯基摩人的领头人——包括一名老者和两名年轻的猎手——请求登上"厄瑞玻斯号",反正传消息的人给出了这样的信息。富兰克林探险队没有翻译,所以只能请"恐怖号"的克罗泽船长帮忙。他其实也不会说这些爱斯基摩人的方言,只能凭借通用的词根猜测对方的意思。

登船的共有 10 位土著人,他们的行为方式与常见的土著人很不一样。之前遇到的土著人都表现得十分自信,会好奇地在船上闲逛,时不时逗弄一下船员,比手划脚地做些交易。但这群人不同,他们站在甲板上听着克罗泽笨拙地表达着歉意,脸上没有任何表情。吉利斯和德·沃克斯在他们面前摆放了各种礼物,有针线、烟草、镜子、纽扣等,但没敢把刀子摆出来。

最终,克罗泽走回到"厄瑞玻斯号"中校身边,中校本人正焦急地等待沟通的结果。

"戈尔。"他轻声说。

"是,长官。"

"那个男人的妻子想见见你。"

"那个男人的——？"

"妻子，对，他结婚了。"他抬起温柔的灰色眼睛，目光中透着一丝坚毅。"万幸他们没有孩子。"

戈尔顺从地走到土著人跟前。

那位妻子——如今已成了寡妇——站在一伙人的最前面。她个子很小，一头黑色头发，棕色皮肤，明亮而干净，脸颊上还留着昨晚哭泣的泪痕。不过，此时她眼里没有泪，浓密的睫毛给她的目光蒙上一种怪异的朦胧。她的嘴非常美，戈尔这辈子都会记得它的颜色，过了很久还在思考有什么合适的词可以准确描述。她看着他，目光深邃，让他觉得自己无比渺小，仿佛随时会被人用一根手指碾死。

"对不起。"他用英语说，事先忘了请教克罗泽如何用对方的语言表达歉意。她继续不动声色地看着他。

他应该跪下谢罪，让对方把自己掐死；或者，他应该娶她为妻，代替她死去的丈夫照顾她的生活。他的大脑开始胡思乱想：成年后，他一直没找到归宿，辗转于不同的船舱，与船上的兄弟组成了临时的家人，终日猎杀，同时探索未知的世界。如今，上帝借助这位女子之手将他抛回到岸上，多年来一直扣动扳机的手指今后要用来感知她的表情了。

"对不起。"他继续道歉，她继续看着他。那伙人带着礼物离开了，但他依旧能感受到那个女人的目光。当天晚上，当他在船舱中洗漱时，感觉那道目光穿透了他的衬衫，侵入了他的皮肤。

第六章

　　新年，我回到了伦敦的家。家里局促的布局似乎有了改变，房间与房间的距离像被拉近了。格雷厄姆有时会对我淡淡地微笑，带着一丝困惑，仿佛我是他需要完成的一项任务，却忘记了是何初衷。一天下午，我们两个都在厨房，可能是我挡了他的路，于是他扶着我的肩把我扭向一边，好让他能顺利走到杯架那里。他之前很少与我有肢体接触，所以我感觉怪怪的，甚至觉得他可能会用拳头缠住我的头发，然后用做衣服的剪刀将它剪掉。整整一个下午，我觉得他一直在我身边打转。

　　这种令人愉悦的暧昧行为是格雷厄姆应对内心压力的典型做法。鉴于他反复申请加入皇家海军，部里以严密监督为前提，同意让他参加外勤特工培训。职业军人卡丁汉姆也参与了培训项目，为了掩人耳目，我们为二人编造了合理的身份和背景，还制作了大量烦琐的假文件。卡丁汉姆被迫重新参加了适应性考试。整个安排是与国防部妥协后的结果，即使已经到了传达给联络人的阶段，具体的细节依旧在缝缝补补。

"我们最好还是把 1847 放在眼皮底下，"阿黛拉说，"他活下来的可能性很大。"

"所以他会一直留在伦敦吗？"

"他得开始独立生活，不能一直和联络人住一起。不过，他会继续留在伦敦。"

我本应对此有所察觉：部里为什么要培养格雷厄姆和卡丁汉姆做外勤？为什么不在玛格丽特和亚瑟身上投入相同精力？我心里惦记着格雷厄姆能留在伦敦，一时兴奋过了头，不小心抠掉了拇指上的一块皮。"不过，还有很多具体问题需要解决。"阿黛拉虽然嘴上这么说，但嘴唇和下巴却打了个转儿，姑且算是她的微笑吧。

*

时空穿越假说有一个核心问题：如何评判人的表现？格雷厄姆在空间推理测试中表现优异，语言推理测试的成绩也不错。他的精神分析师认为他过分压抑真实情绪十分危险；可适应性测试的考官又认为他善于交际且充满自信。他原本家里有六个兄弟姐妹，自哥哥葬身于大海后，他便成了家里的长子。他的身高比我们这个时代的平均身高矮两三厘米，但他在自己的时代并不算矮，甚至还比平均身高高出五厘米。他的眼睛呈淡褐色，鼻子挺拔，头发卷曲且浓密。他只有 38 岁，却已维持这个年纪两百年之久。希望你读完这段描述后能对他的形象有一个清晰的认识，清晰到甚至可以模仿他，或至少能对他做出正确的判断。如果真能如此，我就太开心了。我需要除我之外还有其他人对他有直观的了解。

我做联络人这一年收集了大量关于格雷厄姆的信息，简直可以通过编程打造出能以假乱真的格雷厄姆·戈尔人工智能。我偶尔会做梦，梦见自己触摸着人工智能的硅胶身体，将它放置在目光所及之处，时刻保持它的清洁，还会时不时伸手擦拭它内部的主板。可是，每次我在梦里试图重现格雷厄姆说话的声音时，梦境就会画风突变：人工智能表现得十分冷静，像是一名训练有素的军人，射击技术也极为娴熟，但他说话含糊不清，略带一丝伦敦腔调。现实中的他并不这样啊，看来我的人工智能跟他虽有重叠的部分，但绝对不是他本人。

根据部里规定，我"有权访问他的档案"。查看他人档案的感觉十分微妙，既令人兴奋，又让人麻木。如果你像我研究格雷厄姆一样研究过别人，也会陷入一种色情的神游状态，所有本应是私密的东西都会变得分子化。对方那具从未触摸过的身体，每晚都会在你闭眼时显现。你会慢慢了解他们，却似乎总会落后一步，所以不得不更加努力，从而了解更多。你会一路追逐对方，直至追踪到他们的未来。你想掌控有关他的一切，360°无死角地了解他的所见、所知、所感，否则你收集的档案就不够完整。他之前爱过谁？受过的最大伤害是什么？怎样的伤害会令其成长？

我现在才明白，当时的我对他着了迷，所以才会对工作充满了热忱。你能明白我的意思吗？

*

"我要带玛格丽特去夜店。"我告诉格雷厄姆。

当天下午，我和格雷厄姆待在厨房。他在翻阅一本食谱。厨房有个食谱架，上面的食谱我一本也没动过。

　　"很好，我不知道你们两个究竟谁会把谁带坏。"

　　"我们就是想放纵一下，你只需要祝福即可。"

　　"我可不干这事！请问，这个词怎么发音？"

　　"'四川'，哦，格雷厄姆，你知道自己根本吃不了辣。"

　　"大胆尝试一下嘛！如果有一天我死于'探险家病'，你可以拉段悲伤的小提琴协奏曲与我道别。"

　　"探险家病？"

　　"就是消化不良。"

　　玛格丽特是唯一努力在部门外拓展朋友圈的时空移民者，她的主要手段是借助一些我从未听说过的应用程序，比如一些交友软件。部里刚开始对她只是委婉的提醒，后来变成了公然的反对。玛格丽特太不靠谱了——她说话很奇怪，话还特别多。关键是，她选了好多反权威的无政府主义女同性恋作为自己的交友对象（不管她或她们是否理解这些词的真正含义），这的确让人不得不产生疑虑。健康团队虽然对她的监管愈发严密，但同时也对她多了一份同情。

　　拉尔夫虽然仍是她的联络人，却根本无法胜任，所以我悄悄向阿黛拉提议，说我可以同时承担玛格丽特的汇报工作。我之所以这么做，多少是为了给阿黛拉留下好印象。她自从找我进行了有关昆汀的谈话以来，似乎已经把我纳入她的麾下。这对我来说当然是好事，可以让我学到更多东西。我渴望能像她那样坚不可摧。她身上似乎没有弱点。母亲的创伤对我的内心造成了太过深刻的影响，这或许就是我把对家长的感情移情到女上司身上的原因。

　　总之，玛格丽特很喜欢我，总邀请我和——受她崇拜却整天挨她欺负的——亚瑟跟她一起看画展或打迷你高尔夫，而格雷厄姆却一直忙着接受部里的外勤训练。（亚瑟热衷于打迷你高尔夫，穿越后还撰写了很多搞笑的文章，甚至可以被用来了解外国人对伦敦迷你高尔夫球场的适应程度。在我看来，亚瑟并不真正理解"媚俗"或"矫饰"是什么意思，只是喜欢在文章里使用罢了。有一次，我亲眼所见他看到球转了一圈进洞后笑得前仰后合，眼泪都笑了出来。）

　　玛格丽特每周都会去看两场电影，雷打不动；她还经常出没于各种音乐场所，蹦蹦跳跳地寻找自己中意的对象；此外，她可能还是《城市指南》为数不多的热心读者。她经常邀请我和她一起出门，不过也并非每次都是如此——她也喜欢一个人独自在城市中游荡——毕竟生活在 17 世纪时没什么机会能让她随心所欲。我们会去欣赏一支由女性组成的朋克乐队的表演，她跟鼓手一直有短信往来；而我作为部里的工作人员，不得不在晚餐时监督二人的举止（玛格丽特喜欢品尝定制比萨，喜欢各种奇葩的配料）；饭还没吃完，玛格丽特就目睹我和鼓手因某些政治问题发生了争执，再多一句恐怕就要大打出手了。这时，玛格丽特就赶紧与对方道晚安，带着我到街上散步，指着霓虹灯标识、华丽的橱窗陈列和各色珍珠奶茶店，调皮地问我："怎么回事？是何缘故？"玛格丽特对我来说既是工作也是娱乐，我喜欢她，和她在一起让我变得更加洒脱，甚至会做出冒险跑过斑马线的事。她让我发现，原来生活可以有更多乐趣。

　　我们精准地计划了夜店之行。她给我发来十几套服装搭配的照片，看来她已经掌握了对着镜子自拍的要领。我回复她"当然是露脐装了"，还特意加了8个惊叹号，不过发送前删了其中7个。

我们约好先同亚瑟和格雷厄姆在达尔斯顿碰面，一起喝上一杯——这是21世纪的流行做法，他们如此快速的进步不禁让我感到些许自豪。我们到达的时候，玛格丽特和亚瑟已经在小酌了，二人点的鸡尾酒看起来傻里傻气的。

"我都跟她说了，让她别……"亚瑟开口道。

"你们看！这杯的名字是'沙滩性爱'！调酒师在这款鸡尾酒的调制上真是下了大功夫，所以它很可能具有法力，能让'沙滩性爱'变成现实。"

"嗯，"我一边坐下一边开口道，"这款酒里有蔓越莓汁，据说对尿路感染有好处，毕竟如果你真在英格兰的海滩上做爱，尿路感染在所难免。"

"什么是'尿路感染'？"玛格丽特问。"1847，你快坐下！别一脸嫌弃地在那儿揉太阳穴。"

"为什么都要对我这么残忍？"格雷厄姆面无表情地说，"我英俊潇洒、勇气可嘉，什么错也没犯，不是吗？1665，你的衣服呢？怎么穿着内衣就跑出来了？"

"我的衣服都让我扔了，我觉得越暴露越大胆。"

我开始大笑，绝对发自肺腑，没有丝毫的矫揉造作，引得其他人也都露出了笑容。玛格丽特靠近我，露出了洁白的牙齿，我看到格雷厄姆与亚瑟对视了一下，然后翻了个白眼。这虽然只是一个普通得不能再普通的瞬间，但我们每个人都乐在其中。我到现在还会反复重拾这段记忆。你看，这就是证据，证明我并非一事无成。

*

　　格雷厄姆究竟是如何从被实验的小白鼠变成了穿白大褂的实验员呢？这不得不提到一场精彩的小型仪式。格雷厄姆和其他26名来自陆军、空军、警察和文职部门的新晋特工统一身着蓝色制服。当天，天空湛蓝，草地上镶着银色的霜露，整座城市像是一块豪华的糖果，威斯敏斯特的庭院尤其如此，新晋特工整齐地排成一列，周围的建筑高耸入云、巍然屹立。微风拂过，庭院变得愈加鲜活生动。

　　一个带肩章的男人在喊着什么，我在移动的队伍中看到了格雷厄姆，阳光在他的帽檐上跳跃，他像一只拉长身子准备探向高处的猫，身姿矫健，神情温和。确实是他！鼻子像挺阔的桅帆；他站在那里，在阳光最明亮的地方，腰间佩剑，脚着黑靴。我无法准确描述当时看到他时的感觉：就好像他早已在我心中生根发芽，在我还未遇见他之前，就已经学会了如何爱他。

　　"不要转身。"身后传来一个熟悉的声音。

　　我虎躯一震，满脸通红。人一开心就容易犯傻，或许我已经暴露了自己的心迹。

　　"我让你不要转身。"

　　"我没有啊，"我恼羞成怒地说，"天哪！"

　　"别说话！"

　　"昆汀，"我咕哝着，"你去哪儿了？"

　　"嘘。"

　　这个"嘘"字并不来自我身后的昆汀，而是来自我旁边一位与我年龄相仿的女士。她穿着昂贵的外套，留着泛绿色的金发。所有人都在聚精会神地关注仪式，所有面孔都朝向前方。

"把手背过来。"昆汀低声说。他靠近我，像其他观众一样推搡着我。真是太讨厌了。

"好。"

"你拿着这个。当心，不要丢了。"

他把一张卡片样的东西塞到我手上，狠狠戳中了我的生命线。我把手挪到腿边，想把东西悄悄塞进包里，结果半天也没塞进去。

"你为什么背了个像鸡一样的包？"

"不关你事。"

我好不容易把卡片塞进包里。我可怜的包啊，现在已经不像鸡了，倒像是一串烤肉。

我把包自然地放下——就算有人看到也不会多想。昆汀站在我旁边，脸上有块色斑，像是牛皮癣，下巴上长着斑驳的胡须。

"你看起来……很疲惫。"我低声说。

"不要歪着嘴说话，太明显了。"

"嗯？"

"你就转过身正常跟我说话就好，把我当成人群中的陌生人。放松肩膀，别紧张，我脸上的色斑可以干扰面部识别软件。"

"哦。"

我礼貌地把头歪向他的一侧，像只葵花凤头鹦鹉。希望别人不会起疑心。

"昆汀，"我低声问，"究竟怎么回事？难道成吉思汗也从过去来到我们这儿了？"

"不是从过去，我认为不是从过去。关于时空穿越之门，他们是怎么告诉你的？"

"他们对我说'这事与你无关'。"

我转头看着他，他脸上带着微笑——发自内心、充满悔意——眼周被挤出了皱纹。突然，我耳边传来像鸡骨头被折断的声音，他的头猛地一抖。

"昆汀？"我低声道。他向前扑倒，我本能地接住了他。旁边那位绿头发的女人开始尖叫，嘴里一直喊着一个字，像一个坏掉的火警警报：

"枪！枪！枪！"

鲜血从昆汀的太阳穴喷射而出。有人推了我一下，他的身体滑了下去，就好像要沉入水下。周围响起此起彼伏的尖叫声。如果你也曾置身于恐慌的人群，就永远不会忘记那种感觉——那种拖拉、单调又奇怪的叫声，只有真正置身于恐慌之中的人才会发出。

又有人粗暴地推了我一下。我踉跄地向旁边迈了一步，不慎扭到了脚踝，于是拼命地抓住身旁的人，试图稳住身体。人群惊慌失措地朝着大门涌去，先是有人撞到了我的肋骨，接着肚子又被人肘击了一下，我忍不住俯身呕吐起来。所有人都双手抱头、弯着腰向前狂奔，只有我挺直了脊背，一边擦拭脸上的血迹，一边笨拙地向前迈进。

*

时间维度仿佛被拉长。警笛和泛着蓝光的警车瞬间就出现在了现场，而我却感觉自己扶着路桩站了几个小时（后来发现其实根本不到1分钟）。为了参加这场活动，我特意穿了一双黑色高跟鞋，其中一只鞋跟已经断裂。我只好滑稽地歪着身体站在原地。

"你能告诉我你看到了什么吗？"一位身着制服的女警员走到我面前。她应该是内部安全人员，相当于警察的警察。

"一定有狙击手。"我好不容易挤出这几个字。

"什么？"

"狙击手。"我困难地重复了一遍，牙齿抖得厉害，很难把话说清楚。

"那你看到狙击手了吗？"

"没有，应该是角度的原因。"

工作人员转过身，朝着医护人员大喊道："请给这位女士拿条急救毯，"然后又转回来对我说，"您要坐下吗，女士？"

我想起昆汀倒地的情形。我应该没有踩到他骨瘦如柴的手腕吧？我咬了咬腮帮子，闻到一股血腥味儿。

"不用，谢谢你，"我继续说，"根据子弹的角度，我认为狙击手应该站在屋顶，我当时站在观众席的 A 区。"

我脱口而出，声音沙哑。她冷静地打量着我。

"死者是你的朋友或家人吗？"

"是我部门的同事。"

越过她的肩膀，我看到格雷厄姆正大步向我走来，神色波澜不惊。一位警察冲过来意图拦住他，他只是轻巧地绕了过去。他来到我跟前，拍了拍我的肩膀，把我拉到身边。

"你受伤了吗？"他直截了当地问。

"没有。"

"对不起，先生，这里只允许医护人员进入——"

"把你的包给我。"他说。

我把包递给他，他把它斜挎在身上。我的小鸡趴在他腰间，样子有点搞笑。他上下打量我一番，然后跪下来抓住了我的脚踝。

　　"你的鞋？"

　　"坏了。"

　　"你把这只鞋脱下来。我把鞋跟掰断，这样你就能保持平衡了。"

　　"先生——"工作人员有点激动，我们都没理她。我脱掉了一只鞋，把穿着袜子的脚放在他腿上。他掰掉鞋跟，细心地帮我把脚伸进残存的鞋子。我注意到他头顶有点秃，那是一块比酒杯底还小的区域，他乱糟糟的黑色卷发正是自此处开始变得稀疏。当他抬头看我时，我被他眼角的鱼尾纹惊到了。意识到他也是一个有着血肉之躯的凡人，这让我感到有些不安。

　　"我的救星。"我咕哝着。

　　他对此嗤之以鼻。"这没什么。"他说。

*

　　后来他们通知我，昆汀是当场毙命的。其实，我接住他的那一刻就已经知道了结果；他成了部门的弃子，他的死轻如鸿毛，好在死时没遭什么罪。

　　我是最后一个跟他讲话的人，所以得听从安排，接受警方和部里长达几个小时的问讯。格雷厄姆也在部门的监督下被送回了家。

　　格雷厄姆一直拿着我的包。因为我忙着抹掉大脑中关于昆汀倒下的记忆，所以忘了跟他要。我以为审讯过程中有人会提到昆汀给我的东西，结果一位警官无意中透露说，监控设备出了故障，活动期间未能留下任何影像记录。于是，我也就没有主动提及此事。我的大脑中充斥着太多事情，比如昆汀头上喷涌的鲜血，还有他身上让人无法忘记的古龙香水气味。

我到家时已经筋疲力尽。因为太过紧张，我身上出了很多汗，衣服有股酸腐的味道。丝袜也很应景，两条腿都破了洞。我关上前门，格雷厄姆从厨房走了出来，带来一股番茄汤、大蒜和香醋的香气。

"哈喽，你饿了吗？"他轻声问道。

我突然大哭起来，除此之外不知道还能做什么。我慢慢跪到地上，越哭声越大。

"嗯。"他说。

他在我旁边站了一会儿，然后笨拙地蹲在我身边。

"抽烟吗？"他没等我回答，就用嘴唇夹住两支烟点着了，然后抬起我的下巴，把一支塞进我嘴里。他靠着走廊的墙壁坐下，我们开始抽烟，我流着泪，他一言不发。

我用袖口使劲擦了擦鼻子——他没有发表意见。然后，我沙着嗓子开口问："有人死在你面前吗？"

"有。"

"在战斗中？"

"对，战后也有，长途航行也有。不过，你想问的是暴力死亡吧？"

"我感觉自己吐了，没吐在外面，吐在了自己心里。"

他四处寻找掸烟灰的地方，鸡仔包就在门边——他应该是故意放在那儿，方便我想起来——他伸出一条腿钩住包带，把它拉了过来。

"你说得很形象，"他一边说着一边打开我的包，"反应也很正常，没有歇斯底里。我完全能理解你的痛苦，毕竟你从未目睹过这样的死亡。"

"他上一秒还——看着我，然后就……"

"嗯，我可以用这个弹烟灰吗？"

他从我包里拿出一个被挤变形的文件夹，翻盖上的"勿折"两个字也已被挤成了神秘曲线。我心不在焉地点点头，他把文件夹的翻盖撕下来，卷成杯子形状，及时接住了掉落的烟灰。

"给。"他把纸杯递给我，像是在喂小猫吃点心——不过，我正盯着文件夹，档案袋里装满了文件。

"你的裙子要烧着了。"他说着，把烟从我嘴里拿了出来。

我没在意他说什么，一直盯着文件夹。这是一份事故报告，日期是时空穿越项目开始前的 18 个月。我把袋子打开，拿出文件，上面详细描述了伦敦南部一家早已关闭的青少年中心所发生的"骚乱"。5 个当地的年轻人在那里从事了"犯罪活动"——嗑药、跳舞、播放音乐。他们是破窗而入的，这个青年中心已经关闭了 6 个月。邻居们先是报告说听到了吵闹的音乐和笑声，尔后便看到了一束蓝光，从里面传来一阵尖叫。最终，警方成功进入中心，快速处理了所谓的"帮派暴力事件"。

事故报告显示，警方除了发现尸体上有奇怪的伤口外，还发现一道由设备投射出的发光的蓝门。警方将此事定性为特级恐怖事件，并联系了军情五处——对方派出了几名外勤特工。一位警官非常勇敢，把手伸过那道门，抓住了那台设备。他们本以为那是什么武器，但没想到大门瞬间坍塌，像轻轻一拉就解开的神秘绳结。据我了解，我们部门正是由此获得了时空穿越技术。对，时空穿越技术并非我们自己的发明，毕竟我们英国人一直秉承着"谁捡到就归谁"的光荣传统。

报告最后是一份手写的附录：

> 关于几具尸体的处理，外勤特工昆汀·卡罗尔提出了几点意见，建议部里对此人进行严密监视。

我露出苦笑，看来昆汀之前的推断没错，而他的死就是最好的证明。

*

部里与情报机构合作，启动了内部调查，鼓励受到影响的员工主动向咨询师寻求帮助。

为了加入时空穿越项目，我们被迫放弃了很多东西，除了年假、津贴和原来的住所，还有工会会员的资格。部里不承认现有任何形式的工会，通过文字游戏剥夺了我们作为管理人员的身份，导致我们无法加入英国药品和保健产品监管署。此外，时空穿越项目属于国家机密，我们因此也无法加入英国公共和商业服务工会。我们部门不大，大家基本是抬头不见低头见，但我们的私生活与工作根本分不开，部里成了那种可怕的大家庭。既然是家庭，自然不会有什么工会组织，难道还能投诉家人吗？

昆汀事件后，我的情况越来越糟。我找不到可以与之交谈此事而对方又能替我保密的人。我写了一份又一份报告，经历了一次又一次审讯，内心愈发明澈却灰暗，就像被冲洗过的浓雾。

昆汀死后的第四天，阿黛拉召我去总部见她。她跟我说话的态度让我感觉她与我很亲近，却并不亲切。

"我们将对安全屋实行 24 小时警卫保护，"她说，"还将撤销时空移民者的行动特权——"

"不是吧。"

"是。我们在努力确定昆汀与准将及萨莱塞之间的关系。在此之前，我们必须保证时空移民者的安全，你不要让 1847 离开你的视线。"

说最后这句话时，阿黛拉压低了声音。她抬起头，用那只好用的眼睛上下打量着我，仿佛在确认我是否注意到了她声音的变化。她继续道："我们的首要任务是保护时空移民者和时空之门，后者已经被转移到了安全位置。我建议你重新参加一次体能测试，然后我们再想办法提高你的横向推理^①测试得分……"

"两次外勤考试我都没通过。"我说这话的语气虽然波澜不惊，手指却已开始偷偷模仿扣动扳机的动作。

"你这次肯定有长进。再说了，你也没有别的选择，这是一场战争。"阿黛拉说。

"战争永远不会消失。"我说。

*

外面的世界因霜冻而变得湿滑，阴冷的灰色笼罩着整座城市。

---

① 与线性推理相对，一般通过联想、类比等非传统的推理方式思考问题，得出解决办法。

面对阴沉的雨水和路边黏稠的蜘蛛网，我感觉自己像被困在了充满唾液和蛀牙的大口中。我对工作失去了兴趣，终日无精打采。周遭环境给我造成了巨大压力，让我隐约陷入了抑郁情绪。我的确抑郁了——甚至可以说患上了创伤后应激障碍——但我不能休假，也不能把工作交给别人，所以也就没必要承认病情。

周末上午，我十一点半才从卧室出来走下楼梯。我其实八点就醒了，但一直盯着天花板，盯了好几个小时。我没换衣服，也没洗澡。我之前买了好几件超大号的同款棉质 T 恤，本来想当睡衣穿，但也时常一整天都穿着它。由于穿得太久，因此粗糙的棉布开始摩擦身体突出的部分，让我感觉到冰冷的疼痛。即使到了现在，淋浴时如果手腕不小心擦过胸部，我也会蓦然地情绪低落。

我想给自己泡杯茶，但一想到泡茶的步骤——把水烧开、拿出杯子、闻闻牛奶、选个茶包、准备茶匙，便决定给自己倒杯自来水算了。我坐在厨房的餐桌旁，凝视着窗外湿答答的花园。

格雷厄姆本来在楼上鼓捣长笛的编曲，但他听到了我活动的声音，便也下了楼。

"早上好。"他小心翼翼地说。

"嗯。"

"你吃早餐了吗？"

"没有。"

"还是不舒服吗？"

"我猜是吧。"

他在操作台边停住脚步，我想他肯定想纠正我"我猜是吧"的措辞，告诉我正确的说法应该是"我想是的"。他最喜欢咬文嚼字了，但这次我错了，他竟关切地问我"哪里不舒服？"

"就是……感觉不太好。应该不是什么传染病，你担心的不会是这个吧？"

"不是。"

那天，临近傍晚，他从外面办事回来，递给我一只小塑料瓶。

"这是什么？"

"维生素 D，我觉得你应该补充这个。"

"哦，谢谢你。"

"不客气。你应该换身衣服，现在已经下午三点了。"

"不必了，反正再过几个小时就又要睡觉了。"

他琢磨着我的话，表情一如既往的温和，也一如既往的难以捉摸。如果我还有精力感受绝望，那么我内心对他的渴望，连同他缺乏欲望的冷静就一定会——像刀口引发流血一样——触发我绝望的情绪。然而，我的心情已经荡到了谷底，没有空间变得更糟。我陷在自己的身体里，如同一个悲惨的沙洲；他在楼上专注地练习长笛，洋溢着 A 大调的欢愉。

我甚至没有精力取笑他对补充剂的痴迷。格雷厄姆绝对堪称补充剂狂人，具体原因有二：一是他发现缺乏维生素会导致坏血病；二是他喜欢小巧可爱的维 C 软糖。在我们一起住了几个月后，我发现他的微笑虽然含蓄，却魅力十足，甚至令人恼火。之所以如此，或许不仅因为他内敛的性格，还因为他介意自己因坏血症而失去的牙齿，担心自己的假牙会像焚化炉里银色的便士一样闪耀。

仅仅过了两天，我再次上演了赖床的戏码，看着数字钟不断翻啊翻，一直翻到了中午。时钟显示十二点整，楼下的他似乎一直在等着这一刻的到来。他朝着楼上大喊："下来跑步啊！"

"你还没去吗？"

"没呢！"

我没做回应，继续躺着，又打了一刻钟的盹儿，最后被他的声音吵醒。"快点！"他站在我卧室门外，语气干脆利落——谈不上粗鲁，却也没有太多温柔或宠溺，或许他以前对"厄瑞玻斯号"上的船员就是这样讲话，如果再严厉几分，似乎就变成了斥责。

我挣扎着从床上爬起来，和他一起出门跑步。跑步的感觉很好，否则我也不会同意。我因为心情不好，所以跑得很慢，他跑到终点都没怎么冒汗，肯定在一直备战体能测试。

伦敦的 1 月步履蹒跚，而我则终日昏昏欲睡，他被迫陷入了照顾我的模式。原本照顾他、守护他是我的工作，他大老远地穿越到这儿，可不是为了照看我这么一个心情沮丧的公务员。可事实就是如此，我实在没办法让自己好起来。我开始厌恶一切：厌恶我的房子、我的工作，还有我头发上的油味。

一天下午，我匆忙下了楼，去了趟洗手间，然后就又回到床上。或许我躺的时间太久，嘴巴在枕头上留下了一个潮湿的椭圆形印记。他敲敲我卧室的门，我赶紧翻个身仰面躺好。

"嗨？"

他推开门。

"茄子我已经杀完水了，再过 45 分钟咱们就开饭。"

"我不饿，真的。不过还是谢谢你，抱歉还让你给我做饭。"

"说什么'让不让'的？你得吃东西。"

"我不饿。"

他倚靠着门框，脸上没有任何表情——只有端正的五官。

218

"我知道，猫都喜欢赖床，猫做的梦或许比人类的更精彩。可惜我从来都记不住自己的梦，所以也无从比较。我当然不想干涉你的工作，以及你忙碌的午睡计划，但你必须下来好好吃饭。"

"我不——"

"我这可不是在求你。"

我慢慢地眨了眨眼睛，确认自己还是更喜欢闭眼的感觉，于是一直保持着闭眼的状态。我听到地板发出轻微的嘎吱声，他一定离我很近，他身上的气味让我十分煎熬——那是混合着烟草、肥皂、暖气烘干羊毛的味道，和他皮肤散发的馥郁草木气息混合在一起。我睁开眼，发现他正跪在我的床边，脸离我很近。我盯着他上唇的弧线。

"我觉得，"他说，"为了避免我们都陷入尴尬，逼得我把你拖去厨房，你还是自己起来为好。"

他的话让我变得极度脆弱。我感到十分羞愧，这是一种新鲜的感觉，比我几周以来经历的任何情感都要强烈。于是，我下楼吃了晚饭。

他打开收音机，打破了厨房的沉寂。新闻播音员干巴巴地描述着澳大利亚的野火，据说野火肆虐了澳洲的大部分地区。听到记者在新南威尔士的古尔本对当地居民进行采访，格雷厄姆顿时来了兴致。那位仁兄换着花样地声讨他们国家的总理，简直有几分《荷马史诗》的神韵。草原大火导致成百上千居民流离失所，空气遭到了严重污染。我用叉子按压着自己的舌头，等着格雷厄姆对这种极端恶劣天气发表高谈阔论。没想到他只是说了一句："我去过古尔本，我的家人都搬去了那里。"

*

　　我一直对昆汀耿耿于怀，可以说昆汀——不是他的人，而是他喷涌而出的鲜血——彻底挡住了我的去路。我有时觉得我辜负了他，有时又觉得我辜负了自己。我想念他，哀悼他的离去；我也恨他，恨他无法起死回生。

　　在我情绪低落的那段时间里，玛格丽特和亚瑟经常来看我。最初他俩都表现得十分温和亲切，但看到我始终郁郁寡欢，便改变了态度。表面上，他们来我家是为了看望格雷厄姆，但他们来得实在太勤了，我开始怀疑他们是在帮格雷厄姆执行什么计划。

　　不论我如何摆烂，亚瑟始终都很温柔。他发现了拼字游戏的乐趣，有时会带过来跟我一起玩——我的好胜心的确可以暂时遏制我的忧郁。"塞米莉亚也喜欢这个游戏，"他告诉我，"她给我介绍了很多可以打发时间的游戏，听说她大学期间还组织过游戏俱乐部，是不是挺有意思？"

　　"嗯。"

　　"但她的老朋友出国的出国、生孩子的生孩子，所以，唉，打发时间的游戏团队就这样被迫解散了。她说接下来会带我去电子游戏厅，我一直以为她说的是什么古希腊的世外桃源，以为你们终于找到了亚里士多德喜剧作品的完稿①，并用精密仪器成功将其复原了。"

　　"并没有。"

---

　　① 民间流传一些未完稿的喜剧为亚里士多德所作，但是缺乏根据。目前普遍认为，他没有完整的喜剧作品流传。

"她说会带我去玩'太空侵略者'。"

"哦，不错。"

他微笑着继续道："我之前有个中尉，经常坐在防空洞里冥思苦想，笔记本上创作了很多诗歌。就算迫击炮在头顶呼啸，他也不在乎。我对他说，'欧文，老伙计，你怎么能做到在这种情况下还继续写诗呢？敌人都想把你炸成肉泥了，你却还在想那该死的韵律、韵脚？'他告诉我，对他来说，诗歌是唯一还有意义的事，他说：'如果你仔细聆听，依旧可以听到悦耳的鸟鸣。'"

他边说边挪动了一下身体。格雷厄姆去拐角的商店买泡茶的牛奶，离开了大概一刻钟的时间，厨房里只有我和亚瑟。"你是不是觉得我跟你说这些很可笑？"他语气依旧温柔。

"没有，亚瑟，我……"

"我不怪你，我也觉得自己很荒唐。尽管我很难看到欧文眼中的世界，但我真的在努力让自己变得快乐。可惜欧文很快就离开了人世。你知道马恩河战役①吗？这枚戒指就是他的，他把它送给了我……"

门外传来格雷厄姆开门的动静，亚瑟依旧专注于手中的拼字游戏。"1847，"他喊道，"'zigbo'是个单词吗？"

玛格丽特对我的态度则要直接很多。

"你身上有股味儿，病人的味道。"她会随口问我："你洗澡了吗？"

或者，"你可是女主人，除非你邀请我跟你同床共枕，否则你就赶紧给我起床！"

---

① 第一次世界大战期间，英法军队在法国马恩河地区对德军进行反攻并取得胜利。

就这样，一个周六，我俩在床上吃了整整一盒巧克力，一边吃一边用我的笔记本电脑看《辛普森一家》。玛格丽特很喜欢这部电视剧，觉得从中学到的东西比部里教给她的还要多。

玛格丽特来到这里以前一直在她哥哥亨利·肯布尔的庇护下生活。他哥哥经营布料生意，兄妹俩感情很好。她虽然一直未婚，却与几位女性有过亲密关系（她的家人和其中有些女性都以为那是女生之间正常的友谊）。她帮嫂子打理家务，帮哥哥处理账目。但后来哥哥不幸感染了风寒，永久地离开了他们。自此，她身上光彩不再，变成了嫂子的"眼中钉"，在家里越来越不招待见。

部里带玛格丽特穿越的人员发现她时，她正被锁在狭小的阁楼里，里面只有一个便盆和一堆作为床铺的破布。她刚染上鼠疫，还未康复。据说，她嫂子派了一个女仆每天把食物送到她门口，可后来那女仆也未能幸免。不到三天时间，全家人都死了，只有玛格丽特活了下来。她又饿又怕，本想从窗户逃生，但邻居们都向她投掷石子和碎瓶子，生怕她出来传染他人。她只好靠逮麻雀充饥，靠喝雨水解渴。穿越给了她第二次生命，她当然要紧紧握住生命之剑，高歌猛进地重新崛起。

*

塞米莉亚也来过一次，虽然那时我们之间已经没什么共同语言，她还是来看望了我。她自己烧了水、泡了茶，一直折磨着杯里的茶包。我想她是不想抬头看我的脸。

"我不想让你有任何心理负担，"我说，"但我知道自己受了伤，你不必为此感到尴尬。"

她冷静地朝我微笑，像往常一样深不可测。"你看起来很糟。"她说。

"你也是。"

这是真的，时髦的塞米莉亚不知去了哪里。打底裤在膝盖后面皱成一团，身上的帽衫也普通得不能再普通，我甚至没注意是什么颜色。她好像把曾经的自我挂进了壁橱。

"你想谈谈内心的感受吗？"她问。

"你是认真的？"

"当然，我的专业就是心理健康。"

"医生，你还是先给自己看看吧。"

她用我的杯子给我泡了杯茶——杯子上印着爱丽丝抬头看柴郡猫的图案。她上次来时我用过，看来她记住了，这让我内心掀起了小小的波澜，但那太微弱了，我也不清楚究竟是何感受。

"塞米莉亚，你来有事吗？"

她想了一会儿才回答。"有什么事情是你想谈的吗？"她说，"什么都行。"

我把手指伸进茶里。茶太热了，还不能喝，滚烫滚烫的。我把手指放在里面停留了一两秒。

"控制部门已经知道准将的事了，"我说，"他们告诉你了吗？他们是有意让他接近我们的，目的是把敌人放在身边，这样有利于近距离观察。"

"那你想谈谈他吗？"她轻声问我，"比如，你都和他说过什么？"

我的大脑一片灰暗，完全没注意到她的表情和语气，也没留意她跟我说话的方式与其他心理医生有何不同；但事实上，她虽然是在对我讲话，却更像是在自我对话；我没觉得她想套我的话，但依旧回答说"没有"。之后，我俩一声不吭地坐着，看着茶慢慢变冷。最后，她说她还有别的事，于是就起身离开了。

*

某个星期六的晚上，天空看起来像湿透的船底，寒冷刺骨，咄咄逼人。格雷厄姆尝试做蛋糕失败，弄出各种"噼噼啪啪"的响动，还伴着烤箱的"咔嗒"声。半小时后，他敲响了我的门。

"嗯，"他说，"我把蛋糕烤坏了。"

他露出难得一见的恼怒表情，虽然已经在努力平复情绪，但恼怒的表情还是像他难以驾驭的头发一样爬上了面庞。我不知道究竟为何，但看到他情绪失控反倒让我有点开心。他手里拿着一瓶葡萄酒和两只杯子。

"想来一杯吗？"

"好，蛋糕怎么了？"

"太湿了，形状也不对。"

"什么形状？"

"像个水坑。"

他靠着抽屉柜坐在地上，给我们各自斟了一杯。

"那就为失败干杯！"

"为失败干杯！"

"此刻，我对'厄瑞玻斯号'的厨师沃尔先生产生了全新的敬意。他当初在那么恶劣的条件下竟能为我们制作出圣诞布丁。"

"你做的蛋糕或许并不像你形容的那么糟。"

"不是的，比我说的更糟。我的自嘲是为了掩盖我的愤怒。"

"我看出来了，否则你怎么可能愿意进我的房间？"

"嗯，我本来觉得我们可以去其他房间坐下来喝杯酒，但这么多天过去了，我看你也很少走出卧室的门。"

"我们可以去你的房间。"

"绝对不行。你会毁掉我的声誉。"

"没有人会知道。"

"上帝看得见。"他严肃地说。

"你真的相信上帝？"我问他，但内心并不期待答案。他晃动了一下肩膀。

"多奇怪的问题，我当然信了。"

"也相信天堂和地狱？"

"我不知道是否会有永恒的生命，但我知道，你们这个时代时髦的想法是认为死后万事皆空。"

"这也不是什么'时髦'的想法，只是越来越多的人看不到相信上帝的理由，感觉宗教不过是个童话。"

他耸了耸肩。

"信仰与理性无关，明明前往的是未知疆域，为何强求一张地图的指引？"

我无言以对，只好端起酒杯。酒入口的味道很糟糕，像在咀嚼天竺葵。在酒精的作用下，我的大脑开始胡思乱想：他拿过来的或许是瓶"补"酒，他知道我身体不好，想给我补补，为了不让我起疑心便决定与我有苦同当。如果能找到鸦片酒，他一定也会拿来给我。

"之前你说，"他说，"你小时候家里信奉什么宗教来着？"

他不久前还说我们是什么"异教徒"，如今竟知道要小心措辞，看来部里关于偏见和敏感的培训果然有效果。

我说："为什么问这个？"

"好奇。你之前说过，你们的宗教更像是德行因果，对吗？"

"嗯？"

"就是说，残忍的行为会得到残忍的惩罚，善良的行为会得到善良的回报。"

"哦，应该叫因果报应，这关乎轮回转世。如果你这辈子没做好事，下辈子就会变成一条鼻涕虫。"

"那可太残忍了。"他面色平静地喝了一小口酒。不知为何，他的话惹毛了我。

"我觉得没什么残忍的，所有行动都有后果，你做的每个微小决定、选择的每个表情都会影响到他人，大家谁也离不开谁。你知道的，亚瑟已经不再去教堂了，因为他在战壕里没有见到上帝。你真的还相信任由西线发生战事、任由奥斯威辛存在的上帝吗？"

"相信。我不是说我喜欢他，或理解他，上帝就像是一位我必须信任的船长，他比我更了解这艘船。"

"世界是一艘船吗？"

"一切都是船，这栋小房子也是一艘船。"

他让自己的声音变得更加柔和、悦耳，更加能够安抚我的情绪，让我不再与之争论。这是他惯用的伎俩，每次都能奏效。我们略带慌张地微笑看着彼此。他继续道："你刚才说的'奥斯威辛'是什么？"我心想，"啊，该死。"我刚刚还在讲什么因果报应，现在该如何跟他解释"奥斯威辛"。

　　他离开后我打了个盹，本想做点比翻身更费力的事，却突然感到浑身无力，于是就睡着了，一睡就是好几个小时。当我醒来时，口中有种老豆腐般的黏腻感。临近午夜，我拖着沉重的脚步走去厨房找水。

　　他正坐在餐桌旁盯着笔记本电脑，像被困在花盆里的树根一样驼着背。他唇间夹着一支烟，烟灰缸里还有六个烟蒂。听到我过来，他面无表情地抬起了头。

　　"你还不睡！"我声音嘶哑地说，一边找杯子一边继续道，"为什么……"

　　"你没告诉我大屠杀的事。"自来水溢出了杯子，淋湿了我的手。"嗯，"我语速缓慢，"部里担心影响你适应这里的生活……"

　　"我用机器搜了你说的那个词。"

　　"奥斯威辛。"

　　"网上有很多照片……"

　　他说不下去了。我喝了一大杯水，看着他的脸，刚才以为的面无表情其实是空洞的恐惧，他应该盯着屏幕看了几个小时。

　　"还有小孩子。"他说。

　　"是。"

　　"很多鞋子。"

　　"是。"

　　他掐灭了烟。"怎么没人管？"他问。

　　我摇了摇头。

"谁都知道发生了什么，"我咕哝着，"但都选择不闻不问。你之前提到过那些被解放的奴隶，他们最后都怎样了呢？"

"你指什么？"

"你从'罗莎号'和其他船上释放的那些奴隶。"

"哦，嗯，他们的情况不尽相同。有些加入了皇家海军或兵团，有些被安置到西印度群岛去学了手艺……"

"学手艺？"

"对。"

"你的意思是安排他们去那里工作？"

"你究竟想说什么？"他一边问一边伸手去拿烟。

厨房很暗，但我仍看得到他的烟盒已空，看得到他心不在焉地把烟盒捏扁。

"很多人都死在了回程的路上，对吧？有些则在案件审理期间死在了船上，这些都是你自己说的……"

"我说过的话我都记得。"

他站起身，合上笔记本电脑，慢条斯理，貌似平静自然，因为没有弄出"啪嗒"的动静。哎，我本来可以跟他讨论买什么牌子的面包的，为什么要说这些呢！

"当初成立防御大队是出于人道精神，"他轻声说，"你把它与奥斯威辛相提并论简直不可理喻。如果你心里真这么想，怎么可能与我共处一室？"

"我并没说这两件事有可比性。"

"是吗？"

"我想说的是，大家都在遵循自认为正确的命令做事。"

他茫然地盯着我，没说话，转身打开门大步走进了午夜的花园。

门外钻进来的冷风像恶犬般对着我的腿狂吠。我走到门口，瑟瑟发抖地看着他的背影。他站在草坪中间，手臂交叉，仰望着天空。

*

在我年少的时候，是那些我看过的电影、读过的书籍、听过的歌曲共同塑造了我的性格——我也曾试着将这些东西分享给格雷厄姆。那时候，柬埔寨最大寺庙的住持和尚说过，他不知道红色高棉受害者的不幸是否缘于因果报应，他们前世若行得正、坐得端，或许不会落得集体活埋的下场。

从那之后，母亲再没去过那所寺庙。她在家里的神龛前摆上鲜花和水果，只要忍不住胡思乱想，就会到神龛前求取内心的平静。她把所有的敬畏都给了英国，知道在这里只要努力工作就会成为受欢迎的公民，她更喜欢这样的因果报应。

我年轻时颇为幼稚，总渴望执着于什么东西。我看过一本关于极地探险黄金时代的书，从此便深陷其中无法自拔。我开始相信英勇的牺牲，并进而信奉英雄主义。英雄主义是正义的基础，而正义又赋予我力量感。倘若我当初迷上的是朋克摇滚，或许我会成为一个截然不同的人，只可惜我并未如此。

我们曾将联络人的工作与第二次世界大战期间的"儿童大迁移"行动相类比。然而，没有人——包括拉尔夫（他的父亲正是那次转移行动的受益者）——愿意承认，大家只想营救孩子，却不愿接收他们的父母。格雷厄姆用谷歌做了大量搜索，最终了解到了那些孩子父母的结局。"儿童大迁移"被定性为英雄主义行为，屡次被当作英国慈善事业及其反法西斯行动的例证。其中当然有真实成分——孤儿都心存感激，有些孩子后来活得也不错。

你或许觉得我很笨拙，觉得这件事我本应处理得更好。你的判断无疑是正确的。我本来可以借此机会教他一些东西，结果却搞砸了。更糟糕的是，这是我挑起的话题，是我造成的后果。但话说回来，我当时又能说什么呢？我能告诉他大屠杀作为人类历史上最可耻、最骇人听闻的污点其实是可以避免的吗？所有发生的事都可以避免，但发生了就是发生了。我们能补救的不是过去，而是未来，是时空穿越让我明白了这一点。

*

第二天早上他拿来一朵雪莲，插在玻璃瓶中，放在我的桌上。

"这是我们花园里的第一朵雪莲。"他解释说。

我抚摸着那忧伤的白色花瓣，回应他说："你到这儿已经快一年了。"

"是啊。"

"我很高兴你搬家前能看到这座花园的春天。"

他也摸了摸花瓣，恰巧是我摸过的地方。"是。"他的语气和往常一样平静，听不出任何情绪。

*

伦敦进入了雨季，天空中仿佛有支巨大的石墨铅笔，规划出了雨水行进的路线。

2月又迎来一场暴雨，好在英格兰西南部的损失不算严重。但德文郡的情况很是令他担心，那里是他出生的地方，保留着他许多美好的记忆。

我们的房子成功挺过了风雨。他挨个房间查看，透过窗户观察外面的情况。最后，他走进书房，看到我像只虾米一样蜷缩在电脑前。"我得承认，你们这个时代的下水系统简直称得上工程上的奇迹。"

"那都是 19 世纪留下的管线。"

"都是 19 世纪的管线？"他指了指自己说。我苍白的脸上露出了微笑。

我收到阿黛拉发来的邮件，她把我放进了密件抄送名单。邮件很短，只有几行字，却充分反映了她内心的愤怒，不得不说她在这方面很有天赋。

"是坏消息吗？"他问。我咳嗽了一声。

安妮·斯宾塞试图逃离部里的病房，已被当场击毙。她差点就成功了，后期的监控摄像头已经抓拍不到她的影像。

邮件要求我们对其他时空移民者保持口径一致，统一说她是自杀。"切记！切记！"阿黛拉特意标注了双下划线。

*

安妮·斯宾塞的葬礼怪异而乏味，设置在部里的一个小教堂里——我头一次知道我们这儿还有个教堂。棺材紧闭，除了几位时空移民者外没人靠近。葬礼仪式给人一种走流程的感觉，只有那首《祝福主，我的灵魂》还算特别，用了雅克·贝尔蒂埃①编曲的版本，听起来异常悲伤。歌曲开始，我低下了头。亚瑟那清晰而优美的男高音与格雷厄姆柔和且浑厚的音色在每个转折处都能产生和谐的共鸣，歌声如洪水般冲击着我的肺腑。

葬礼结束后，我走到教堂外的一个庭院中坐下。院子里积满了水，散发着泥土的气息。尽管如此，我还是在花坛边坐了下来，任由寒风穿透我黑色的外套

"介意我陪你坐会儿吗？"

"哦，亚瑟，当然不介意，只是这儿有点湿。"

亚瑟微笑着坐在我旁边，向前伸出了他的大长腿。他扭动着手上的印章戒指——这动作跟我啃手的动作一样，都是为了缓解焦虑。他低声对我说："我们同她都不太熟，要是能多了解一点就好了。"

"嗯。"

"她或许就不会那么……孤独了。"

我没说话，知道自己无论说什么都是在撒谎。我握紧拳头，碰了一下亚瑟的手，他立即抓住我的手，开口道："我刚穿越过来的那段时间，好不容易才克服了内心的恐惧。我以为自己经历了炼狱，你知道的，这对我来说是一次重生的机会，你无法想象在我所处的那个时代，像我这样的人活着有多么艰难。如今看来，我真的是在更适合我的时代得到了重生。但你知道，如果爱上一个无法或不愿回应自己的人，内心注定会感到孤独和悲伤，也就无法投入地生活。或许再过两百年，这个问题也能解决，真希望到时候他们能把我们接过去，我们才算真正到了天堂。你和格雷

---

① 雅克·贝尔蒂埃（1923—1994），法国音乐作曲家。

厄姆相爱吗？"

我的手在他手中抽搐了一下。

"没有。"

我看着他，认真地看着他：他那忧伤而英俊的面庞隐隐流露着脆弱。

"你和他呢？"

"你们俩在说什么？"

我们同时转头看向院子的大门。格雷厄姆站在那里，点着了一支烟。我不知道他听到了多少。

"我们正在密谋。"亚瑟握紧我的手，随后将其放开。"我们打算做些坏事，真正原罪的那种。"

格雷厄姆朝我们吐了一口烟。"我明白，"他说，"到时候我一定在窗边点支蜡烛，等着你们回家。"

*

关于红色高棉，最让人难受的是那些 "几乎"和"或许"的事：她"几乎"就要没事了，结果却不幸死于痢疾；他"或许"被埋在琼邑克的坟墓，所以我们只能到那儿祭奠他；他"几乎"就要到泰国了，却被人在森林发现了踪迹；她被带走之前"或许"见到了儿子最后一眼。

安妮·斯宾塞几乎就要从病房逃出来了……读完那封邮件，一种古老而强烈的恐惧穿透了我的心。我从小到大骨子里都带着莫名的恐惧。我知道，自己之所以活着，是因为母亲战胜了"几乎"。我不知道，如果你也有过类似的经历，要经过多少代际的延续才能让人彻底放下对逃跑的执念。

　　但其实恐惧也很简单、很美好。只有当死亡靠近时，你才会突然领悟生活的馈赠，才会意识到即使死神已等在窗外或在镜子里叫嚣，你也会想尽办法活下去。

*

　　我们部门的内部监控系统不必接受信息委员会出台的法律法规的限制。不过，我若想获取相关录像，必须作为联络人向有关部门递交申请；也就是说，从部长到其下属，每个人都能看见我在数字墙里四处打探的路径。当然，我也有权查看录像申请、批准、驳回的记录以及呈报上来的技术故障。我还知道哪些录像需要存档，而哪些 30 天后需要删除。于是，我查阅了相关文件。

　　我发现在安妮·斯宾塞去世前的几周里，部门对系统硬件进行了六次检修，每次都有相应的发票为证。显然，部里花了很长时间才意识到，这位可怜的女士已经能做到在监控摄像头前隐身，而他们却一直以为是系统出了故障。

　　同样耐人寻味的是昆汀被杀当天庭院监控系统的维修报告。如果电力线路自动改变，监控系统就会因此关闭，这种线路改变属于高安全级别建筑的标准应急操作。可以这样解释，如果我们使用电子锁和钥匙来保护重要物品或人物，一旦电子锁和钥匙出现问题，楼宇建筑就会在备用发电机启动前自动从其他非必要系统（如公共庭院的监控系统）中获取电子锁所需的电力。这种方法虽古老却有效，可以有效避免恶意软件的攻击。

　　奇怪的是，我并没有找到相应的违规或故障记录。"自动"

改变线路其实属于人为操作。

为了获得访问记录，我提交了访问请求，结果发现，更改访问线路的用户来自部门以外，并且其用户名、安全级别、权限、许可等信息已被篡改，无法知晓用户的真实身份。好在还有摄像头驱动扫描仪 CMOS——指纹扫描——的数字记录。

我把存储器拔出来，插入部门数据库。

结果出现。

上面是我的名字。

我吓得灵魂出窍，好几秒后才回过神。我赶紧用手掌揉搓胸部，心怦怦地跳，胸部的皮肤也跟着一起颤动。

我被人陷害了，内心百感交集，愤恨老天对我不公。我甚至不知道准将是何许人也，也不知道他有何目的，似乎也没人打算解答我的疑惑。要知道，昆汀可是惨死在我面前啊！

我给阿黛拉发了一封邮件，问她可否当面向她"汇报工作进展"。我特意用了这个宽泛的表达，让她无法事先准备说辞敷衍我。我一边敲击键盘一边想：如果我有枪，并对准将有更清晰的认识，情况或许不会这么复杂。我越是认真思考，脑子越是麻木。没错，我陷入了死循环：如果我有枪，或许就能清理这一切。

*

怨恨让我失去了理智，最初表现为我经常坐在餐桌旁用筷子吃掉一整罐洋葱泡菜。我想吃酸的东西，结果给自己吃出了胃痉挛。呕吐后，我又出门跑了步。

回家后，我愤愤地冲了个澡，把浴室弄得到处都是肥皂水。

我甚至想要生吞一列火车，或者把它干翻；我想在吉萨金字塔①的墓室把自己打得血肉模糊。我想做这些疯狂的事，因为它们有悖于人类的法律和部里的规定。但如果我做不了这些，就只能退而求其次——去酒吧放纵。

"格雷厄姆，你想见见我的几位朋友吗？"我的室友很不幸，他买的洋葱泡菜都被我吃光了。

"你说什么？"

"你想见见我的朋友吗？"

他露出了难得一见的可爱笑容，以及两个深深的酒窝。

"我愿意。我一直在想如何主动开口呢。"

"哦，是吗？"

"是啊。"他说。他似乎想要解释几句，却并未多说。他脸色泛红，庄重地回答道："毕竟，我的朋友你都见过了。"

"你只有两个朋友？"

"是三个，"他愉快地说，"你也是我的朋友。"

*

我在自己原来住处附近的酒吧召集了一次聚会，邀请了六位最为亲密的朋友。老实讲，这一年称他们为"最亲密的朋友"着实有点名不副实，因为我已经好几个月没有见到他们了。我经常给他们发丧气的消息："我工作太忙了。"

我在群聊中已经给他们打了预防针："我的室友以前是位海

---

① 位于埃及首都开罗西南约10公里的吉萨高地，主要包括胡夫金字塔、哈夫拉金字塔和孟考拉金字塔，是古埃及金字塔最杰出的代表。

军，非常优雅，但也有点古怪。"谁能想到，他竟然骑着摩托车来赴约，把车停靠在一排电动车和自行车中间。我看着他摘下头盔，靠着车子点燃一支烟，若有所思地望向天空，顶着一头凌乱的卷发，就连皮夹克都在闪闪发光。我不知道该如何向别人介绍他，因为我自己也读不太懂。

酒吧对面有一家烤肉店，提供热茶和咖啡，是东伦敦地区快车司机和快递员聚集的地方——这也就是为什么这里会有那么多自行车和电动车。快递员似乎都认识彼此，总能看见他们靠在车上分享烤肉和薯条。

"哈喽，格雷厄姆。"

他把烟掐灭，小心翼翼地给了我一个微笑。"哈喽，"他说，"我们现在进去吗？是什么在鬼哭狼嚎啊？"

"啊，是卡拉 OK 之夜。"

酒吧里有个女人站在临时搭建的舞台上，样子像只雄赳赳气昂昂的老鼠，正在用她那独特的甜美方式演唱着蒂娜·特纳[①]的《最好的安排》。

我的几位朋友坐在一张远离卡拉 OK 的桌旁聊得热火朝天。我一走过去，他们就像树上的一群鹦鹉，整齐地转过身来。

"您就是那位著名的室友？"其中一个朋友说，"久仰久仰。"

"她肯定没说我好话吧？"他问。

"一个字也没有。"

"哦，那我就放心了，我可不想让她因为我而说谎。"

我舒展了一下后背，强迫自己放松下来。他来自古代，神秘

---

① 蒂娜·特纳（1939—2023），瑞士籍美国歌手、演员。

莫测，爱开玩笑，也会惹麻烦；但他同时魅力十足，无论生活在什么时代都能活得如鱼得水。

*

一切顺利，朋友们似乎都很喜欢他，我想他应该也喜欢他们。他很擅长回避自己不想回答的问题，总能巧妙而幽默地岔开话题。

时间过得很快。

这家酒吧的自酿酒名为"桌子"，而且是用纸盒给客人端上来的，我竟然还想着要不要点杯杜松子马提尼，看来我真是喝太多该回家了。我摇摇晃晃地走到吧台，他正在和我的一个朋友讨论对方身上的文身。

"这个图案是什么意思？"格雷厄姆问。

"'我们每次恋爱其实都是在学习放弃自我'——这句话出自德勒兹①，我博士论文写的就是他。"

"真有意思！这个又是什么？一只小螃蟹？"

"是的，这是我在邓杰内斯吸了迷幻药后文的。我在海滩上看到这只螃蟹，莫名其妙地觉得它就是上帝。"

"太妙了。"

"格雷厄姆，我们得走了。"我一边说着一边朝他伸出手。我当然已经醉了，手掌贴在他的腰上，透过衣服感受到了他的肋骨。他低头看着我。

"好。"他说。他挺了挺后背，却没有躲开的意思，任由我

---

① 吉尔·德勒兹（1925—1995），法国后现代主义哲学家。

的手在他的毛衣上留下汗渍。

我们和朋友一一道别，尔后摇摇晃晃地走出酒吧。街道在幽暗的路灯下闪着光，几个快递员正一边喝茶一边端着聚苯乙烯泡沫盒子吃晚餐。准将和萨莱塞竟然站在对面，我走到跟前才认出他们。

我一个急刹车站住，脚下却滑了一下。格雷厄姆抓住我的胳膊，生怕我摔跤。我一直在发抖，他一直抚着我的背。

"追踪到了，"萨莱塞拿着一个奇怪的装置继续道，"他属于自由旅行者。"

他手中的装置看起来像是带有金属探测功能的指南针，能投射出薄膜状的白色网格，上面还闪烁着几个符号。这无疑就是格雷厄姆画中的设备——根本不是什么武器，而是一种监控装置。我默默道了句"太棒了"，内心毫无波澜，喉咙里涌起一股洋葱泡菜的味道。

"晚上好，戈尔中校。"准将说。

"你好，长官。"

"很抱歉以这种方式见你，但你得和我们走一趟。"

"我能问为什么吗？"

"恐怕不能。"

"那我的联络人怎么办？"

"如果你同意跟我们走，我们就不会伤害她。"

他不喜欢被人威胁。"我不会和你们走，"他说，"你们也别想伤害她。现在请你们让开。"

"她的数据出现了问题，"萨莱塞眯着眼睛看着显示屏，然后继续道，"时间不对，记录归零了。"

"哦，那好吧。"准将叹了口气，从夹克里掏出一样东西，不用看也知道是什么。

格雷厄姆抓住我的手腕，把我拖到一边，一道蓝光击中了我刚刚站着的地方，"嗖"的一声在地上留下了一个浅坑。我尖叫着向萨莱塞扑过去，用指甲抓挠他冷冰冰的脸，萨莱斯也发出了嘶吼。

"疯婆！"萨莱塞扯着嗓子大叫，设备也掉到了地上，发出了刺耳的噪声。"疯婆！疯婆！"

我没太听清他在说什么，但知道一定是骂人的话！

"冷静，萨莱塞。"准将厉声呵斥，他那原本播音员一般的口音彻底消失不见。格雷厄姆抓住准将的胳膊，我听到了可怕的断裂声。萨莱塞也发出了嚎叫，我狠狠戳着了他的眼球。

格雷厄姆把准将摔倒在地，准将再次举起手枪。

"快跑。"格雷厄姆轻声说。

我快速跑了起来，身后又传来"嗖"的一声。

烤肉店周围的快递员已经乱作一团，我忐忑不安地站在格雷厄姆的摩托车旁。他打开后座，快速把一个备用头盔扣在我头上——头盔太大了，应该是给亚瑟准备的。然后，他揪着我的衣服把我拽上了车。

"抓紧！"他透过头盔朝我喊。又是"嗖"的一声，紧接着是一连串各种语言的咒骂。我抱着他的腰，在摩托车提速时发出女妖一般的尖叫声。周围的快递员像极了愤怒的金属黄蜂，所有摩托车齐声发出轰鸣，烘托着我们呼啸而过的身影。

"他们在哪儿？"准将怒吼着。

我们一路向前。

我从未坐过摩托车的后座，再加上心理状态不佳，真是浪费了这次宝贵的体验。车速太快，周遭太吵，格雷厄姆每次拐弯我都会大叫，感觉膝盖都快蹭到路面了。他飞驰着穿过这座城市，一路闯了很多红灯。

周五晚上的喧嚣渐渐消散，两侧后退的不再是频繁出现的街灯，而是变成了茂密的绿树。我们已经进入了居住的社区。

他降低了车速，我终于听清了自己急促的呼吸。他把车子停在家门口，自己先下了车，然后小心地把我也扶了下来。他动作娴熟、有条不紊，好像在搬运每周按例采购的日用品。

"我觉得他们来自未来。"我哽咽着说。

"嗯，我也这么认为。"他温和地应道。

他带着我走上前门的小路。我俯下身，气喘吁吁地靠在门上，喉咙持续发出低声的呜咽。他平静地摘下头盔，脱下夹克，解下飞行员围巾。

"你没什么事。"他轻声安慰我，边说边帮我摘下头盔，我原本扎起来的头发已经散落一半。"你真的没事。"他帮我解开外套，我耸耸肩膀，衣服掉到了地上。

"他们想杀了我们。"我声音沙哑。

"是的，"他依旧保持平静，然后继续道，"你应该联系一下部里。喏，你头上支出来个发夹。"

他把手指伸进我的头发，轻轻取下了发夹。他神情专注，面色冷静。我用双手勾着他的头，把他拉下来一点，吻了他。

他因为紧张而浑身僵直，除了惊掉了的下巴，身体其他部分都远离着我。有那么几秒钟，我感觉他在颤抖，像是被相反的磁力吸引着无法挣脱。突然间，紧绷的绳子断了，他放松身体紧贴着我，双手捧着我的脸，差点让我双脚离地。

客观地讲，这个吻一点也不美好，牙齿碰撞引发了疼痛，他还刮伤了我的下唇。我胡乱地抓着他的毛衣下摆，手指不经意间碰到他的肌肤。他倒吸了一口气，又似乎被自己的呼吸声吓到，突然挣脱开，跌跌撞撞地退到墙边。门外奶油色的街灯透过玻璃门刚好洒在他身上。他睁大双眼，头发凌乱，嘴唇和下巴都湿漉漉的。

　　我们彼此对视。

　　"格雷厄姆。"

　　"别。"他说。那是我第一次从他的声音里听到惊慌。

　　我朝他迈了一步，他更加急切地说："别过来。"

　　我停下了脚步，他的呼吸和我一样急促，仿佛刚反应过来半小时前的恐怖。又或者，让他害怕的不只是被追杀——但我不想再多想。

　　"对不起。"他一边说着一边把手伸过来。我以为他会握住我的手或抚摸我的脸，但他只是把发夹递给了我。我接过发夹，上面还带着体温——我头发上的，抑或他的。他趁我盯着发夹的工夫从我身边溜走，逃回了自己的房间。房门"吧嗒"一下锁上了，这可是破天荒的头一次。若不是我伤心过度，肯定会觉得他锁门的行为十分搞笑。

　　误杀事件已经过去了几个星期，戈尔带着几名手下和两名军官走下被冰围困的船只，再次踏上了陆地。他们穿过冰原，行进了近20公里，终于抵达了菲利克斯角。

　　可惜，他们狩猎的运气不佳，只带回来几百斤肉。依照规定，捕获的所有猎物都得充公，但猎物的头和心脏可以留给狩猎者。戈尔把一只驯鹿的心脏分给了古德西尔，古德西尔一边吃一边侃侃而谈，给大家即兴讲解了温血哺乳动物携带寄生虫的知识，算是对戈尔慷慨的回馈。一位老光棍问另一位道："你说的是丘比特之箭吗？"古德西尔才27岁——等他有朝一日发表了北极昆虫的论文而声名鹊起，一定能找到爱人喜结连理。

　　菲利克斯角的营地本是地球磁力观测站，后来也成了狩猎队的基地。如果出去狩猎的人当天回不来，便可以在这里中转。狩猎的行程一来一回非常辛苦，只有最刚强的猎人才能保持斗志。如何判断谁是最刚强的呢？从他受伤的脸上就能认出来。戈尔不知道自己现在是什么样子，这样也好，或许冻伤已经吞噬了他半个鼻子。

霍奇森中尉是"恐怖号"上的首席磁力观测员，也是基地的负责人。他很年轻，虽然不是科学家，却像宠物狗一样迷人、像猎犬一样勇敢。如果他出现在营地肯定不是什么好事，这意味着克罗泽——那位才华横溢的科学家兼皇家学会会员——已经派出了他最年轻的中尉；也就是说，在他看来，观测工作已经不再重要，他已不指望探险队的探测结果能成功传回英格兰。

今年5月，戈尔曾带队去了约翰·罗斯的石堆纪念碑，把已故的约翰·富兰克林爵士留下的信安置在那里。他们本来是想通过游荡的毛皮商人或皇家海军制图员将信传回给海军部，但出于无奈只能出此下策。事到如今，勘探（没人敢说"救援"）任务已经无望完成——很明显，哈德逊海湾公司的工作人员并未发现石堆纪念碑以及留在那里的信。忧郁、倦怠、饥饿笼罩着整个团队，戈尔不得不充分发挥其个人魅力、积极心态和坚韧毅力，以此保持菲利克斯角营地的积极活力和正常运转。

最让人痛苦的是清晨。海豹皮睡袋经过一夜的寒冷已经上冻，黎明的阳光又会导致霜冻蒸发，雾气在帆布棚顶形成水滴，滴落在每个人的头上。大家的衣服都增重了好几斤，汗水浸湿了羊毛，却又无法将其晾干。

不，最让人痛苦的是用餐时间。他们把冰冷的食物放进嘴里，任由寒冷在胃里游走。营地的酒快没了，戈尔问大家是愿意留着酒喝，还是愿意用酒作为燃料加热食物，大家都选择留着喝——水手嘛，总是要有点乐子的。不过，即便是喝水，也需要用燃料将雪融化；也就是说，比起饥饿或疲惫，更让大家痛苦的是口渴。戈尔不止一次地阻止大家吃雪，因为那样会伤害喉咙。德·沃克斯和海军陆战队士官布莱恩特前两天射杀了一只野兔，两人的第一反应就是跪下来从兔子的伤口处喝血。

还是不对，最让人痛苦的是这里没有爱斯基摩人：这里可是他们当季的狩猎场啊，去年他们还上船用海豹肉和皮毛跟水手交换刀和木头呢。他们还拍了拍水手的脸，说自己不会皈依基督教。（此刻，就连地狱都是幸福的地方——那里可是一片永恒的热土啊！）可是今年，这里完全没有土著人的身影，他们仿佛飞上了天空、遁入了大地。

戈尔觉得自己扣动扳机的手指好像出了问题，非常肿，皮肤已经开始发白。他用了很久才给自己戴上手套，手指毫无知觉，活动十分不便。但这并不是他遭遇过的最大困难。除非手指变黑，否则他还要再坚持一周，盼着能抓到一头牛给大家充饥。

就在这时，穿越发生了，一切转瞬即逝，他事后根本找不到词来形容整个过程。

"我开始以为是一道闪电，后来发现是一道——发着蓝光的门。"

地平线像关节一样平铺开来，眼前出现了一道明亮的蓝色裂缝。他举起手中的猎枪。在未来的某个时刻，他会想，如果当时自己没有选择这么做，他是否会以另一种不同的方式遇见自己的未来？

第七章

我把大拇指的指肚放在嘴唇上，先把嘴唇压平，又将它拉起。我盯着它看了半天。原谅我感觉错了，嘴唇并未出血，甚至没有一点灼烧感。昨夜的那个吻随着黎明的到来彻底消失了。

"不要这样。"阿黛拉低声说。

"我并没在啃手。"

她在喉咙里"哼"了一声，语气像是要赶走楼梯上脾气暴躁的老猫。这是我见过她最接近善良的表现，真真切切地让我为之倾倒，额头差点磕到膝盖。

此刻，我已被安置在部门的安全屋，屁股下的床垫极不舒服。回想刚才，我听到格雷厄姆锁上他的房门，便一个人呆呆靠在墙上不停地发抖，好在有些脑细胞及时恢复了理智，集结在一起，提醒我老板口中的间谍竟然在光天化日之下企图暗杀我们，用的还是一种未来感十足的武器。这刚好印证了昆汀认为神秘武器"并非来自过去"的判断。

我给阿黛拉打了电话，她即刻回应会着手处理相关事宜。夜色已浓，转运工作忙得不可开交——黑窗面包车、诱饵车，甚至还走了一小段地下通道。据说其他联络人和时空移民者也都被安排到了秘密安全屋，这些安全屋的状况比我们原来的居所糟糕得多。格雷厄姆和我被安置在一座旧政府大楼的破旧阁楼公寓里，四面八方被城市的喧嚣和逼仄所淹没。那个我曾教他骑自行车的美丽荒野，如今已遥不可及。从我房间的窗户望出去，是一大片烟囱和通风口，在晨光的映照下闪着银白色的光芒。我听到有什么东西在滴水，但也无计可施。我心里清楚，只要住在这儿，就一直会有滴水的声音。肾上腺素的高潮终于消退，我感到身心俱疲。

格雷厄姆的房间位于公寓的最里面，那条狭长的走廊有种被遗弃的疯人院的氛围。在我们撤离旧居时，他和他的摩托车还有一包衣物被塞进了一辆货车。临别前，他快速地扫了我一眼，确认我的安全，然后便不再有机会与我目光交汇。当他低头钻进车子时，我注意到他的身形原来那么瘦弱，比起之前那些被安插在我们街区的特工要矮小得多。他整个人似乎也变得特别消沉，他之前是多么在乎自己的魅力啊，总是像呵护折断的手臂一样小心翼翼地维持着自己的形象。自从我们被带到安全屋，我就没有再见过他。

阿黛拉想打开床头柜顶层的抽屉，结果柜子太旧，抽屉卡住了，一动不动。于是，她用我从未见过的耐心慢慢将其拖拽出来。

"你接受过瓦尔特手枪的射击训练吗？"她问我。

我一直跪在地上，转过头看着她。她手里拿着一把手枪，我内心再次充满了无奈。

"嗯，我考试失利那次用的就是瓦尔特。"

"这把归你了。"

"哦，太好了！"

"我把它放在最上层的抽屉里了。"

"好。"

"不过，我想先看看你会不会卸弹、装弹。"她把手枪递给我。

手枪的重量适中，不轻也不重。"我上次拆装手枪已经是很久以前了。"我虽然这么说，但还是顺利完成了拆卸工作。阿黛拉点头表示认可，随后从我手中接过枪放回抽屉。我的思绪开始慢慢喷涌——像穿过泥浆的电流。

"长官，那位准将，我认为他来自未来。"

"对。"

我不知该如何应对，于是抬起头，用手蒙住脸——这真是一种幼稚的冲动，我竟然试图通过蒙蔽双眼来回避问题。

"您说什么'对'？您早就知道了？部里也知道？"

"这件事我们后天再详谈，"她说，"到时候我会派辆车来接你，有个隐藏号码会通知你具体的时间……"

"后天？我差点被杀死，为什么不能明天谈？为什么不能现在就谈？"

"我说后天就是后天。"阿黛拉语气强硬，但这或许并非其本意。她嗫了嗫牙龈，本就奇怪的脸庞颤抖了一下。"你需要休息。"她用相对温和的语气找补道。

"好的，嫲。"

我俩都沉默了片刻。"我只是开个玩笑，"我咕哝着，"高棉语的'嫲'是'妈妈'的意思。"

她连连后退，好像我在向她吐口水似的。之后她便悄悄离开了我的房间。

*

我睡得很沉，但时间并不长，只是短暂地进入了快速眼动睡眠。我不清楚别人险遭刺杀后睡眠质量如何，我感觉自己的还算正常。我醒来时已是下午，格雷厄姆已经离开。公寓里没了他就像地上被挖了一个大洞。

我组装好瓦尔特手枪，将它塞进外套口袋，随后便像石雕一样坐在卧室的窗台上，凝视着外面的风景。

在这里生活应该很不方便，没有什么属于行人的空间，留给汽车的空间却非常夸张。每个拐角就会遭遇到来自混凝土或玻璃建筑的空洞凝视，就连逗留此地的鸽子都显得格外丑陋。这里到处都是人，层层叠叠地居住在一起，密密麻麻地工作在一起，有的穿西装，有的穿制服。我明白部里为何要把我们藏在这儿：这里生活着太多不幸福的人，暗杀者的手枪根本不够用；想杀我或许得投下一枚炸弹，否则很难将我哀伤的灵魂彻底带走。

*

走廊里传来浓浓的烟味，我知道是他回来了。我的胸口有些抽搐——我无法确定是肌肉还是神经，只是感觉很痛。

他坐在厨房一张破旧的桌子旁，眼神空洞，翻开的《暴戾人》扣放在烟灰缸旁边。他一定是在离开家的瞬间抓起了它，想到这儿，我胸口再次阵痛。我走进厨房，他没有动弹，只是像甩鞭子一样

250

猛地抬起了眼。

"你去哪儿了？"我语气略带严苛。

"我骑摩托出去了一趟。"

"我不知道这是你受惊后的应激反应还是就是喜欢一意孤行？你忘了昨天两个来自未来的人想要绑架你、想要杀掉我吗？"

"我当然清楚。"

"那你还一个人去兜风？"

他拿着烟的手挡住了半边脸，但我依然看到他的表情有一丝尴尬。"我需要思考，"他小心翼翼地说，"待在原地让我无法思考。"

我颤颤巍巍地向前迈了四步，像鹤一样肢体僵硬。我站到他面前，他的目光再次摇摆不定。我愤怒得浑身发抖，膝盖像被困住的青蛙一直在跳。我说："我们差点被当街谋杀，而你之所以表现得如此怪异，却是因后悔吻了我而痛苦，我说的没错吧？"

他尴尬地清了清嗓子，低头弹了弹烟灰，结果都落到了烟灰缸外面。"我觉得是你吻了我。"他解释道。

"随便你怎么说。你是不是想说这是个可怕的错误，根本不该发生。"

他猛吸了一口烟，烟头像警告信号一样发出红光。随后，他紧张得又从烟盒里拿出一支，用之前的烟点燃了这支，神情忧郁地完成了换烟的动作。最后，他开口道："确实不该发生，我非常抱歉。"

"好。"

"你生气了。"

"废话！你这是把我当成不懂事的小孩了？简直是侮辱人——"

"请——"

他的脸红了，朝我吐了一口烟。过了一会儿，他咕哝道："可我一直在努力追求你啊。"

我使劲眨了眨眼。

"你说什么？"

他眉头紧锁，透过烟雾看着我。"很明显，我搞砸了，我不太会追人。"

"我不明白你在说什么。"

"我也不明白。我不知道你想要什么，不知道这个时代的女人想要什么，更不知道自己能为你提供什么。你很独立，一直在以一种近乎暴力的状态忙着事业。但是，嗯，我想，既然我做的每样东西你都吃了……或许……"

"你就打算一直喂我到……到什么时候？"

他的眉毛几乎拧到了一起，看起来十分痛苦。

"我本盼望着你能给我解释一二。要是你觉得我合适的话。"

"合适什么？"我恼羞成怒地问。

"嗯，我想，合适……嗯，我也不知道。你知道，我们那个时代跟现在截然不同，我不知道该做些什么。"

我目瞪口呆地看着他。我说："格雷厄姆，你不要再说什么你们那个时代了！是我吻了你，难道这还不能给你哪怕最微小的暗示吗？"

"可我们当时都喝了酒，而且你很害怕，我怕自己是乘人之危……"

"这个时代，如果有人吻你，你不需要想这么多……"

"可我并不属于这个时代！"他喊道。——我很少听到他如此大声地讲话。他向前探了探身体，激动地挥舞着手中的烟。"请你理解我，在我看来，你完全有权打我一顿，有权把我赶出去，或者彻底从我的生命中消失……"

"我从来没这样想过。我不想让你把自己锁在房间里，那算怎么回事？你究竟在里面干什么呢？"

"祷告。"

"别开玩笑了。"

他靠在椅背上，满脸通红，再次用拿烟的手遮住了半张脸。他小声嘟囔道："嗯，是有点'开玩笑'。"

我们看着彼此。经过刚才的一番争执，房间里显得异常安静，简直安静到了令人尴尬的地步。我尽可能地保持着内心的平静，问他道："你想要什么？不要担心之后的事，就是此时此刻，你想要什么？"

我看着烟雾在空中盘旋。他缓缓地深吸了一口气，像是准备从窗台上跳下来似的。

"你愿意脱掉套衫吗。"他说。

我把羊毛衫从头上脱了下来。毛衣领口有点窄，脱的时候弄乱了我临时挽起的发髻，头发慢慢地顺着脖子散落下来。

"你的衬衣。"

那其实是件 T 恤。我脱掉它，把它扔在地板上。

他紧张地清了清嗓子，继续道："你的，呃……"他用没拿烟的手指了指我的胸衣。

于是，我脱掉胸衣。

他狠狠吸了一口烟，整张脸被烟雾笼罩起来，我只能看到他明亮而炽热的双眸。

"我之前想过……"他低声说。

"想过什么？"

"它们会不会和你嘴唇的颜色相同。"

"它们？"

他凑过来，突然将一只手放在我胸上，而且没有控制好力度，我像只被呼了一巴掌的金丝雀一样叫了一声。

他向后靠了靠，沉思着吸了一口烟。刚刚触碰过我的那只手微微颤抖，几乎令人难以察觉。

"脱掉你的衬衫。"我说。

他朝我扬起眉毛。我以为他会拒绝，但他把烟放在唇间，解开了斜纹衬衫的扣子。他没有看我，衬衫从肩上掉落下来。

"把烟灭掉。"

他把它按进烟灰缸。

"站起来。"

我的声音非常轻柔，发出最后这条指令的时候，声音小得自己几乎都听不见。但他听见了，站起身，离我很近，我无须伸直手臂就能触碰到他的身体。于是，我伸出手，放在他的胸膛上。他用他一贯的温柔、礼貌和专注看着我——仿佛这一刻并没有什么特别，但他的心跳出卖了他，我的手就放在他的胸口，感受得到他的心在狂跳。

他胸上有一层黑色绒毛，我的双手在他肋骨上游走，它们白得像漂白过的石头，上面零星散布着几颗褐色的痣。我又用拇指抚过他的胸口，他紧张地咽了一下口水。

"你还好吗？"

"还好。"

我用双手环抱着他，抚摸着他后背的肌肉，寻找他的肩胛骨。

"我可以——像你抚摸我一样抚摸你吗？"

"想怎样？"

"抚摸你的全身。"

"可以。"

他的指尖沿着我的手臂向上滑动，开始抚摸我的颈部，动作轻柔得有些令人沮丧。他让手指停留在我的锁骨上，我们四目相对。接着，他的双手突然向下，停留在我的胸部。这个动作如此直白——好像他一直期望这么做——我先是嗤笑了一声，接着大笑起来，他也顿时绽放出笑容，像冬天里的阳光。他整个人放松了下来。

"这样……？"

"拜托，就……吻我。"

他把我拉入怀中。

这个吻比上次好得多。我与他紧紧相拥，感受着他身体的热度，大脑像风车一样转个不停。

他非常热烈地吻我，我们一路后退，直到撞到冰箱。他放开我，呼吸非常不稳。

"哦，好冷。"

"对不起。"

"没关系，继续吻我。"

他照做了。当我手在他腰间乱动时，他嗓子发出一声低哼，带着些许隐忍。

"我们是不是换个地方？"

"好。"

可他依旧站在原地。我开始因为渴望而颤抖，这种感觉既兴奋又令人难为情，或许是因为我靠在冰箱上太冷了。

"你似乎对此有所期待。"他小声说。

"嗯？"

"我没有……我没什么经验，我们那个时代……"

"你是担心没办法让我满意？"

"天哪！"

"是吗？"

"是，你们怎么可以如此直接？'让我满意'……"

"天哪！"我嘟囔着，感觉只是让他说出这个词已经很难了，不亚于练就一门外语，"不用担心，我会教你。"

"那太好了。"看他一脸诚挚的样子，我不禁捂住了脸。

"我们去床上吧。"我说。他真的把我抱起来，穿过阴暗的走廊，进了我的房间，小心翼翼地把我放到床上。

"你的身体非常现代。"他说。

"这话是什么意思？"我问。我一直在发抖，希望他没看出来。

"我能看出你身体的构造。"

他没有解释，只是把嘴唇贴在我耳边：

"我过去经常……听到你……夜里辗转反侧……我根本睡不着……你的身体……只有一墙之隔……"

"那你当时怎么办？"

湿热的气息氤氲弥漫，他开始断断续续、喘息着告诉我那些夜晚，他说他感觉上帝和整个世界都离他很远，只有我与他近在咫尺，他感觉十分危险，就算是祈祷、背诵战争条款、紧闭双眼都无法阻止我占据他的脑海。他似乎只能想到自己唯一能做的事。

这之后，我看到身上有一排他留下的月牙形指痕，泛着与我嘴唇相同的颜色。

*

后来，我们侧躺着，面对面。散热器发出笨重的金属声响，像是在宣布中央供暖的到来。室内暗了下来——太阳已经落山，我们没开灯，只有他的眼睛烁烁放光。

他说："嗯，真好。"

"哈！"

"劳驾你把灯打开，好吗？"

"好的……在那儿。嗯，其实你……挺健谈。"

他的耳朵——在灯光下十分明显——一下子就红了。"是的，嗯，"他咕哝道，"你知道巷子里的野猫吗？你刚刚的声音可真吓人。"

"你刚才好像并不介意。"

"我确实不介意以这样的方式变聋。你介意我抽烟吗？"

"要是也给我一支的话。"

"成交。烟在我的口袋里……"

我把手伸到床下，从他裤子口袋里掏出香烟和火机。他点了两支，递给我一支。

"格雷厄姆，我能问你一个问题吗？"

"可以问，但我保留不回答的权利。"

"你……嗯，我尽量委婉点。你说你在追求异性方面没太多经验，是说……"

"我其实没有任何经验。"

"看起来不像……"

他耸耸肩，靠在枕头上，把烟灰弹进床头柜上的杯子里。我在尽量寻找委婉的措辞。

"你以前要是喜欢上一个女人会怎么做？"

"我会惊出一身冷汗，然后赶紧找艘船把自己关起来。"

"你……我想问的是，有没有人……？"

他若有所思地继续抽着烟，然后开口道："你知道的，在我们那个时代，若是某个男人想和女人做……这些事情——他肯定是个恶棍或无赖。"

"那你是恶棍或无赖吗？"

他扬起眉毛："你这么问，我很伤心。"

"有没有人……？"

"反正我们不会玷污彼此的名誉。"

"啊，那就是有了，是谁啊？"

我开始生闷气，感觉心脏在胸腔下沉了两寸。

"根本没发生什么实质性的事……"

"她叫什么？"我后来时常为自己发出那么大声音而感到羞愧。

他皱着眉头看着我，最后答道，"她叫莎拉。你不要有压力，我不想知道你过往情人的名字。"

他小心地把杯子递给我。我烟抽得太快，烟灰已经摇摇欲坠。我点了两下，烟灰落在杯子底部一层薄薄的茶渣上。他讲述的细节令我震惊，我问他："你们两个没有……？"

"小猫，别说了。"

"你好像在刻意回避这个问题……"

"因为这会惹你不开心。不，我们没有。我可能吻过她的手，仅此而已，即使那样也很不应该，我太轻率了。"

我不想听这些，于是继续道："你不像仅做过这些的人。"

"你的观察太吓人了。"

"那就是说……?"

"没错，我和我想追求的女人确实没做过什么，我跟女人在一起的经验十分有限。"

我的烟已经抽到了过滤嘴，呛得喉咙有点疼。"那和男人呢？"我说。我并非咬文嚼字，就是在故意招惹他。

没想到他又安静下来，目不转睛地看着手里的烟蒂。最后他说："我在海上的时间很长。"

"这话是什么意思？"

"够了。"他突然严厉起来。他把烟蒂扔进杯子，把我手中的烟也夺了过去，我的手上全是汗。我以为他是想从床上起来，离开我的房间，假装一切都不曾发生——但他突然转向我，抓住我的肩膀，搂着我的头，让我的脸紧紧贴住他的胸口。

"你抱着我。"他告诉我。

他用力地抱着我，我的鼻子贴在他身上，被他胸膛上的毛弄得很痒。他身上有股迷人的汗味，我把那只自由的胳膊搭在了他的背上。

"我不是想对你有所隐瞒，"他平静下来，"只是我不想把这些事和其他生活搅在一起。要是当初我结了婚，我也会维持自身纯洁的形象，哪怕只是为了不让我的妻子蒙羞。你问我这些问题，只会伤害到你，并不会增加你对我的了解。"

"可是，在这个时代，我会觉得我们对彼此'不够坦诚'。"

"在我们那个时代，我的做法会被认定为一种善意。"

我的指尖划过他肩胛骨之间顺滑的白色肌肤。那块皮肤下面，我可以摸到锯齿形状的微型芯片，那是他刚来这里的时候被部里植入的，目的是对其实施密切监控。

"或许你是对的。"我吻了他。老天让我们用吻封存各种往事：誓言、芯片、命运。出于保护的意图，父母往往不会告诉孩子谩骂和诅咒的真实含义。现在我还是别提起芯片的事吧，说实话，我也根本不敢多想。

*

第二天早上，当我醒来时，格雷厄姆已不知去向。失落和不安在我平躺的身体里来回游荡，直到轻轻的敲门声响起。

"你醒了吗？"

"哦，嗨，醒了。"

"你想喝杯茶吗？"

"好，谢谢。"

他把茶端进来，放在床对面的桌上，并没有走过来递给我。我扭动着坐直身体，身上只裹了一条床单。他并没有走过来，不过也没有离开房间或转移视线。

"阿黛拉已经派车过来，我得赶紧穿衣服了……"

"如果你不想一个人去，我可以陪你。"

"我没事，谢谢你。她要找我谈谈。"

他点点头，带着一丝尴尬。我不知道他之前是否有过这样的清晨，还是一切都是他基于两个不同时代所做出的本能反应。你可能觉得不解，在差点被间谍杀害之后，我最关心的竟然是和我发生关系的男人是否真心。不过，事情是这样的，恋爱属于一种钝力损伤，会让人感到头晕目眩，以至于心甘情愿地接受情感的重击。

*

我不是傻瓜，不会幻想部门副部长做我的顾问是因为喜欢我。阿黛拉正在谋划与格雷厄姆有关的计划，她对我的指导虽然简单粗暴、神神秘秘，却总能表明态度：她需要一个代理人、一个亲信，她似乎希望日后我能成为格雷厄姆的顾问，不知道她又希望格雷厄姆成为什么？

车子终于开到了部里，我浑身大汗、毫无生气。又是潮湿闷热的一天，天空暗淡，说是"灰色"都有些勉强。

阿黛拉坐在对面，双手交叉放在桌上。她坐姿端正，甚至让我觉得她在跟我打哑谜。她没有看我，只是盯着我身后的某个位置。今天她一反常态，摒弃了日常的生硬，说话时的语气带着冷静的羞愧。她的状态让我感觉自己是她许久未见的前任，而且已和比她年轻得多的妙龄女子订了婚。

"长官，杀害昆汀的是准将吗？"

"此事还在调查中。"

"他为什么要找戈尔中校？"我问。

"因为他想回家。"

"嗯？"

阿黛拉解释说，时空之门能支持的"自由旅行者"的数量有限，正因如此，我们才失去了两个时空移民者；也就是说，时空隧道容纳不了多少人，就像氧气罐中的氧气有限，别人用完了，他们就没得用了。但是，如果把一个自由旅行者"从时空隧道中带走"，也就是将其杀掉，隧道就会腾出空间——如同重新给氧气罐注满了氧气。

"部里是怎么知道这些事的？"我问。

"是情报人员获取的情报。"

"逼供？"

"你知道的，我们从不用这个词。"

"这就是说，我们身边还有其他来自未来的'自由旅行者'，"我说，"如果你们找到一个，对其刑讯逼供，就能……"

阿黛拉露出可怕的微笑。"哦，是的，"她补充道，"的确不只有准将和萨莱塞。他们已经知道了那道门的运作方式，那其实是他们时代的产物。对了，那两个人并不准备在 21 世纪久留，我认为他们是闪电暗杀行动的成员。"

我紧张地从拇指上扯下一块皮。

"准将用我的指纹访问并破坏了帕里院的内部监控系统，"我说，"这就是为什么我们找不到昆汀被杀的那段录像。"

她紧盯着我，像一台聚了焦的照相机。

"这是我们系统存在的严重漏洞，"她依旧慢条斯理，"我之前完全没想到，不过这件事我会亲自处理，为了你能更好地保护自己，我已经替你报名了枪支复习课程，你得尽快提高分数，趁现在你还保留着一些记忆。"

阿黛拉的这个玩笑有点细思极恐，她似乎也意识到了这一点，不自觉地抬起手，摸了摸自己的眼罩。我盯着她纤细的手，看到上面细微的血管。她的手看起来比她的脸至少苍老 10 岁。没想到，她也注意到了我的眼神。

"肉毒，"她干巴巴地说，"我几年前做了下颌线、垫高了鼻子，还填充了泪沟和脸颊；眼睛的形状我也改了，还文了眉。"

"哦，"我说，"我一直以为您是做了整形，没想到只是医美。这是您个人的决定，他人无权干涉。"

我不知道她为什么对我说这些，是为了测试我吗？总之，我应该是没通过，因为她的脸上露出了失望的神情。

"我会亲自处理内部监控系统存在的漏洞，"她说，"在我降低安全级别之前，所有联络人和时空移民者都必须待在安全屋内，不得擅自外出。如果需要往返部门，必须乘坐部里安排的车辆，并由武装警卫陪同前往。就算安全屋之间的通信或往来，也需要获得双方控制部门的批准。"

她以一种母亲般的眼神看着我，继续补充道："不过，我是你的顾问，你的所有申请由我批准就行，不用提请部长。"

*

一辆部里的车把我送回了那个恐怖的新家。我还没来得及脱下外套，就听到格雷厄姆喊道："有什么新命令吗？"我揉搓着脸，被他罕见的急切搞得有点坐立难安。

"没有什么命令，只是让我们待命。还有就是，除了去部里，我们不得离开安全屋。"

"当然不能，你现在还很危险。"

"对，不过我得参加枪支培训。格雷厄姆，部里什么都知道，而且一直都在监视准将的所作所为。"

我一屁股坐在沙发上，他走过来，坐在我旁边，却与我相隔半米之远，留出了一道紧张又微妙的空隙。

　　"我本来不想问你这件事，"他说，"因为感觉无关紧要，但是……"

　　我静静等着他开口，他却叹了口气。

　　"嗯，不久前，我向玛格丽特问过'约会'的事。"（他说这个词时语气轻蔑，之前说到'室友'时也是如此。）

　　"你竟然向一位来自17世纪的女同性恋咨询现代的约会？"

　　"是的，现在我也意识到这很讽刺。"

　　"哇，那她怎么说？"

　　"嗯，她嘲笑了我好一阵子。我认为'约会'就像试穿衣服，目的是看对方适不适合自己。"

　　"这么说有点残忍，不过很有道理。"

　　"那如果不合适怎么办？"

　　"嗯，不合适就分手，不再见面。之后再和其他人重新开始。"

　　"那如果合适呢？"

　　"要看双方都要什么，我猜。"

　　"那什么时候可以讨论这个问题？"

　　"并没有明确的时间点，跟着感觉走就好。我知道，你肯定觉得现代人的约会听起来很混乱，我也有同感，但它可以给人更多的自由和选择。如果不喜欢，也没必要绑在一起。"

　　他挠了挠头，塌下来的卷发被拢了上去。我突然很想抱抱他，因此，当他恰在此时轻轻地、一字不差地说出了我内心的所思所想时，我的震惊可见一斑，就好像被小东西轻咬了一下骨头。

　　"天啊。"我说着，越过了他刚刚在我们之间留下的空隙。

*

　除了枪支复习，阿黛拉还坚持要我报名参加徒手格斗训练、基础密码培训以及属于我"专业领域"的国际关系课程。除非有外勤任务，否则所有外勤特工每隔 4 个月就得参加这些项目培训。格雷厄姆和卡丁汉姆也被赋予特殊的行动权，部里还给二人配备了专车，方便他们外出参加外勤训练。亚瑟和玛格丽特却没有享受到同等级别的自由，这倒让我松了一口气，因为我和阿黛拉走得很近，知道所有人在安全屋的位置——但我希望他们都能安全藏身，直到我有精力考虑下一步行动。因为在我看来，参加国际象棋比赛的选手决不会轻易把自己所有的小兵都推到前面，也不会鲁莽地牺牲掉自己的车。你听到我的这番阐释应该就能明白，在我遭遇暗杀未遂之后，面对类似的事情，已经可以保持足够的冷静和超脱。

　阿黛拉带我到射击场参加训练课程。墙壁上贴着不太正式的记分牌，每周更新一次。我注意到戈尔中校总是名列前茅，射击水平与另外两位外勤特工和一位军需官难分伯仲。我和阿黛拉那段时间一直在射击场训练，难免会遇到我们负责的核心人物。果不其然，某个温暖的周三，我们在射击场遇见了格雷厄姆和托马斯·卡丁汉姆。

　"这些破武器，"卡丁汉姆说（他戴着耳罩，说话声音很大），"帆桁①打人都比这个好用。"

―――――――――――

　① 指帆船桅杆上用来悬挂和支撑船帆的横杆。

"你可真是输不起，托马斯。"格雷厄姆说。我很惊讶他没有斥责卡丁汉姆。或许如果没有女人在场，男人间的谈话方式就是如此。

　　"这位先生，要是能给我一把滑膛枪，你绝对不是我的对手。"

　　"你马上就要跌出记分榜了。哦，对了，这周你已经不在上面了，我好像记得你上周也不在。"

　　"嗯，我是拿不惯这小玩意，当然还是你更熟悉这么小的尺寸。要不，我问问你的联络人？"

　　格雷厄姆的脸腾地红了。他冷冷地说："小心你的措辞，中尉。"卡丁汉姆即刻消停下来，愠怒中表现出孩子般的尴尬。

　　"二位好啊！"我很想看看接下来会发生什么。

　　两个男人转过身。

　　"很荣幸见面，"卡丁汉姆带着恶毒的语气讽刺道，一边说着一边朝我鞠了个躬，"我们刚才还提到你了，我们尊敬的中校先生经常把你挂在嘴边。"

　　"我希望他没说我什么坏话。"我看着格雷厄姆低声说。格雷厄姆似乎没有听到我的话。他正一脸困惑地盯着阿黛拉。我看了她一眼，也被她脸上少有的温柔搞得莫名其妙。不过，这可是阿黛拉，或许此刻她皮下的硅胶填充剂正在融化。

　　"这是阿黛拉，"我说，"是我的顾问。阿黛拉，您当然认识戈尔中校……这位是卡丁汉姆中尉……"

　　"是的，"阿黛拉的声音有些嘶哑，"我认识二位。"

　　"能得到您的注意是我们的荣幸，"格雷厄姆礼貌地说，"您愿意跟我们一起练习吗？"

　　"不了。"阿黛拉说。她的声音十分沉重，脸色愈发苍白。"很遗憾，我得走了……希望你们还能把分数再提高二十分……"

"好的，领导。"我没话找话地回应道。阿黛拉点点头，目光在我们三人之间来回游移，最后含糊地道了句"再会"便大步走了出去。

"她的头发好黄啊。"格雷厄姆低声说。他看起来十分困惑，好像刚刚有人给他递来一只鸡蛋，还命令他赶紧把小鸡孵出来。

"是染的。我觉得她天生应该是黑色头发，要不然发丝不会那么粗。"

"这个时代的女性似乎都是一个模子刻出来的，"卡丁汉姆说，"也许是水里的'化学物质'。我听说当权者确实提取过某些毒素，用于阉割男性、安抚女性。当然，他们也可能会克隆女性。"

"你们两位不是也在接受外勤特工培训吗？所以你们现在也是当权者了，中尉先生。"我温柔地说。

我瞥了一眼格雷厄姆，他少见地没搭茬，这让我隐隐感到不安。

*

大多数时候，格雷厄姆和我都被关在安全屋。这种封锁状态不仅封锁了家门，似乎还锁住了人的思绪，以前所未有的方式将我们紧密地交织在一起。我们所拥有的唯有彼此，以及供我们共处的两个房间。

2月的末尾突然迎来一个明媚而温暖的午后，像剧院开场后姗姗来迟的观众，遮盖天空的湿毛巾终于被扯了下来。我站在屋顶的两个通风口中间抬头仰望。

"好，"我像疯子似的反复念叨，"啊哈，好。"

"你们这里 2 月就开始夏天了？"他站在我旁边问我。

"不是，只是有时会有这种季节错乱的热天。但这样的日子越来越多，感觉已经形成了季节性的规律。你还记得我跟你讲过全球变暖的事吧？"

"像是地球发烧了。"

"嗯。"

"你看起来倒挺开心。"

"我太坏了，是吧？"我低声说，"我并不乐见气候危机，只是太讨厌冬天了。"

"你看起来更有活力了。"他说。

"哦？"

"我们要不要回去？"他想把手伸进我衣服里时就会采用这种稍显含糊的语气。

与维多利亚时代的一名海军军官同床共枕并没有什么特别，但是，有些时刻却会令我大为震惊，他一直在磕磕绊绊地探索边界，而我要比他走得更远。我对这件事不会有他那样的羞耻感，当然，也不会有他那样的神圣感。

他的某些独特想法可能源于他的个性，也可能是他所处时代的烙印。如果我们两个都不太清醒（比如喝了酒或抽了什么），他就一定会克己守身（为此我戒了酒）。我能看出他有一些"越轨"的想法——出于各种原因，我很擅长对人做出准确判断，但他绝不会付诸实践，即便我鼓励他。他会通过各种有趣的方式排解压抑——比如用牛奶碗游戏，用手指在我身体上跳舞。他似乎并不想让自己的身体参与其中。他总是先脱掉我的衣服，然后再脱自己的。我们刚在一起的那几个星期，他也不接受更加亲密的行为。

后来他同意了，一切也只能关着灯进行，害我像只食蚁兽四处摸索。"你不该这样。"他低声说着，双手放在我后脑勺上。

他比我吻过的任何人都更喜欢接吻——并非将其作为其他行为的前奏，而是视之为独立的行为。那些热烈而缠绵的吻。他会抓住我的两个手腕，让我无法在他腰间游走。他会一直吻我，直到我做出回应。我对他的嘴唇了如指掌，与他的肩膀、脖子、胸膛、手臂、优美的小腿、（怕痒的）脚也都相处融洽。接吻之外的所有行为都会令他害羞，会令他像流浪猫一样提高警觉。

在很多与性无关的场合，我也会沉迷于他的身体：要是他抬手去够高处的东西，看到他衬衫往上掀起露出一弯髋骨，我会心跳加速；看到他喉咙上的痣，我会诗意大发；就连他在口袋里摸烟的动作，于我也是一种美好的体验。他呢？他喜欢在我洗澡的时候坐在一旁，而我也对此默许。他会一边看一边抽烟，我每次从浴室走出来时，湿漉漉的头发上总带着烟草的味道。

我能敏锐地感知他身体上的变化，他常常喜欢跟我讲话，某些时刻，他会逐渐降低音量，发出的声音并不比"哼"声大多少。他会一直问我问题——问我感觉如何、问我想要什么，纯粹是乐于听到我的回答。

尔后，是短暂的宁静时光。他会抱着我，像诗歌中蕴含着句子那样自然。他对我微笑，像是在说："好吧，你是不是很高兴我们从刚刚发生的一切中幸存下来了。"他会看着太阳从我肩头落下，用手背抚摸我的脸颊。我喜欢看他漂亮的酒窝——他总是面带微笑。在他看来，激情也好，礼节也罢，都会在两人之间竖起屏障，而安静平和的时光才是最快乐的。

我那时浑然不觉这竟是我们相处的最后几周。在故事行至尾声之际，这些都化作了无足轻重的记忆。其实，我和格雷厄姆相处的细节并无太多详述的必要，恋人之间发生的诸事本来就会在历史的进程中悄然消逝。然而，我依旧将它们记录下来，因为我需要证实他曾来过这里、曾伴我共度岁月、曾与我身心交融。他像我生命中难以愈合的疮痂。如果你也曾坠入爱河，必定会明白爱在往后余生中无法抹去的滋味。

*

3月柔和而淡雅地来了，空气似乎被洗净了。春天崭新的气息给屋顶和街头的设施镀上了一层美妙的光泽。我每天都很愤怒，害怕自己会在一道蓝光下丧命，同时小心翼翼地怀揣着来之不易的快乐。这让我感到迷失。有时，在凌晨的静谧时刻，我会从床上坐起来，低头凝视格雷厄姆——他沉在炭火般炽热而寂静的睡眠中。我想吻遍他的全身，想将他放入我心口的小吊坠里。我希望自己能尽快升职，拥有更大的权力以保护他的安全。如果我的级别足够高，就可以下令把他留下，永远都不让他离开。但我并不敢深思此事。

一天傍晚，他做了好吃的春卷，拿着刀叉享受着自己的劳动果实。

"嗯，你做得真好吃！不过，你若非用刀叉插着吃的话，我可要收回我的表扬了。"

"你到底把生菜怎么了？它们太可怜了。"

"就是应该这样吃，看在上帝的分上，快把叉子放下吧。看你这样吃春卷，简直比在西班牙宗教法庭上看拇指夹刑还折磨人。"

"可你的吃法看起来很脏。看，你的虾都掉了。再见了，虾子。"

270

"可能吧，不过这才是正确的吃法。在我们两个中间谁更懂春卷文化呢？"

"我们两个谁更会做饭？"他反驳道。

吃完饭我正准备洗碗，他却清清嗓子对我说："我们出去骑会儿车吧，再带上一壶热酒。"

"部里不允许我们擅自出门。"

他握着我的手，完全无视我手上的泡沫，亲吻着我的指关节，然后开口道："有时你半夜会把我吵醒，因为你磨牙的声音特别大。我宁愿我们打破一些规则，也不愿你因压力太大而磨坏自己的牙齿。走吧，我们出去'解解压'。"

我笑了。格雷厄姆是帆船时代的军官，他所处的时代见证了蒸汽动力船的出现。在所有他极度厌恶的表述中，"解压"绝对排在最前面，他怎么会用这个词？我怀疑他就是想讨好我。没想到他紧接着又补了一句，"再说，我想带你看一样特别的东西。"我喜欢"特别"，于是便伙同他一起打破了规矩。

*

自从搬来安全屋，我就再没骑过车。骑车能让我感受到因自由而生的兴奋感：身体快乐地运动，按照自己选择的方向前行。我们沿着骑行公路骑了半个小时，城市渐渐远去，街道暗了下来，不久便进入了没有公共照明的住宅区，道路两边矮小的房子都已经进入了梦乡。后来，我们骑入了一条被树木环绕的深蓝色小巷，地面铺满了鹅卵石，充满乡村气息。我的车灯在他的脊背上跳跃。

"我们去哪儿啊？"我向他大喊。

"前面有一片田野。"

我们抵达的时候，田野已是漆黑一片，就像涂抹在更深沉的夜色中的一道黑暗线条。我们骑着自行车，在寂静潮湿的土地上艰难前行。

"那里。"他说。

"嗯？"

"星星。"

我朝他眨眨眼，抬头仰望天空。真的，避开伦敦的光污染，在 3 月清新的夜空中，天上布满了星星。我转过头来看他。随着眼睛渐渐适应了黑暗，看到他也在仰望星空。

"我手上没有六分仪，无法精准定位，"他说，"我真想知道自己确切的位置。"

"那样的话，万一伦敦因冰川融化而发生洪灾，你就可以航行到安全水域了？"

"那样的话，我就能知道自己在哪里遇见了你。"

以前，我一直以为快乐就是大声呼喊和炫耀，就是向天空疾呼；但事实并非如此，真正的快乐会夺走我的语言和呼吸，将我定在原地，让我不知如何是好。

"过来。"他轻声说，把我拉入他的怀抱。

我把脸贴在他的脖子上，身体像触电般无法动弹，只能不断向他靠近。幸福充盈着我的心，如此强烈，如此可怕，让我觉得这一切是我的非法所得，我受之有愧。他用手指帮我理顺头发，我沉浸在幸福之中，却又不由自主地感到害怕，同时备受煎熬。如果一个人曾像我一样置身于如此巨大的幸福之中，必然也会清楚这种患得患失的情感吧！

捌

　　1848 年 4 月，戈尔中校失踪——或死亡——已 8 个月之久。一切即将开始，他从未亲眼看见，仅能凭借想象。他阅读过很多相关的书籍，都是他穿越后几十年甚至几百年出版的作品，他依照专业学者和业余爱好者描述的图像构思出了一个故事。

　　1847 年的冬天，"厄瑞玻斯号"和"恐怖号"船队岌岌可危，最优秀的军官已死——其实就算他还活着，也没有什么猎物可打。冰雪上的风暴又摧毁了一支由 2 名军官和 3 名士兵组成的狩猎队，尸体不知所终。船上的其他人也因为无法抵御恶劣的气候，有的染上了坏血病，有的患上了失心疯。饥饿、烦闷困扰着每个人，就连做梦看到的都是肉酱。船上已经没有能取暖的煤炭，也没有能照亮北极冬天的蜡烛。富兰克林探险队勇敢的冒险家们在黑暗中躺了数个小时，饥寒交迫，动弹不得。而黑暗就像浸透了墨水的纸板，紧紧地压在舷窗上。船里散发着腐肉的气味。

　　春天终于来了，但探险队已有 9 名军官和 15 名士兵死亡，这是几百年来极地探险队出现的最高死亡率。克罗泽的灵魂似乎已经离开了他那弱不禁风、皮包骨头的身体，他下令让队员放弃船只，率领富兰克林探险队——1848年"富兰克林探险队"还存在，但没过多久便已全军覆没——携带着能勉强支撑半程的补给，计划向南行进1000公里，希望中途能找到足够的猎物和开阔的水道。

他们把捕鲸船固定在滑轨上，把所有可能用得上的东西装到里面，包括帐篷、海豹皮和鹿皮制成的睡袋、罐装的补给、人均一套备用内衣、猎枪。其实还不止这些，还有肥皂、书籍、烛台、日记和陶器等，万一能派上用场呢？他们有太多的担心，把能带的尽可能都带上了。拖拽鲸船勒得他们背上出现了瘀伤，关节"咔吧咔吧"地响。生命正在从他们体内慢慢消逝。

他们继续拖着船前行。

军官和士兵并肩作战，就连克罗泽和菲茨詹姆斯两位船长也亲自下场了。士兵们身体虚弱，无法单独完成拖拽装备的任务。局势艰难，走完第一个60公里后形势更加惨烈，队伍充斥着疼痛、冻伤和痢疾。几位幸存的外科医生都被配置了海军警卫，以防绝望的水手强行抢夺药箱。海军陆战队员也接到命令，如遇此种情况可以立即开枪。好不容易活下来的古德西尔医生最终却因牙齿感染和血液中毒离开了人世。其实他还算幸运，至少还有人让他入土为安。

他们继续拖着船前行。

他们不再有精力为死者挖掘墓穴，只好将其浅埋在土里；再往后，他们开始用石头掩盖尸体，以此作为死者的临时石冢；很快，死的人越来越多，他们只好将尸体留在原地。

他们继续拖拽。

274

他们丢弃了空罐头、小饰品和衣物，放弃了孕育着文明的绿洲。"探险""英格兰"这些概念从他们身上慢慢流失，他们只是在机械前行，交替着把一只脚放到另一只前面，同时尽量保持头脑清醒。

他们继续拖拽。

周围的风景看起来像玻璃中的悬浮物，让人感觉一切都是完美却可怕的幻觉。疲惫无处不在，搅扰着骨骼和肌腱。

戈尔从书中得知，探险队原本一百多名船员中只有大约 30 人活着抵达最后的营地，后世探险家将其称为"饥饿湾"。但他们距离最近的欧洲前哨站还有数百公里的路程。

戈尔在梦中见到了昔日的好友，勒·维斯康特就躺在坍塌的帆布帐篷上。"亨利。"他在梦中呼唤对方的名字，可好友却没有回应。梦中的维斯康德没有腿，连下半截骨盆也没有了，髋骨像失事船只的船舷，从破烂的肉中支了出来。他的骨头不是白色，而是象牙色，上面点缀着灰色斑点。勒·维斯康特张着嘴，舌头像深紫色的水果从唇边垂了下来。他眼睛发白，黏糊糊的，黑眼珠已经转到了后脑勺。

戈尔还梦见了"恐怖号"上的利特尔中尉，他正爬向一具尸体。鲜血在利特尔的脸上缓缓流下，蒙蔽了他的双眼。梦中的戈尔明白，利特尔已经没有了人的概念，他眼中只看到肉。"爱德华，听我说，"戈尔在梦中劝解中尉，但对方听不见，沿着石头继续爬行，"爱德华，那曾经是个活人啊，不是食物。"

有证据表明，因纽特人给了探险队巨大的帮助，但一百多名准备不足的欧洲人命数已定，这是一片连因纽特人也只能勉强维持生计的土地，这一年夏天不曾到来，这么多人根本救不过来。

没人邀请富兰克林探险队前往北极，他们究竟为何要长途跋涉地客死他乡？但凡正常人都会这么想吧。

　　但戈尔不会这样想。他想到那位被他误杀的因纽特人的妻子，想到她的脸庞。他醒来时嘴里有股腐肉的味道。若是没有上帝的爱或上帝对他的惩罚，他不可能以这种方式活下来。他必须记住所有人，特别是她。再也不会有人因他而死，再也不会有朋友离他而去。他下定决心，一定要在天黑前到达营地。

第八章

日子如流水，天气在滂沱大雨和难耐高温之间来回折返，像黑白分明的棋盘持续着明暗交替。我们开始过起了小日子：重新布置了新家，把部门从之前房子带过来的物件一一摆放出来。

在这段时间，部里进入了封闭状态。行政团队笨拙而破绽百出地将数据和机密信息转移到更为安全的服务器上，导致内部通信陷入一片混乱：电子邮件要么被弹回，要么被疯狂地反复发送；电脑动不动就蓝屏，连门禁卡都无法正常工作。塞米莉亚本来要用门禁卡开门，结果却导致门锁熔化、电线短路，火花泛着绿光四处喷溅，最终触发了警报。

我当时就在楼里，要去和阿黛拉碰面。警报声非常奇怪，瓮声瓮气，像是在表达内心的不满。运营维修部的同事从我身边快速跑过，我为了了解情况也紧随其后。我跑到熔化的门前，听见另一侧的塞米莉亚一边大声背诵《理查二世》[①]空洞的演讲，一边有节奏地拍打着大门。

"我们知道你在里面，"我喊道，"我们会救你出来！"

"是'我们'吗？"我听见维修部的那位女士小声地嘀咕。后勤运营人员都很讨厌我们这些联络人，我也不知道为什么，反正我们薪水丰厚，管他们怎么想呢！

塞米莉亚终于出来了，依旧是一贯的时尚形象，只是瘦了不少，前卫的外套也显得有些阴沉。她今天没戴假发，满头小卷，典型黑人的发型，我也是第一次见。其实这发型很适合她，但我不知该不该讲，于是什么也没说。

"是你。"她说。

"是我，你好啊。"

"行了，你们家人齐了。"维修部的女士说。我们面面相觑。见我们都没理会她，她哼了一声便小跑着离开了。部门封闭期间，每隔半个小时就会出现一次紧急情况，她确实还有很多事要忙。

"其实还没齐，还差伊凡，"我说，"但你知道吗？他好像快被开除了。"

"什么？"

"阿黛拉认为应该把卡丁汉姆交给外勤特工项目组，他或许能成为一名优秀的特工，却永远无法适应大都市的生活。"

"我听说拉尔夫被软禁了？"塞米莉亚说。

"是保护性禁足，"我纠正道，"他之前隶属国防部，部里担心他遭人暗算。"

---

① 英国戏剧家莎士比亚（1367—1400）创作的一部历史剧。

"你知道他的安全屋在哪儿吗？"

我耸耸肩，但其实我知道所有人的安全屋位置。阿黛拉想借此告诉我，根据部门划分的战斗层级，我和格雷厄姆属于最高级别的组合，理应拥有更高的权限。我们的确需要更高的权限，因为这样有利于格雷厄姆对环境的适应，这才是部里最重要的任务。就算有失公平，至少切实有效。阿黛拉给我的特权让刚刚坠入爱河的我感到更加飘飘然。

"我的门禁卡已经失效，阿黛拉还三次取消了与我的见面。"塞米莉亚说，"我一直在研究健康团队给亚瑟开的苯二氮镇静剂的处方，却一直遭到阻挠，你知道是怎么一回事吗？他们说是什么'应急程序'……"

"有人想杀我，"我解释说，"就是那个准将。"

塞米莉亚的表情瞬间转为惊愕，我仿佛看到一个被纸割破皮肤、伤口慢慢渗出鲜血的人——先是受到冲击的震惊，尔后是"好在没事"的短暂放松，最后是激动得热泪盈眶。她朝我伸出手，可能是想拥抱我，却不小心碰到我外衣下面的手枪，于是把手收了回去。

"如果你愿意，我可以向阿黛拉汇报一下亚瑟的情况，"我看着她的眼睛，"我现在就是要去见她。"

"谢谢，"塞米莉亚一脸冷漠地说，"你真好，照顾好自己。"

*

春日一个明媚的下午，我、亚瑟、玛格丽特还有格雷厄姆一起去看了特纳的画展。时空移民者一直在玩一个他们称为"捉鬼"

的游戏，就是每到一个地方——无论是酒吧、纪念馆、画廊、展览馆还是豪华住宅，看看谁能认出属于自己时代的人或物件。他们觉得这次捉鬼最多的人一定是格雷厄姆，因为这次展出的是特纳关于海洋的画作。我特意向阿黛拉申请了这次需要便衣特工跟踪保护的行程，不仅想试探一下我的特殊地位，还因为我觉得自己有照顾他们的责任。自从搬到安全屋，亚瑟和玛格丽特明显丧失了格雷厄姆和卡丁汉姆所拥有的宝贵的文化融合的机会；也就是说，部门慢慢对他俩失去了兴趣，几乎不再讨论他们的适应情况和长期目标，唯一继续的只有"可读性"实验。另外，我知道格雷厄姆——每次出门都会受到监控，出门机会也越来越少——已经向他们透露了我们的事。具体说了什么，我不得而知。我每次问他，他总是含糊其词。不过他肯定找到了可以替代"情人"一词的表述，让他听起来不会太过老派或者羞耻。可我并不知道玛格丽特和亚瑟对此是何态度，所以必须亲自问问。

玛格丽特清楚如何将罐装饮料和各种零食偷偷带进影院，但对参观画廊似乎兴致并不高。想想也是，她好不容易才学会如何惬意地看电影：除了电影的伟大发明，还得学会逛超市，了解品牌、口味、易拉罐，搞明白电影院出售的爆米花的性价比。

"我们就是去画展看小船，对吗？"她在车上激动地发问。

"是舰艇，1665，是舰艇，"格雷厄姆说，"是最好的船。"

"对，舰艇。"亚瑟补充道。格雷厄姆的肩膀紧绷了起来。

画廊有好几个展厅，展示了特纳生平绘画风格的发展和变化。我无精打采地端详着画家的精湛画作，看着一艘艘"舰艇"在海上风雨飘摇。

"你当初晕船吗？"我问格雷厄姆。

"我从小就不晕船，我家人几乎都不晕船。"

"我光是看这些画作都会觉得恶心。"

"你这只懒猫肯定无法在船上生活，可怜啊。"

我直到看到特纳后期——19世纪三四十年代——的作品，才终于明白他赫赫有名的原因。他不再像早期那样过分关注细节，而是通过粗粝模糊的笔触，彰显着风雨和波浪的感官刺激。与其说是描绘，不如说是渲染。我驻足在《战斗的特米雷尔号》前，仿佛能够感受到画中橙色太阳的照耀，不禁惊讶地张开了嘴。亚瑟走过来，扶着我的下巴帮我把嘴合上。

"苍蝇都要飞进去了。"他说。

"哈哈，这幅画太厉害了，是吧？"

"确实，就连玛格丽特都停止了抱怨，1847已经在……那边……看傻了。"

我朝他的方向瞥了一眼，格雷厄姆正盯着我刚刚离开的那幅《奴隶船》。

"没关系，我们……就让他好好欣赏吧。"

"他跟我讲过一些他和防御大队共航的事。'共航'这个词我用得对吗？"亚瑟补充道。他似乎对自己言语间流露出的亲昵感到尴尬。

"我也不太清楚，'一起飘荡'大概是我能说出来的最专业的说法了。咱们去那儿坐会儿吧。"

玛格丽特早就坐在了展厅中央的软凳上，挥手招呼我们过去。

"我刚才把警报弄响了。"她说。

"你触发了警报？"

"是的。"

"干得好！"亚瑟说，"进来多久后弄响的？"

"刚进来没多久我就切实感受到了'此刻'。警卫非常恼火。我发誓，我绝不想偷画，我根本就不喜欢这些小船。"

"是舰艇。"我说。亚瑟笑着坐到了我们中间。

面对亚瑟，我多少有点尴尬。大多数的友谊四重奏并不呈现正方的形状，而是很多不同连线的集合。在我们这组连线中，我和亚瑟的距离最远。我喜欢他，毕竟谁都不可能不喜欢像他这样心地善良的人。但他喜欢格雷厄姆，对他的爱就像水痘一样覆盖了亚瑟浑身每个毛孔。我每次只要看到格雷厄姆盯着玛格丽特的时间稍长一点，就会不由自主地变得暴躁又邪恶。因此，我简直无法想象亚瑟面对我时得承受多大的痛苦。但是，他依旧是我见过的最宽容的人，我想他只会苛责自己：他的性别、所处的时代，以及自己的心迹。

"你想好申请哪所电影学校了吗，1665？"他问。

"布拉格的，"玛格丽特很痛快地答道，"不是很远，你可以来看我。"

过去，玛格丽特的主要技能是操持家务，但穿越后她几乎没什么机会做家务，当然也没有重操旧业的打算。如她所说，她"受过教育"，当下还在成人扫盲班继续学习。她一直痴迷于电影学校——想不到通过训练就能创作出电影——这是她来到 21 世纪后最喜欢的东西。部里确实有相应的预算来支持时空移民者的各种培训，但他们绝不会让玛格丽特离开伦敦，更不要说英国了。拉尔夫或许一直都在给她画饼。

"那你想去哪儿学手艺，1916？"玛格丽特问。

"你想在这个大胆的新世界做点儿什么？"我补上一句。

"我只想好好休息。"亚瑟说。

"哈哈，是啊，谁不想好好休息。你可以尝试一些荒诞怪异的工作，比如加入马戏团？成为职业舞蹈演员？或从事会计行业？"

亚瑟一边笑着，一边扭动手指上的印章戒指。玛格丽特抓住他焦虑的手，鼓励他道："你就说说嘛。"

亚瑟叹了口气，然后开口道："我觉得这里的女权工作做得特别好，年轻有抱负的女士可以有大把的从业机会。但我也注意到，男女还未做到真正平等，很少见到男人从事照顾老人、清理地板等工作。看到哪个男人独自带孩子，大家还是会投去怀疑或怜悯的目光。"

"你想做与孩子有关的工作？"我吃惊地问。部里没有教我们如何应对郁郁寡欢的时空移民者，再说了，别说是时空移民者，就算是沉默寡言的普通人，我也不知道如何应对。亚瑟绝望地看着我。

"你看，就连你也会感到惊讶，甚至可能还有些许失望。"

"不，不是的——亚瑟，你当然可以从事此类工作——"

"真的吗？我读过各种关于酷儿解放的素材——'酷儿'，你们是这么说的吧？——其实怎么说都无所谓，我也读过职业女性和女权革命等内容，可是……你知道的，我不是1847，我不会冲动行事，我能清醒地看待你们的时代。其实，你们社会的运转模式与我的、格雷厄姆和玛格丽特的时代并没有什么不同，只是赋予了时代女性更多的责任。"

"你又不是女性，亚瑟。"我说。

他被我的话逗笑了——绝非高高在上的冷笑，而是顽皮淘气的真情。然后对我说："可我也不是好男人的范本。"

"你是我心目中最完美的好蛋。"玛格丽特说。

"谢谢你，1665。"

"我非常爱你，我的好蛋。"

"我也爱你。对了，我就是这个意思！我希望自己真是好蛋，可以孕育出什么有用、有效的东西，如此我才不虚此行。在我老家——对不起——在我们那个时代，我就一直认为既然前期已经投入了金钱和精力，那我就得好好塑造自己，得按正确的模式发展，不能有一点偏差。至于说回报，嗯，就是所有那些美好的东西——孩子、家庭、内心的平静——都有一定的代价，要依照菜谱烹饪。而我却出了偏差，你们知道的。"

"所以你……想要小孩？"我结结巴巴地问道。

亚瑟看了我一眼。我当时不解其意，但在之后的几个星期、几个月、几年里，我对自己的麻木感到无比羞愧。我作为被善心大发的英国妥善保护的移民代表，竟找不到合适的话来安慰他，甚至完全不知道能说什么。好在格雷厄姆走了过来，把我从困境中解救了出来。

亚瑟抬起头看着他。

"你好，格雷，船都看完了？"

"嗯，这个展厅看完了。"

"那你看到任何漂亮的小船吗？"亚瑟愉快地问。

"舰艇……"格雷厄姆一边念叨一边走开了。

我们三个站起身，整了整衣服，像刚被抓到在墙上画画的小孩，带着羞怯、兴奋的表情跟着格雷厄姆来到下一个展厅，继续围着他叽叽喳喳、嘀嘀咕咕个没完，他肯定烦死了。

"这张船帆好像一朵白云啊，太美了！你有没有误把敌船当成过白云，1847？"

"我喜欢这家伙的小头巾，你有没有戴过这种酷酷的头巾？或其他时髦的东西？"

"这幅作品画得不错，光线明亮，让人感觉这艘舰艇是从天堂下来接人的渡船，是上帝专属的摆渡船。"

"你们真是无聊得很，"他平静地说，"你们这样表现很容易遭受鞭刑。"

"你过去真的下达过鞭打惩罚的命令吗？"我问。他无视我的问题，继续阅读画作的注释。突然，他挺直后背，眼神迷茫，一言不发地走开了。

"哎，"亚瑟苦恼地说，"我们是不是太过分了？"

我看了一眼那幅画的注释：

> 《万岁！为捕鲸船"厄瑞波斯"！又一条大鱼！》（1846
> 年）特纳创作的这幅有关捕鲸船的画作，借用了同名皇家海
> 军舰艇的名字，真正的"厄瑞玻斯号"与"恐怖号"于去年
> 驶往北极，两艘船不幸双双遇难，船员也无一幸免。该事故
> 成了极地探险行动中最严重的灾难。

"啊！"我恍然大悟。

*

他不想听任何安慰，也不想回答任何问题，多次故意转移话

题以掩饰自己短暂的失态。他很擅长转移话题，也擅长在"此刻"和"彼时"之间娴熟转换。即使身处堆放火灾残留物的房间，他也能编出漂亮的话，让我看不到真实的损失。

部里的汽车把我们分别送回各自的安全屋。玛格丽特和亚瑟刚坐上车人就蔫儿了，因为自由漫步的日子再次结束，21世纪又变成了与他们无关的窗外的风景。我当然也替他们难过：穿越以来，他们的行动一直受到部门的限制，就连每次呼吸、落泪都得在监控下进行。但毕竟是部里救了他们的命，对他们未来生命的走向发表一些意见，这也无可置疑。

回到家后，格雷厄姆仍下巴紧绷，目光黯淡。我抵在门上，我们面对面站着。

"你还记得吗，"我说，"我们第一次接吻差不多就是这样的情形？"

"别问我都记得什么。"他咕哝道。

我伸手摩挲着他的头发，他的脸紧贴着我的脖子。

"拜托……"他轻轻说。

我们合而为一，他的呼吸在我的喉咙上凝结。我不知道他内心在想什么，只好不停地吻他，直到嘴唇开始变痛。我想听听他内心的想法，作为探险队唯一的幸存者，唯一有血有肉、有痛楚、有渴求的人，他究竟是何感想？

*

新家破败不堪，到处都在漏水，生活在这里和穿着一件不合身的衣服没有两样。我清楚地意识到自己身体状况不佳，它就像一间租来的房子，而我还没来得及换锁。对于外勤特工的培训包括徒手格斗课程，我因抵不过阿黛拉的坚持还是报了名，也想看看自己能否通过训练，提升身体状态。六次课过后的某天，阿黛拉穿着昂贵的运动休闲装出现在我面前。

"我们过过招，"她说，"我想看看你学得怎么样。"

"我感觉没学什么，关键时刻还是逃跑最管用。"

"这才刚开始。"阿黛拉说着横扫了我的双腿，害我尴尬地跌倒在垫子上。

"你怎么没说开始就动手啊！"

"攻击你的人也不会告诉你什么时候开始。"阿黛拉平静地说。话音刚落，她又差点用脚跟踩到我的肚子，好在我及时滚到了一边，迅速站了起来。

"你说得不对，如果是准将，他会直接用……那种发蓝光的武器——"

"你不是已经逃过一次了！你进攻的速度为什么这么慢？手腕已经被我控制住了。"

我挣脱开来，纵身往后一跃。"你说'逃过一次'是什么意思？他还会再来吗？你有他的消息吗？哦！天哪！"

"我只是这么一说，你有实力，只是你自己还没发现。戈尔中校怎么样？"阿黛拉轻松防住了我两次无力的出拳。"据我所知，军需官已经申请让他接受远程武器的训练。你出拳的动作太明显了。"

"我怕伤到你。"

"你伤不到我。"她狠狠地打到了我的肩膀。

"嗷！"

"防住啊。"

"哎哟！我也想啊！嗯，戈尔中校待在部门的时间和我差不多，不仅是为了训练，估计也是为了更好地了解历史。就拿冷战来说吧，没有人比档案管理员解释得更清楚。该死！哎哟！前不久我还向他提到了一些历史事件，他最近正在查询解密的历史资料。"

"闪电战和'9·11'事件。"

"嗷！不是，是第一次世界大战的战壕和第二次世界大战的奥斯威辛。"

阿黛拉愣了神，手停在空中半天没动。

"什么？"

"我提到了'奥斯威辛'，当时也没什么语境，于是他查了一晚上大屠杀的资料。"

"你没告诉他双子塔遭袭击的事？"阿黛拉一脸困惑，手依旧悬在半空。我犹豫片刻，心想这次对打应该是结束了，于是便放松下来。

"没有。天哪，你能想象吗？他早在1839年就把亚丁的苏丹国炸得粉碎，所以我不知道他能否不带任何种族偏见地看待反恐行动。"

"对，"阿黛拉的声音有些沙哑。"他如果突然听说了'9·11'事件，一定会当即转投我们部门。"

她看着我补充道："他一定会的。"

慢慢地，她的脸色越来越难看。

"我刚才放松了警惕，那是你出手的绝佳机会。"她一边说着一边给了我一拳，狠狠地打在我脸上。

连续几天打我似乎让阿黛拉心情大好，于是我费尽口舌地从她那里争取到了一个机会，带着格雷厄姆骑车去格林尼治看富兰克林探险队纪念碑。当然全程还是得接受监控。我说："我们得给他机会与过去做了断，否则他不可能真正适应新的生活。这次机会或许能帮他更好地把握'此刻'和'彼时'。我知道他当前的可读性很高，但巩固一下也没什么坏处。"她看着我，像看到一只聪明伶俐的猫把猎物从外面带了回来——不是什么死老鼠，而是一张 10 英镑的钞票。

那天天气很好，阳光和煦温暖，像筛过的面粉一般细腻。由于提前升温，院子里和广场上的玫瑰早早地绚烂绽放，又纷纷飘落，闪烁着熠熠的光泽。我们骑车的时候，凉爽的微风从身旁吹过，像是要和我们亲切握手。每次遇到温和的天气，我都会沉浸其中，暂时搁置起烦恼和痛苦。待到休息结束，它们还会卷土重来，我便只好用洗澡、喝酒的方法消解内心的麻烦。

在 3 月的阳光下，老皇家海军学院干净得像块新洗过的画布。他望着长长的绿色草坪，眉头紧锁。

"这里本身就值得纪念。"

"是的，非常漂亮。"

"多奇怪啊，我竟然能活着见证过往岁月的沉淀，自己也成了如今人人颂扬的所谓传奇。"

他慢慢走上小径，四处张望，仿佛从未见过旷野中拔地而起的建筑。

"懒猫。"听到他喊我，我应声跑到他身边。我的视线范围内至少有两个人，这就意味着我们身处公共场合，同时意味着他不会吻我或拥抱我。但他快速捏了一下我的手，对他来说，这种表达爱意的行为已经有点过头了。

　　我们并排走向礼拜堂，中间保持着得体、合适的距离，一步一步迈上了台阶。

　　"哦。"他说。

　　"嗯。"

　　"没想到它——就在那儿。"

　　富兰克林探险队纪念碑的礼拜堂就在大门口，据说下面埋着助理外科医生哈里·古德西尔的遗体。墙上贴着已经结束了的展览的海报，应该很久了，已经卷了边儿，旁边还摆着一堆黑色的排队屏障。我有点尴尬，这本该是令人心碎的重要时刻，哪怕演奏一段悲伤的管风琴音乐也不为过。但很不幸，这座纪念碑似乎已经被人遗忘。

　　他站在那儿，凝视着刻有军官姓名的花名册。

　　"看来他们提拔了爱德华，"他轻声说，"挺好。"

　　"所有水手也都被授予了军人的身份。"

　　"嗯，向来都是如此，好像非得等人死了才能给人晋升似的。这次的特别之处在于死的人是我自己。"

　　我不知道该不该笑。他脸色苍白，光影吞噬了他眼中的绿色，将其变成了不透明的棕色，像一棵春天未能重新焕发生机的古树。

　　"嗯……古德西尔医生就是……？"

　　"没错。"

"我上次见到他时他的状态很好，情绪高涨。他现身磁力观测站，对地上的青苔赞不绝口。他说苔藓象征着上帝的幽默感，而菌类代表着上帝的敬畏心。他这个人怪里怪气的，不过你肯定会喜欢他。"

　　"嗯，我读过他的家书，看起来是一个有趣的人。"

　　"我都忘了我们是你们的研究对象，忘了你可以阅读我们的私人信件。"

　　"对不起。"

　　"不用对不起，这至少说明还有人记得他们、在意他们。"

　　我不知该如何回应，只好用手指触摸他的手掌。他从喉咙里发出类似齿轮转动的轻柔声音，对我说："你介意我单独待会儿吗？"

　　"当然不介意，嗯，我等你，还是……"

　　"你可以去找点别的事做。"

　　"啊，对，我要去趟博物馆。"

　　我很后悔提到博物馆，因为里面收藏了探险队队员的部分遗物。不过他似乎并没多想，心思已经到了另一个地方。他没有抬头看我，只是伸出手轻抚我的脸颊，像是心不在焉地抚摸一只小动物。"谢谢你。"他说。

　　一小时过后，他给我发了一条精心编写的短信，告诉我去格林尼治步行隧道的入口等他。之后，我们在路边摊吃了午饭，我看得出他在认真琢磨巧克力香蕉炒饭的做法。我开玩笑说这样的话我们就得买条防火毯，他指责我对他信心不足，然后又问我为什么之前从没让他吃过巧克力酱，我说我自己都不敢吃，吃了它就不敢再吃其他食物了。

他说，"说到这个……"

"哪个？"

"食人族。"

"嗯。"

"我认识那些人。"

"嗯。"

"他们不会吃人的……"

他看着我，像是在掂量如果把我变成瓶子里的几百颗豆子，那我该有多重。

"对吗？"他继续道。

"对不起，如果你也知道食人族的事，就会知道我们的消息来源。因纽特人没有理由撒谎，而且我们也发现了人的遗骸，有英国人，也有加拿大人，遗骨上都有刀痕，还有一个能用来蹭锅的东西……"

他举起手中的叉子，我赶紧住了嘴。他嘴唇发白，虽然脸上其余部分也毫无血色，但嘴唇却白得吓人。最后他开口道："所以你相信那些土著人说的话？"

"格雷厄姆，这些都是事实，我们有考古的证据。"

"那你认为我也可能和他们一样。"

"任何即将饿死的人都有可能。"

"那就是说，爱斯基摩人没有出手相助。"

"我们称他们为'因纽特人'。他们碰上过因纽特人，对方也出手相助了。有记录显示，探险队放弃船只后曾与因纽特人联合狩猎驯鹿，成果颇丰。当然，你知道威廉王岛的情况，根本没有足够的猎物养活那么多人。"

他用一种奇怪的、模棱两可的眼神看着我，好像在努力把某些记忆埋藏起来。"你知道最后都有谁参与吃人了吗？"他问。

"这不清楚，大约有30人到达了最后一个营地——饥饿湾，但我们并不知道其中都有谁。根据因纽特人的证词，最后的幸存者里有克罗泽船长和麦克唐纳医生，但具体有谁我们并不清楚。"

他脸上出现了一丝宽慰的表情，不知道在他脑海中出现了谁的身影，有谁饿得两眼空洞，有谁从牙缝里剔出了一条小腿肌肉。

*

第二天早上，我醒过来，发现他就躺在我身边。

大多数晚上我们睡在一起。他睡觉时像大脑被拔掉了插头，活脱脱像一个可爱的孩子。我深爱着他，为此卸下了全副武装，这让我感到十分不安。

他通常会早早起床，总是比我早起大约两个小时。可这次不同，他还仰面躺在床上，望着天花板，我莫名地打了个寒战，感觉有些不对劲。

"我永远也回不去了，对吗？"他说。他的声音低沉而自然，仿佛我们就是在继续五分钟前的谈话。

我挪到他身边，把手放在他的胸口上。

"对，回不去了。没有办法回去。"

"我不愿意相信这就是事实。他们都死了，我认识的每个人都死了，我生命中拥有的一切都已不复存在。"

我摸摸他的胸口。"活在当下，保持平静，"这是健康团队给出的建议，"专注行动，接受混乱；不要苛求详细的解释。"他眼神茫然而空洞地看着我，像动物盯着一本根本看不懂的书。

"这世上认识我超过几个月的人都死了，我成了活在异国他乡的陌客。"

"我了解你呀！"

"真的了解吗？"

"我还在继续努力，希望能更好地了解你。"

他的表情柔和了一些，让我可以窥见他每晚、每天都在努力掩饰和克制的悲伤海洋。

*

人们有时会问我是否"回"过柬埔寨，我会告诉他们说"我去过"。

有一次，我与父母还有妹妹一起去柬埔寨，母亲安排大家去了海边度假小镇白马市。在那儿，负责管理市场摊位的女人正在木炭上烤着泥鱼和鱿鱼仔，愉快地薅了我们一大把羊毛——母亲的金边口音和我们的西方面孔导致不会有人把她当成本地人。我们在木制野餐桌边吃了烤鱼、米饭、鱼露和苦瓜。其间，有个带着泰国刺符文身的流动小贩过来向我们兜售饮料，他对我母亲说，高棉的好姑娘都不喝酒，所以我们只好派出父亲交钱买了啤酒，然后他再偷偷地递给母亲。每次喝酒时，她都会举起扇子，遮挡着喝上一小口，两个人玩得不亦乐乎。

酒足饭饱后，她带我们沿着海岸线前行，终于找到了她的目的地——一块儿早已被遗弃的土地，杂草丛生，还散发着动物气味。她从地上捡起一块红色的东西。

"看。"

她拿着一块雕工复杂的地砖碎片，上面曼陀罗的图案已经严重磨损。我们环顾四周，一脸错愕地看着脚下。

"以前这儿是我家的度假屋，"母亲说，"这瓷砖还是你祖母选的呢。"

如果某件事让你发生了根本性的改变，你会用"天翻地覆"来形容，但天地其实根本一动未动，改变的是你与天地的关系。

我们的穿越项目首次将人类从过去带到未来，从这个意义上讲，时空移民者面临的都是一些前所未有的困境。但事实上，丢失过往、寻找庇护、流亡异国、孤独无奈，所有这些感受并不新鲜，它们如洪水般一直在人类历史上奔涌，我自己的生活也面临过类似的情况。

我知道格雷厄姆感觉自己在危险的水域中漂泊不定。他渴求安慰——这十分明显。但他可能并不希望自己如此，或者他希望我能按他的想法经营这段感情。他与这个时代所发生的一切关系都不确定，但他知道如何与我相处，也知道我想要什么。如果让他做选择，他或许不会更进一步，或许会继续在小房子里默默付出，直到他能在这个时空游刃有余，直到我们可以足够坦诚地面对彼此。

我的意思是说，其实是我背叛了他。他在这个人生地不熟的世界本该仰仗我，而我却一意孤行地让他成了我的支柱。我对他的背叛还不止这些，我被迫对他保守秘密，被迫把他的事汇报给上级。我反复告诉自己，我只是在做分内的工作。

这时，我的手机屏幕上闪过一条短信，显示发信人是阿黛拉：

马上来部里。

玖

　　截至 1859 年 5 月，利奥波德·麦克林托克船长率领的搜救队在贝洛特海峡已被冰封了 8 个月之久。冻疮、坏血病以及北极漫长的冬季使他们损兵折将。好在太阳终于回来了，雪橇也再次派上了用场。

　　麦克林托克的中尉霍布森沿着威廉王岛一路向南，因纽特人告诉他，他们九年前见过三十多个饥饿难耐、衣衫褴褛的白人——据称是约翰·富兰克林爵士麾下探索西北航道的残余队伍。富兰克林带了两艘舰艇，分别是"厄瑞玻斯号"和"恐怖号"，1845年 7 月以后两艘船便失去了行踪，所有军官和船员也都杳无音信。

　　因纽特人还委婉地表示，他们在临时营地发现了被肢解的尸体，锅里残留着煮过的靴子，靴子里盛着人肉，胫骨上留有刀痕，手指骨的骨髓已被吸得干干净净。他们之后又在大陆港的最后一个营地发现了一具尸体，尸体耳垂的切口处穿了一根表链，可能是为了安全保管。当事人肯定觉得自己能够走出寒地，所以手表还能派上用场。霍布森一边用勺子舀着自己的口粮，一边想象着自己肱二头肌的味道。

后来，他又在欧洲人口中的菲利克斯角发现了营地的遗迹，有几个搭起来的帐篷，里面还放着熊皮和帆布睡袋。除此之外，他还发现了两个六分仪、电线、弹壳、雪地护目镜、黄铜螺钉。他由此判断，此处并非探险队万不得已打造的营地，而是专门为了夏季观测所建立的科学观测站。令他唯一不解的是，皇家海军为何要将其放弃，里面还有很多贵重设备。

霍布森滑着雪橇继续向南，发现了一个石堆纪念碑，里面藏着富兰克林探险队留下的信息：同一张海军部的专用信纸上先后写了两条留言。

第一条信息字迹清晰而坚定：

> 英国皇家舰队"厄瑞玻斯号"和"恐怖号"在北纬70°05′、西经98°23′的冰雪中度过了冬天。1846—1847年，舰队在北纬74°43′28″、西经91°39′15″的比奇岛上度过冬天后经由惠灵顿通道北上，抵达北纬77°，之后又从康沃利斯岛的西边返回营地。此次探险由约翰·富兰克林爵士担任总指挥，一切安好。
>
> 署名：G.M.戈尔中尉
>
> 查斯·F.德·沃克斯大副

第二条信息写在纸张边缘的空白处，笔触颤颤巍巍、毫无力度：

> 今天是1848年4月25日，英国皇家舰队的"厄瑞玻斯号"和"恐怖号"已于4月22日被遗弃在西北25公

里处，船只自 1846 年 9 月 12 日以来一直被浮冰围困。

在 F.R.M.克罗泽船长的指挥下，105 名军官和船员在北纬 69°37′42″、西经 98°41′的位置踏上陆地。欧文中尉在詹姆斯·罗斯爵士于 1831 年修建的石堆纪念碑——向北 6 公里处——发现了这张纸条，纸条由已故的戈尔中校于 1847 年 5 月 6 日存于此。詹姆斯·罗斯爵士的石堆纪念碑尚未找到，这张纸条已被转移至此。约翰·富兰克林爵士于 1847 年 6 月 11 日去世；目前，探险队共损失了 9 名军官和 15 名船员。

> 签名：詹姆斯·菲茨詹姆斯，
> 英国皇家舰队"厄瑞玻斯号"船长
> F.R.M.克罗泽，船长兼高级军官

另：队伍计划于明天即 26 日前往巴克的渔河。

这张留言提供了两条重要信息：

1. 探险队于 1848 年 4 月放弃了船只。极地连续经历了两个极寒夏天，海面一直冻结，根本无法行船。队伍中已有 24 人死亡，包括声名显赫的富兰克林爵士。"恐怖号"和"厄瑞玻斯号"的船长弗朗西斯·克罗泽和詹姆斯·菲茨詹姆斯带领船队进行了长达 1300 公里的陆路行军。据霍布森了解，整支探险队无一人生还。

2. 行动中获得晋升的格雷厄姆·戈尔中校在陆路行军还未开始时就已不幸身亡。历史的洪流将其无情地吞噬，他像一名不幸的水手，无声地消失在了海里。

第九章

到了部里，阿黛拉眼神狂乱，面部的棱角也不再分明。这是我第一次见她没化妆的样子，一簇头发别扭地支棱在她头顶。

"我们这里有内奸。"她吼道。

"有……"

"我原来以为是昆汀，上次的确是他，要不然他也不会被干掉。"

"干掉……"

"你现在很危险，你明白吗？"她抓住我的胳膊。我惊讶地盯着她，肾上腺素在我的皮肤下面窜动，我感觉自己像是一块被捏得太狠的橡皮泥。

"我清楚自己很危险，准将他……"

"部里一直有人在给他提供消息，"她说，"我们还不知道具体是谁。"

我当时的感觉是我一直自认为活着，结果被弹了一下眼睛却丝毫不觉疼痛，只听到空洞的"咔嗒"声响，这才意识到，我原来只是一个玩偶，心智少得可怜。

"您怎么知道部里有内奸？"我问。阿黛拉激动地挥舞着双手。

"因为泄密！"她说。我从未听过她如此激动地发表感慨，这倒是让她看起来年轻了十岁。"有人泄露了时空之门的位置！关键是我们还没有找到准将！他能去的地方我们都搜过了！"

我们看着对方，两人都无法很好地控制表情。阿黛拉的脸上涌动着前所未有的情绪，我开始以为是激动，看久了才发现原来是她的下巴和颧骨又动了刀，像被狠狠地摇晃过，毫无棱角。

我入迷地盯着她变形的脸。

"您说'上次'的内奸是昆汀，这话是什么意思？"

阿黛拉捋了捋头发，油腻的大波浪被她捋顺压扁，整个人显得十分疲惫。

"总有一天，"她说，"你得停止这种没话找话的行为，不要再问这种愚蠢的问题，这么做无法赢得他人对你的喜爱。我希望你明白我这话的意思。"

*

与阿黛拉见面后，我回到我们那间一直漏水的破败公寓，一个人坐在凄凉的厨房里阅读手中的报告——我盯着一页看了足足二十分钟。格雷厄姆骑着摩托车出门了，部里授予他的出门许可依旧有效。我听到他把车停在公寓外荒废的庭院里，几分钟后传来他的开门声。他跌跌撞撞地跨过门槛，用嘶哑的声音喊着我的名字。

我顿时慌了手脚，迅速站起身。他几乎从不喊我的名字，都是叫我"懒猫"或"联络人"。这次，他竟然直呼我的大名，我赶紧冲向走廊，看到他脸色苍白、大汗淋漓地站在门口。

"玛格丽特出事了。"他说。

*

自从上次画廊分手之后，他就一直惦记着玛格丽特和亚瑟。一位负责任的军官自然要照顾自己的队伍，他这次出门就是去探望玛格丽特。他先到了安全屋前面用来打掩护的商店，发现门边有条暗色的线，会让人误以为是根油漆杆。但房门已经被踢开，虚掩着，可以看到里面黑暗的过道。他走进房间，大声呼喊玛格丽特的名字。可他在昏暗的空气中只听到了自己奇怪的回声。

他找到楼梯，快速爬上去。换作平时，他绝不会不请自入。他感觉出了大事，走进浴室，发现有些地砖已经脱落，浴缸里装满了水，拉尔夫被淹没在水下。没错，泡在水里的人就是拉尔夫，他两眼圆睁，却已看不见东西，面部也已开始膨胀。格雷厄姆赶紧退了出来，迈上通往卧室的台阶，卧室的门已被撞烂，他看到床上有个女人的身形，应该是被勒死的，脸色严重发紫，已经辨认不出身份。但他意识到那不是玛格丽特，而是另一个女人，灰金色的头发，个子比玛格丽特要高，或许是玛格丽特秘密交往的情人。房间被翻得乱七八糟，但玛格丽特本人却不见踪影。

"哦，老天啊！"我嘶哑着说。

"我知道她能去哪儿。"他说。

"哪儿？"

他说在雷纳姆的格林希斯镇有一条坍塌了一半的隧道。工业园区打地基时不慎挖到了隧道，所以泰晤士河已经将其淹没大半。他过去一年经常去那里骑行，发现那条隧道依然存在。他说自己在海军服役时就使用过那条隧道，当时并不是什么秘密通道，现在却成了机密。他之前告诉过亚瑟和玛格丽特，说如果出了什么事，就躲去那里，他会去那儿跟他们会合。

我紧张地挠着自己的脖子，留下了一道道破了皮的白色印痕。"你为什么告诉他们要躲起来？"我有点语无伦次，"你知道会出事？你什么时候开始计划的？为什么不告诉我？"

他只回答了我最后一个问题。

"我觉得你肯定会跟我一起，"他解释说，"到时候我会照顾你。现在，我们得先去看看亚瑟，他肯定还不知道发生了什么，然后我们就一起转移去隧道。"

我本想说点什么，却发出了奇怪的动静，像是一个被踩扁的哨子。

"赶紧收拾东西，"他说，"保暖的衣服、防水衣。如果可以的话，最好直接穿在身上，可以节省空间。我们还得准备一些水和口粮。"

"好的，好的。我去拿部门的临时储备。对了——如果我们骑摩托车，我还可以……"

"厕所水箱里有个箱子。"他说。我倒吸了一口凉气，差点被自己的口水呛到。我好不容易停止咳嗽，用沙哑的声音问他道："你早有计划？"

"我做了准备。你说过你有危险，事先做打算是一个称职军官的基本素养。快点，我们只有油箱袋和后座箱可以放东西，不能什么都带。"

我在惊慌中开始了行动，在厕所的巨大水箱里找到了他说的箱子，拖它出来时不小心拔掉了水阀，但这些都无所谓了，如果准将和萨莱塞知道玛格丽特的住所，肯定也知道我们住哪儿。他们或许能获取时空移民者体内植入的微型芯片数据——即使不是实时数据，也会有总结报告。总之，我们不可能再回到这里。

　　格雷厄姆若是把时空移民者都聚在一起，倒是便于部里对他们进行统一保护。我一定要行动迅速——比蓝光武器的速度还要快、比内奸传递信息的速度还要快。老天，我把存有军用干粮的箱子踢进我的房间，这样可以顺便拿上我的手枪和枪套。我带着箱子快步走进格雷厄姆的卧室，肾上腺素让我浑身不停地发抖。

　　他正在给手枪装子弹。床头柜的抽屉被他整个拉了出来，里面的东西散落一地，我想他之前应该把枪藏在了抽屉下面。

　　“你怎么会有枪？”

　　他扬起眉毛，但并没看我。我走到他身边。

　　“天哪，格雷厄姆，这是部里发放的枪支。”

　　“对。”

　　“军需处……”

　　“他们不知道。”他回答得十分干脆。

　　他在抽屉上踩了一脚，底部的板条裂了开来，我瞥见一个深蓝色的东西，是护照。我敢用自己的紧急口粮打赌，护照上肯定用的是假名字。

　　我回想起他待在部门的那段时间，一定是用聊天和问题迷惑了很多人。他总是表现出一副人畜无害、一脸茫然的样子。他不会触发警报，现代技术也扫描不到他。我盯着他，不知道自己是否真的了解他。

终于，他看了我一眼，依旧什么也没说。不过，忙乱中他给了我一个吻，这好歹也算有点表示吧。

*

我坐在摩托车的后座上，身体紧贴着格雷厄姆，眼泪一直在眼圈里打转，心里像有一台老式打字机似的，一连串的问号在我体内无序地翻腾。

塞米莉亚对我说过什么来着？她说"我一直遭到亚瑟健康团队的阻挠"。伊凡也已被解聘——他现在境况如何？拉尔夫已死，艾德在安妮·斯宾塞"自杀"后就被"调走了"——我为什么没去了解一下具体情况呢？我已经好几个星期没见过部长了，一直在与阿黛拉对接，像是在与她密谋策划。部长是否与国防部签署了协议？是与准将本人签的吗？所谓"内奸"，会不会根本不是一个人，而是一条线上的人。他们从事的是国防部的游说工作，企图打着国家安全的旗号摧毁我们、收编我们？我是不是跟错了机构？我感到恶心、恐慌、头痛欲裂。

我从未去过亚瑟和塞米莉亚的安全屋（那里之前是一间医生的办公室，屋外还架着施工用的脚手架），我没有精力多想，只是留意到前门敞着一条缝儿，门锁已经被破坏。

"塞米莉亚？"我嘶哑地喊出塞米莉亚的名字，同时听到格雷厄姆喊道："亚瑟？"

我跟在格雷厄姆后面进了屋，过道上铺着灰色地毯，房间有股化学气味，非常简陋，刨花板材质的墙壁上靠着一面大镜子，粗暴地投下一道斜影。地板中间堆了很多书，塞米莉亚应该还没找到合适的书柜。我感觉阴影处、角落里似乎都藏着蓝光武器，每次踢开一道锈迹斑斑的门，我都会误把巴斯奎特①的版画、衣帽架或窗帘看成准将，每次都会警觉地举起手枪。

楼上突然传来小提琴弹奏的下行音节，过了几秒我才反应过来，那其实是人的叫声。

"格雷厄姆？"

我跑上楼，举着枪进入了第一个房间。格雷厄姆蹲在地上，脸上的表情令我至今难忘。

亚瑟躺在地板上，两眼浑浊，头转向一边——朝着门口。鲜血和呕吐物从他嘴里涌出，流到了地毯上，形状像个对话框。空气中弥漫着一股令人作呕的辛辣味道。

"不……"

"这都不是真的。"我在心里默念。我闭上眼，再次睁开，看到格雷厄姆用手抚摸着亚瑟的脸，帮他合上了双眼。我想说："慢点，千万别吓到他。"

"他是不是已经……"

"是。"

"哦，老天。"

"我们得赶紧离开，"格雷厄姆的语气依旧不带任何情绪，"你到楼下等我。"

我后退着走出房间，看到格雷厄姆俯下身，把额头贴在亚瑟的太阳穴上。我转身下楼，双腿一直在发抖。

---

① 让·米歇尔·巴斯奎特（1960—1988），非裔美国艺术家。

门口有张桌子，摆满了雨伞、传单、钥匙、零钱和其他零零碎碎的东西。其中有个小笔记本，我拿起来翻看，是亚瑟的笔迹。我把它塞进口袋，想着回头再还给他本人。我意识到自己的大脑已无法正常思考，怎么还惦记着把笔记本还给亚瑟？

格雷厄姆也迅速下了楼，先是把亚瑟的印章戒指戴在手上，然后戴上了骑摩托的手套。

"我们出发吧。"他说。他的声音里没有感情，眼睛里也没有泪水。

*

通往隧道的记忆非常模糊，我们走的应该是高速公路，不知道是哪条，只记得非常吵。通往地狱的路应该就是这样。当初铺设它的目的似乎根本不是为了便利，沥青路面上的车辆呼啸而过，没人知道亚瑟已死，也没人关心他的离开。

格林希斯镇像长长的灰色咽喉，一路吞吐着把我们送到了码头。我们把摩托车和头盔丢在一间仓库后面，背上了打包好的行李。

"隧道不远，"他对我说，"入口前面是片沼泽，非常隐蔽。"

我害怕自己会跌倒，便伸手抓着他的肩膀。他转过身，把我拉到身边，手伸进我的防水外套，紧紧搂着我，弄得我很痛，我能感觉到他一直在发抖。他这个人，如果没有完美计划绝不会贸然行动。我一路跟着他，心里只惦记着一件事：微型芯片，微型芯片。他们之所以能找到亚瑟，就是因为微型芯片。我想挣脱他的怀抱，好好想想该如何处理他们的微型芯片。

进入隧道后的旅程俨然成了一场噩梦。隧道里混合着湿冷海水和腐烂海藻的气味。我们把背包高高举起，蹚着水走过一个房间，经过一个斜坡通道后又穿过一座相对整洁、平坦的地下墓穴，每隔几步就得迈过一条用来巩固墓穴的铁杆。我眯着眼睛，看着被手电筒照亮的墙壁。看得出来，这条隧道通往码头，功能是传输水电煤气。

我们来到一个简陋的地堡，因为这里四面有石墙，所以相对干燥。

"玛格丽特？"格雷厄姆低声寻找。

"格雷！"

玛格丽特从棚顶跳下来。原来她一直藏在废弃的通风口，浑身沾满了淤泥，一脸茫然。她重重地摔在地上，但马上爬了起来，扑进了格雷厄姆的怀抱。他把她从地上抱起来，脸埋在她沾满污垢的头发里。

"我逃出来了，"玛格丽特哭着继续道，"我抛下她……跑了……不知道……你会不会来……"

"我当然会来，我之前不是跟你说过。"

我当时……非常……害怕……

我蹒跚地走向他们，胳膊和腿完全不听使唤。玛格丽特看到我后大喊了一声，即刻从格雷厄姆身上挣脱开来，疯狂地拥抱着我。我吻了她的额头，随后又把嘴里的泥吐到地上。

玛格丽特终于停止了哭泣，扭头看了看我的身后。

"亚瑟呢？"她问。

我看着格雷厄姆。他深吸了一口气，肩膀随之抽动了一下。

"我们去晚了。"我先开了口。这样他就不用痛苦地解释了。"他已经不在了。"

*

没有多少时间给我们用来悼念亚瑟，格雷厄姆和我换掉湿衣服后，他开始向我们解释房间的布局。这里有三个入口：一个在水下，一个是我们刚刚穿过的地下墓穴；还有一个更加破败危险，在一座双车道的桥上，空间狭窄，只能爬着进出。

不可避免地，我们头顶上方的某个位置传来了拖沓的脚步声和哼哼声。

我和玛格丽特本能地蹲了下来，格雷厄姆则挺直身体，给手枪上了膛。

头顶的墙上有个黑色的方形洞口，格雷厄姆朝那儿对准了枪口。突然，有什么东西被从洞口塞了进来，像下蛋一样落到地上。与此同时，格雷厄姆开了枪。枪声回荡，声响极大，玛格丽特和我都尖叫起来。

"天哪，中校，是我！"

落在洞口正下方的"蛋"是个灰色的帆布袋，洞口处紧接着出现了卡丁汉姆的脸。他的脸色十分难看。

"是你！"玛格丽特大喊，"你怎么知道这个地方？"

卡丁汉姆动作优雅地爬了下来。

"中校告诉我的，不过这地方太难找了。你想干什么？想把

310

我也打死吗？快点把枪放下吧，长官。"

"你怎么知道亚瑟死了？"格雷厄姆问。

"我一直联系不上我的联络人，于是就去了亚瑟家，想着那个非洲女人应该清楚我的联络人的下落，结果却发现了亚瑟的尸体。你快点把枪放下！"

格雷厄姆终于放下了一直举着的手臂。

"你在那儿见到别人了吗？有没有见到一个身材高大、头发灰白的男人？军人做派？自称准将……"

"没有，你觉得这是专业人士干的？不会是情杀吗？他可是个同性恋者啊，中校？"

格雷厄姆默默按下枪的保险，把它收了起来，开口道：

"1665 的朋友也被杀了，杀手可能以为杀的是玛格丽特。两个月前，准将和他的助手也差点杀死我的联络人，还想把我抓走。我们现在虽然很安全，但必须尽快想出逃跑计划……"

"你们并不安全。"我脱口而出。

他们齐刷刷地转过头看向我。

"你们体内被植入了微型芯片，"我说，"呃，就是你们后背的皮肤下有个微小的机器，即使现代扫描设备无法显示你们的信息，但通过你们身上的芯片，部里始终都能知道你们的确切位置，而内奸又会把信息提供给准将。"

接下来的一两秒所有人都沉默了，只听得见远处流水拍击石头的声音。我看到格雷厄姆脸上的血色渐渐消失，感受到他内心慢慢升腾的寒意。终于，他平静地问我道：

"你知道这个多久了？"

"在我们接管你们之前，芯片就已经植入你们的体内，所以，我一直都知道。"

玛格丽特和卡丁汉姆目瞪口呆地看着我，格雷厄姆的脸已经扭曲得变了形，嘴巴因愤怒和蔑视不停地抽搐。虽然他马上就把情绪压了回去，但已经对我造成了伤害。他对卡丁汉姆说："托马斯，你有刀吗？"

"我带了'急救箱'，里面有解剖刀、弯针和肠线，应该能凑合用。"

"你知道'微型芯片'的位置吗？"他问话时并没有看我。

"知道。"

"你把我身上的东西取出来，再帮我缝合伤口。然后我帮卡丁汉姆中尉，你帮玛格丽特。我会把它们都扔到河里。托马斯，把你的解剖刀给我。"

*

他带我走到房间左边的拐角，那里干燥而漆黑，与正厅隔着一扇腐烂的木门。奇怪的布局抑制了声音的传播，无论是说话还是走动，阴暗的影子都会将声音彻底吞噬。

他脱掉上衣，背对着我跪在地上。我把手电筒塞进墙上的裂缝，伸手触碰到他的后背。他颤抖了一下，不知是否也在想我的手曾经多少次放在他赤裸的背上。

"你们想从我这里得到什么？"他轻声问。

"你说什么？"

"你们为什么要把我从死亡线上带到这儿？为什么要给我这样的生活？"

"我们——我们救了你，而我，我只是想多了解你。"

他低下头，用手蒙住了脸。

"好吧，"他说，"那你的好奇心得到满足了吗？"

"格雷厄姆。"

"有段时间，我真的以为你……你们打算怎么处理我？我猜是想把我放进档案系统里面归档，好让你能一直掌控我。"

"我从来没想过……"

"不，你想！"他提高了音量，声音很大，甚至可以听到回声。他转过身，愤怒地看着我，眼里有星星点点的闪光。"是的，你想。你一直都知道要让我变成什么样子，一直都在想尽办法达到目的。"

我的呼吸急促而沉重，几乎有点感觉喘不上气来了。"你这样说对我很不公平，"我说，"我就像爱自己的生命一样爱你。"

"在你狂热的执念中，"他说，"你有没有想过我也是一个独立的人？"

他似乎冷静了下来，不管他有多生气，他都努力压了下去。他转回身背对着我。

"用解剖刀，"他开口道，"你别再哭了，手稳一点。"

*

整个手术过程中，玛格丽特一直在哭泣。我为她缝合好伤口，她转过身面对着我，抓住了我的手腕。即使在污秽的隧道里，她的皮肤依旧完美无瑕，散发着乳白色的光泽。她捧起我的下巴，让我不得不直视她的眼睛，我看到她眼中闪烁着泪光。

"记住，"她说，"我不怪你，永远不要忘记。"

我低下头，把脸埋在她的脖颈里，把她小巧、温暖、颤抖的身体搂进怀里。"对不起，"我哽咽着对她说，"对不起，对不起。"

*

格雷厄姆带着芯片出去了，我想他会让它们顺流而下——但他已经不再向我透露具体的计划。回来后，他把我们分成每三个小时一班的岗哨，安排我们轮流在墓穴尽头值守。最先值班的是卡丁汉姆，然后是格雷厄姆，接着是我，早上再轮到玛格丽特。

"我们为什么不能现在就离开？"我声音颤抖着问他。

"潮水。"他短促地回道，连看都没看我一眼。"明天早上会退潮，逃生通道有限，踏错一步无异于自杀。目前，我们只有沿河一条安全路线，但他们肯定会监视河岸。"

我和玛格丽特把多余的衣服叠起来当枕头，把外套盖在身上保暖。我俩抱在一起，蜷缩着躺在床上，内心焦虑，根本睡不着。格雷厄姆一个人待在旁边房间，开着手电筒，不知在做什么——应该是在研究护照。自从我帮他取出微型芯片，他再没正眼看过我。

"他们是如何处置亚瑟的？"玛格丽特低声问。

"我猜是下毒。"

"他受苦了吗？"

我想到了地上的鲜血和呕吐物，想到亚瑟脸上呆滞却放松的表情，判断一切应该发生得很快。每当我想起这一幕，身体都像被虫子啃噬一样痛苦。我想立即起身，摇晃身体，把虫子甩掉；我想尽快解决问题，却不知如何行事，毕竟亚瑟已经死了。

"如果再让我见到那个准将，"玛格丽特低声说，"我一定把他大卸八块。1916（亚瑟）肯定希望我能放下，但我做不到。他就像我的兄弟，虽然深陷泥潭，却能做到出淤泥而不染。"

她又哭了起来，泪水缓缓落下，像晶莹的水银珠，脸上却毫无表情。我伸手碰到她的一滴眼泪，看着它在她脸上蔓延开去。

"他是个好人。"我说。

最终，她在抽搐中进入了并不安稳的睡眠状态。我一定也睡着了，因为感觉房间在我眼前消失了。如我所料，我梦见了亚瑟。重重叠叠的梦中出现了他的身影。我对他说："哦，感谢上帝，我梦见你死了。"接着，我从梦中醒来，想起他已经离去，但接下来的梦中他再次活了过来。我的意识像鞣了的皮肤，焦虑已渗透进了血液。

有人粗暴地摇晃着我，我打起精神应了一句。

"到你值守了。"格雷厄姆的声音在我上方响起。

我猛地坐起来，像瞬间充好气的玩偶，感到浑身酸痛，尤其是脖子。因为我还没有完全清醒，一时间忘了和格雷厄姆的纠葛，便习惯性地靠近他，把脸埋进他的肩膀里。他没有回应我的拥抱，但也没有躲闪。

"周年快乐。"我声音小得像在自言自语。

"什么？"

"今天是你来到这里一周年的纪念日。"

他又沉默了片刻。我闻到他特有的气息，感受着他呼吸的节奏。可是，他还是推开了我。

"到你值守了。"他重复道。

我当初面试联络人一职时，阿黛拉曾对我说："你的母亲是难民。"但我母亲从不认为自己是难民。"难民"总是会让人产生"无国籍"和"幸存者"的联想。

我和妹妹同许多移民的孩子一样，成长过程中得到了父母无微不至的呵护，但同时也会呵护父母。母亲需要我们帮助她适应这个全新的国家，这对我和妹妹产生了截然不同的影响。妹妹喜欢编纂、重述、记录她内心所谓的真相，而我则执着于对事物的掌控，渴望掌控故事的走向。

格雷厄姆说我"一直在控制他"其实有一定道理，我怎么可能抵挡住这种诱惑？他对我来说就是一个未完待续的故事。现在，我却让这个故事从我手中溜走了；当我惊慌失措时，他会细心照顾我；当我向他泄露了本该保守的秘密时，他开始生我的气。我本来能够掌控局面，现在却落得这步田地：躲在地下通道，还指望能凭借一己之力对抗准将和内奸。阿黛拉给了我一把手枪，还在我脚下搭建了台子。她现在人在何处？她什么时候能够像给邮件标重点一样给眼前发生的事以启示呢？

*

在地下墓穴的走廊里，我晃动着手电筒，打开了手机。有六个未接来电，全都来自阿黛拉。于是，我给她发了条短信：

　　救命

她几乎是秒回了我的信息。

你在哪儿？

雷纳姆码头的地下隧道
你能追踪到我的电话吗？

接听来电 但不要说话 待在原地别动

五分钟后，追踪电话打了过来。我接通电话，静静等在原地，为了信号更强，还把手机高高举在空中。但依照经验，我知道这样做根本没用。

找到定位了
你们有武器吗？看到准将了没？

有2支枪47发子弹，没看到准将
我该怎么办，手机快没电了

我可以将他们保护起来。我会派出特警队，你过来找我。不要再跟我联系，内奸仍逍遥法外，不知能否追踪我们的电话

她给我发来一个位置——就在河边，步行大约半小时，或许

格雷厄姆处理掉的芯片已经漂到了那里。

我从外套口袋里掏出亚瑟的笔记本，书脊处夹着一支小金笔。我叼着手电筒，在本子上写道：

> 我知道这看起来像什么，但不要恐慌。
> 我去找帮手了。

我把那页纸撕下来放在地上，用开着的手电筒将它压住，希望他们一眼就能看见。然后，借着手机的光，我朝着与阿黛拉约定的地点走去。

*

拂晓前的光线稀薄而凄冷，我独自在沼泽中艰难跋涉。不过，太阳很快穿透了大气层，小鸟也开始活泛起来。我从不知道黎明的大合唱如此疯狂——刺耳的高音，绝望的花腔。当然，我也未曾如此疲惫、如此恐惧。

阿黛拉站在石头台阶下面。金属柱子锈迹斑斑，台阶周围散落着碎石，她身后的泰晤士河波涛汹涌。

我奔下台阶，走到阿黛拉身边，突然意识到准将和萨莱塞也在——准将正用蓝光武器指着阿黛拉。

"哦。"我说。

"哦。"阿黛拉干巴巴地说。

"你不许动，"准将说，"否则我就开枪了。"

"我身上穿着反射器，"阿黛拉说，"抵挡住五枪不成问题。

你那东西还剩多少电？据我所知，你在试图抓捕 1847 时已经耗费了一半电量。你一直无法回到未来，所以应该也没充过电。"

"我不需要打你，"准将回答，"我打她就行，真正的一石二鸟。"

"你又错了，"阿黛拉说，"她和我已经不属于一条时间线了。她向 1847 讲了大屠杀的事，却没讲'9·11'空袭，所以他已经走上了不同轨迹，原本的关联已经中断。"

"他们为什么说杀了我可以一石二鸟？"我忍不住问她。我太害怕了，心脏已沉到肠子里，冷汗顺着肋骨哗哗地淌，浑身奇痒无比。

阿黛拉叹了口气。"我知道自己年轻时很幼稚，"她说，"但没想到这么幼稚。"

"你们两个是一个人，"萨莱塞插话道，"一个是过去的你，一个是将来的你。"

我全神贯注地盯着那把武器，都没顾得上转头看阿黛拉。不过我还是问道："你就是我？"

"别啰唆了，你怎么刚想明白，我就是二十多年后的你，他们两位来自 23 世纪。"

我的鼻子和嗓子都在充血，慌乱中，身体开始不听使唤地抽搐。"亚瑟死了。"我说。我只是希望她能闭嘴。

阿黛拉的脸色瞬间变得极其难看——以往她总是五官乱飞，不敢相信还能在她脸上看到如此正常的表情。不过，她很快控制住了自己，再次回归到面无表情。

"没错，亚瑟·雷金纳德—史密斯和玛格丽特·肯布尔都死了。"

"玛格丽特还活着。"我说。

她脸上再次绽放出表情，而且没再控制。

"她还活着？"阿黛拉嘶哑地说。

"这条时间线上的部里办事效率可比原来低多了。"准将插话道。我注意到，他握着武器的手在微微颤抖。我越仔细观察，就越能够发觉这几个来自未来的人身上透着疲惫、病态和污秽。无论他们此行带着怎样的任务，肯定进行得很不顺利。

阿黛拉瞪着准将。"效率更低？"她说，"可你们这次没有杀死1665——部里把她救下来了。"

萨莱塞也回瞪着她。

"我们没杀掉她？"

"是的，"阿黛拉说，"你们的确害死了我的朋友，上次杀了亚瑟和玛格丽特，但这次玛格丽特没事。"

"你就别装了，我们已经弄到了文件。"

"我们得到了解密文件，"准将解释道，"文件显示，你们部门已经发现时空之门只能容纳有限数量的穿越者，所以干掉了没有战斗能力的时空移民者。"

我像金鱼一样愣了好几秒，好不容易缓过神来，对阿黛拉说："是部里杀了他们？你参与了吗？你知道多少？"

但她只是盯着我，浑身颤抖得厉害。"我的儿子叫亚瑟。"她说。

"什么？"

"他叫亚瑟·约翰·戈尔。"

我刚想说几句蹩脚的蠢话，比如"我都不确定自己想不想要孩子"之类的，阿黛拉却已大步冲上前，猛地用刀刺向了萨莱塞的喉咙。

攻击并没成功。萨莱塞的身前泛起一层绿莹莹的光幕，噼里啪啦地闪烁着——像是某种保护他的护盾。不过，阿黛拉并未善罢甘休，她用力冲破了耀眼的屏障，将刀狠狠地插入了萨莱塞的身体。我不知道阿黛拉的刀子从何而来，此刻它却成了剧情发展的关键。萨莱塞的鲜血喷涌而出，溅在绿色的护盾上，又丰盈地缓缓落下。他呼吸困难，翻起了白眼。这一切发生的时间还不到三秒。

此刻我也没闲着，决绝地扑向准将，大脑一片空白。准将是个大块头，但似乎徒有虚表，况且他已饿了一段时间，我的指关节碰到他的身体时感觉到他的肉很松。但他似乎根本不怕痛：我用力踢他的小腿，听到了骨头断裂的声响；我又朝他嘴上打了一拳，感觉到他青紫的牙龈里有颗牙齿松动了，可他只是阴沉着脸、全神贯注地应对着这一切。看到我想抢他的蓝光武器，他赶紧抓住了我的手。然后，他偏了一下头，就那么一下，他肯定是看到了萨莱塞的惨状，不自觉地放松了握武器的手。我猛地一拉，快速抢到了蓝光武器，不过好像把两根手指弄脱臼了。准将见状开始连连后退。

"你杀了萨莱塞。"他嗓音沙哑，泪流满面。他这反应十分出乎我的意料。

在阿黛拉脚下，萨莱塞的尸体血流如注，鲜血将地上的沙子染成了黑色，并非我以为的红色。

*

准将跑了。我举起手中的蓝光武器，它很像一把枪，应该是枪最理想的样子。我本能地知道它的使用方法，知道哪里是准星、哪里是扳机，于是便开了火。

眼前先是一团青色的光亮，随后传来吸尘器关闭时的声响，再后来便没了反应。这样也好，我的大脑刚恢复意识，我紧张地开始呕吐。

我直起身子，看到阿黛拉同情地看着我。

"我以前也会吐，习惯就好了。"

"你为什么能——"

"穿戴保护器可以屏蔽等离子子弹，却防范不了金属锐器。"

她伸出手，帮我把脱臼的手指复回原位，痛得我直叫，好在周围有鸟儿在歌唱，淹没了我的叫声。

*

我和阿黛拉走到我们的藏身之处。我盯着她，她却盯着前方。她看上去十分憔悴，仿佛体内的器官已经被取出冷藏了起来，更糟糕的是，遭遇这一切以前，她本来满心欢喜地以为自己是要去参加一个生日派对来着。

终于，她开了口：

"你想问我未来的事吧？"

"嗯，想。"

"你想知道什么？"

"未来发生了什么？"

"这问题太无聊了。联合王国与'虎域'大打出手，战争持续了整整十年。战争之初，嬷差点被驱逐出境，好在部里出面解决了问题。她已经去世了，嬷和爸都走了。你想知道他们是怎么死的吗？"

"不想，"我惊恐地说，"你为什么要告诉我这些？"

"我还没从失去他们的痛苦中走出来，也就是说他们刚走不久，所以你还不用难过。"

"天哪——'虎域'是什么地方？"

"那是媒体起的蠢名字，我不该用这个称呼的。所谓'虎域'，指的是过去有老虎的那些国家，比如印度、泰国、柬埔寨、越南、尼泊尔，还有几个其他国家。他们想要推翻我们，美国和巴西是我们的盟友；俄罗斯一直在打内战——21世纪30代初，他们开始使用化学武器，完全无视对农作物造成的影响。对了，我们那个时代的老虎都灭绝了。"

"你刚才说准将和萨莱塞来自哪里？"

"他们来自更遥远的未来，23世纪。我们认为正是他们创造了时空机器。显然，那时候我们星球的气候越来越差，他们希望改变历史，采取的行动除了暗杀就是收集情报。他们资源有限、基础设施欠缺，也做不了别的。要不然我们夺取时空之门后，他们也不至于一直困在这里。"

我们默不作声地一路向前。我感觉无比燥热，再加上一直流泪，整个人像是被泡大了一圈。

"你为什么改名叫'阿黛拉'？"我问她。

"婴儿起名大全上这个名字比较靠前，我当时也没时间多想，"她说。

"哦，你真是2006年在贝鲁特失去了那只眼睛吗？"

"不是，是2039年在柬埔寨的马德望。"

"那你的……脸怎么了？"

又是一阵尴尬的沉默。"啊，事实证明时空穿越的确有副作用。如果时空穿越的次数太多，身体就会忘记'此刻'和'彼时'。我们原以为研究穿越可以获得战术优势，但有人会说他们使用破坏农作物的化学武器也是为了获得战术优势。你说得对，我的脸做了整形手术，但是为了救命。就是因为没能做好'此刻'转换，导致我们于 2034 年失去了卡丁汉姆特工。他太惨了，虽然我一直不喜欢他，但也很难接受他的死法。"

"你刚才说，嗯，我们有——或者说——你有一个儿子？"

"对。"

"和……？"

"没错。"

我们走上了柏油路，靴子踩在上面发出咚咚咚的声响，四周是疯长的灌木荒地。

"第一次时空穿越之后，我们没多久就结婚了，"阿黛拉说，"婚礼被安排在几场葬礼之后，每个人都很难过。格雷厄姆把亚瑟的戒指戴在我的手上，真的太难过了。仪式结束后，我就不再戴了，我想他也能理解，但真的很难过。我原本以为，如果我这次能抓住内奸，你的人生就可以免去这些痛苦。"

"你之前不是说不要改变历史吗？"

"人不是历史，"阿黛拉的语气有点轻蔑，"老天，我年轻时为什么就是听不进去别人的意见呢？我曾坚信只要部门崛起，历史就可以按照我们的意愿重新改写。"

"那你的，嗯，我们的……？"

"婚礼一年后，亚瑟就出生了，他现在正值青春期。"

我的内心掀起了波澜。"我的儿子"？我曾经胡思乱想过他的样子——粉红的脸颊，大大的眼睛，大约只有 3 岁，散发着无尽的纯真。如今，我知道亚瑟·戈尔真实存在，已经有了自己的观点和思想，这多少让我有些不安。

"他是怎样的孩子？"

"哦，他讨厌我们，跟所有十几岁的孩子一样，不过他很健谈。"我留意到她话里话外都透着对儿子的骄傲。她补充道，"当然，他的父亲来自维多利亚时代，我们这位 21 世纪的青少年也着实不容易。"

"他很严厉吗？"

"他已经做得很好了。不过，他对孩子抱有很高的期望，要求也很严格，希望他能乖乖听话、能孝顺家人，诸如此类。他还很在乎所谓的荣誉、成就。"

"他是那种典型的亚洲'虎爸'。"

"哈，是。"

阿黛拉检查了来自未来的武器——武器不知何时已经到了她的手上。"我想嫉了，"她轻声说，"你要尽可能多陪陪她，当然还有爸爸。"

"我会的，嗯，你丈夫知道你在这儿吗？"

"你觉得是谁下令执行这次任务的呢？"

我突然停下脚步，阿黛拉转身面朝着我。

"这就是准将来这里的原因——为了我，也为了他，为了尽早切断我们这条时间线。我知道，在准将所处的时代，他们认为部里和英国政府是造成英国不幸未来的罪魁祸首。我们大量投资于武器和制造业，或许并非为了所谓的'碳中和'，这些都是文字游戏，早就过时了——未来更是如此。未来的情况很糟糕，你们用不了多久就会遭遇第一场资源战争，还会建立第一支特别海岸警卫队。格雷厄姆在其中做了很多工作，最终晋升为上校舰长。"
她补充道，脸上带着一丝鬼魅的笑容。

"什么是特别海岸警卫队？"

"他们负责防御巡逻，主要针对运送非法移民的船只。你知
道的，这里的非法移民越来越多，已经成了非法的强行入侵。"

我盯着她。她疲倦地耸了耸肩，继续道："当你告诉我你没
对格雷厄姆解释'9·11'时，我就非常担心了。因为在我的时间
线上，他正是因为听了'9·11'恐怖袭击，才当即决定为部里工
作。他无法容忍训练有素的雇佣兵袭击普通老百姓，为了防止此
类袭击再次发生，他认为必须采取激进战术，类似帝国瓦解后的
新十字军东征。你对他的反应判断得很准，我也记得他提过远征
亚丁湾的事。我知道他肯定会否认他们的行为属于'种族主义'，
你知道的，他对这个词在意得有点过分。他在部里很快得到了重用，
比你晋升的速度还快。他的表现的确不错，一直在做外勤，干了
好几年，之后就进入了领导层。他——我怎么说呢——反正级别
特别高。"

"那他为什么派你回来？"

"是我自己坚持的，因为没有人比我更了解这次任务。"

"为什么这么说？"

她上下打量着我，眼神有点温柔，不像平时那么冷漠，我想
应该是怀旧吧。

"等你到了我这个年纪，"她说，"就会意识到当下的你有
多稚嫩。我必须确保一切都按计划进行，其实大部分事情的发生
都非偶然，宇宙更像是个整齐有序的大停车场。"

"可是……"

"世界在打仗，物资越来越少，每个人都想霸占所剩无几的资源。但只要部门存在，只要部门与我们初建时的构想一样，我们就能具备技术优势，就能拥有他人没有的武器和兵力，将有些国家远远甩在身后。所谓进步就是如此，我之前跟你说有关历史的话题，可你都没听进去，对吧？"

我说："昆汀是你杀的？"

她把手放到嘴边，啃着拇指上的皮。"严格意义上讲，"她说，"是我们一起杀的，因为你就是我，我就是你。"

"我还以为是准将干的，有人利用我的权限销毁了内部监控系统……"

"你知道的，我们的指纹一样。"

"哦，是啊。可你为什么要这么做？"

"因为上一次的内奸就是昆汀，我觉得——害死玛格丽特和亚瑟的就是他，就是他向准将和萨莱塞传递了信息，给我们造成了严重的掣肘。你无法想象我们那个年代的英国变成了什么样子，这里的堕落令我十分震惊，就好像踏入了野蛮人洗劫前的罗马城。我隐约记得婴儿潮①那拨人在我们像你这个年纪时还推出了食物配给制作为意识形态的训练实践。我跟你讲，没有人喜欢食物配给。"

"你不知道玛格丽特和亚瑟是部门派人杀的？"

"不，我们都不知道。格雷厄姆我不清楚，毕竟他做到了很高的级别。"

"你觉得他知道吗？"

"嗯，有段时间我们的关系很糟，前后持续了几年。当时事

---

① 指在第二次世界大战结束后，从 1946 年至 1964 年期间出生的一代人。

情特别多，爸爸病重，嫲照顾他很吃力，亚瑟在学校也遇到了很多麻烦，而且我们的工作……总之，我们……越来越疏远，我有时甚至认为他有了外遇。"

"你没问他吗？"

"我们一直努力忘掉那些年的事。再说了，你什么时候见过格雷厄姆正面回答问题？"

她说这话时声音有点紧张，脸上却隐秘地涌动着爱意。我依然爱他，我心想，即使发生了那么多事，至少我还爱他。我问她："你快乐吗？"

阿黛拉思考片刻。"不。"

"哦。"

"只有远离战争的人才会快乐，只有不悲伤难过、不被儿子深恶痛绝、不必为了薪水杀人的人才会快乐。说到这个……"

"你不会要杀了格雷厄姆吧！"

"不，我不会杀他，我爱他。"

"我……"

"你还不够了解他，至少再等两年，你才有机会见到他落泪。"

"他哭了？"

阿黛拉的嘴角抽搐了一下，当即陷入了痛苦的沉思。我感觉她正在努力从回忆中抽离出来，像潮水从岸边慢慢退去——我能感受到她的状态，她的注意力完全不在"此刻"，早已到了某个我无法抵达的"彼时"。这很可怕，她的"彼时"在与她作对。我想，也可能是淤积了二十年的遗憾越积越多、越来越强烈，甚至改变了她的思考模式。她多年来见证的历史竟然是个谎言，我不知她是何感受，毕竟她后来做的选择我还没亲身经历。

"给。"她说。我低下头。她手里拿着一台巴掌大的平板电脑和一张存储卡。我刚想用受伤的手把东西接过来，她却对我摇了摇头，于是我换了另一只手。"这里有部门的密码，"她补充说，"以及项目所有的资料。"

"为什么给我？"

她拢了拢染过的金发，黑色的发根闪烁着肆无忌惮又难以抑制的骄傲。

"我一辈子都在为部门效力，结果你看我落得了什么下场。部门杀了亚瑟和玛格丽特，却没人告诉我一声，就连他也没对我说。如果我知道……"

我说："玛格丽特还活着。"

她的情绪再次出现了波动。"哦，玛格丽特。"她低声说。

"你能再次回去，把亚瑟救回来吗？"

我以为她会说"你真是个不开窍的傻姑娘"，但她只是看起来很悲伤。"时间，"她说，"是非常有限的资源，和所有其他资源一样。你的人生，你只能体验一次。没错，你可以穿越一下，但穿越和抽烟很像：你做得越多，面临死亡的风险就越大。你可以回到过去，改变一些细节，但改变的次数非常有限。你每挖掘出一条新的时间路径，就会消耗更多的时间。我们若是过于频繁地回到过去，在同一个地方反复挖掘，一遍又一遍地挖掘历史，就会像反复开采同一座煤矿一样终究导致崩塌。到时候，它就会像黑洞一样彻底摧毁我们。所以，你这次一定不能搞砸。"

"什么？天哪！怎样做才算不搞砸呢？阿黛拉？"

"我得去救幸存的时空移民者，保证他们的安全。根据紧急协议，国防部的特警队正在赶来的路上，他们会携带热成像扫描仪和红外眼镜，我得赶在他们之前转移时空移民者，而你需要带着这些密码去部里终结这个项目。我属于控制部门的人——仍然拥有控制部门的权限。所谓的不要搞砸，就是要确保我能全权掌控，而为了实现这一目的，就要先把该项目彻底清除。"

"可是，如果我现在离开，格雷厄姆会以为我背叛了他们。"

"我会跟他解释，然后带他们去安全屋找你汇合，然后我们再计划下一步行动。相信我，这次我们一定不会搞砸。"

她突然笑了，这是我第一次在她脸上看到真正的笑容，也是第一次在她身上看到了我自己——她的嘴、她的脸颊、她的眼睛，都和我如此相像。

"他做得不错，对吧？"她说，"我都忘了我们初次见面时他有多好看了。那时候真开心啊。我上次见到他快乐的样子还是那天在射击场，你根本无法想象我有多想念他。"

"举起手来。"耳边传来清晰而平静的声音。

我转过身，却没看见任何人。马路两侧是茂密的灌木植被，对方或许就藏在里面，声音听着有点奇怪。

"别紧张，小猫，"格雷厄姆的声音仍然很平静，"你得跟我解释一下，这究竟是怎么回事。女士，请把手举起来，我们已经瞄准你了。"

"你当初就是不听我的话！"我听到卡丁汉姆在咆哮，"对我的建议总是置之不理！你看吧——这两个女人在这儿合谋算计我们呢，你简直是与狼共枕。"

"闭嘴，托马斯。"

"戈尔中校，卡丁汉姆中尉，"阿黛拉一边环顾灌木丛一边开口道，"放心，我们无意伤害你们。"

"那要看你们是如何理解'伤害'的，"格雷厄姆的语气听起来十分轻松，"你们或许没想杀掉我们，但监视我们、剥夺我们的自由、把我们像工具一样使用——这难道就不是伤害吗？"

　　阿黛拉靠近我，低声道："趁特警队还没到，你应该赶紧跑，你还有更重要的任务，否则情况会变得更复杂。"

　　如今回想这一刻，我忍不住问自己：我当时是不是该做点别的？留下来？解释？请求原谅？或是朝着他声音的方向跑过去，赌他舍不得开枪？如果我当时那么做了，一切会不会不是现在的结果？

　　可我还是跑了，背后传来了枪声。子弹在我不远处呼啸而过，我心想，开枪的一定不是格雷厄姆，一定不是他，不可能是他！格雷厄姆从来都百发百中。

拾

那些人——他一直将他们视作抓捕者——把他带入一条走廊，经过多次冒险逃跑和试错，他已经清楚地认识到他们外套下都别着枪。刚开始的几个星期实在太难熬了。

"你在探险队服役，对吗？"一位穿着白大褂的护理人员对他说，"你可以把这个项目看成又一次探险。"

就这样，这个全新世界成了他的一项工作，他可能做得很好，也可能完成得很糟。

走廊尽头有间办公室，他的"联络人"就在里面。

他走进去，一只小精灵朝他走了过来。她一头黑发，棕色的皮肤明亮而干净，一直眨巴着浓密的黑色睫毛，嘴唇的颜色很难形容。她看着他。他不敢直视她的眼睛，于是把目光从她身上移开。他感觉身体有些供血不足，手腕开始酸涩。他们都能看到她吗？他不明白，为何别人都那么冷静，或许只有他能看到那只精灵吧。

办公室里还有一个男士，一定是他的联络人。于是，他把视线锁定在那张脸上。没想到，小东西竟然朝他走了过来。

"你是戈尔中校？"

"是。"

"我是你的联络人。"

之后（很多天、很多星期、很多个月），他意识到她长得并不像那个因纽特女人，当初的感觉应该来自自己的内疚和想象。她的头发没有什么光泽，皮肤也更苍白，脸长得像只猫，眼睛形状也与那位因纽特女人不尽相同：她的身高要高上几寸，身材也更瘦削。可是，尽管如此，尽管如此……

欧文中尉曾经说过，上帝有上帝的方式，与我们的截然不同。上帝的方法或许很神秘，但他的意图却清晰可见。

上帝把我交付于你，小猫，我的心属于你，这是上帝的意旨。他仁慈无边，以此让我得到救赎。

第十章

我拼命跑啊，跑啊，直到跑不动了才停下来。此时我的衣服已被汗水浸透，像廉价的塑料布包裹着我的身体。我口渴难耐，身上还散发着难闻的气味。但我发现自己根本没跑多远，还在该死的格林希斯镇。手机马上就要没电了，所以也无法呼叫优步（Uber）。

我不得不先乘公交车，然后换火车，再乘公交车和地铁才赶回到部里。天空破晓，那颗极其鲜艳的蛋黄照耀着我，本来正常的颜色和纵深却让我感觉十分不适。如果是拍摄间谍电影，刚才我的一路奔波完全可以用蒙太奇的手法表现，但在现实中我只能一步一步挣扎着走向故事的结局。

*

我乘扶梯赶往阿黛拉的办公室。扶梯刚走到一半，我就发现塞米莉亚正在上面等着我。

"哦，上帝啊，塞米莉亚，我需要你的帮助，亚瑟他……"

"跟上我。"她压低了嗓门。我顺从地跟着她一路小跑，看着她推开一扇我不熟悉的门，输入了一串我不熟悉的密码。我在门玻璃上瞥见了自己，脸色像刚孵出来的小鸟，样子也跟它们一样丑。慌乱中的我从来都不好看。

塞米莉亚终于找到了一间相对安全的房间。

"哦，该死。"我声音沙哑，瘫坐在椅子上。"塞米莉亚，亚瑟死了。"

我开始放声大哭，肺里郁积了两天的复杂情绪一股脑地转换成了凌乱的抽泣。我手忙脚乱地一边擤鼻涕一边调整呼吸，过了整整一分钟才用袖子擦了擦脸，这才发现塞米莉亚一直用枪指着我。

"你拿的是枪？"我不太聪明地问道。

"对。"

"哦。"

我环顾四周，房间很漂亮，家具是柔和的奶油色和芥末色。墙壁好像很厚，壁纸非常精美，不过墙上一扇窗户也没有。

"这是哪儿？"

"前厅。"

"什么——？"

"就在时空之门前面。"

"我们这些联络人不是不允许靠近这道门吗？"

"是不允许。"

我眨眨眼："哦，见鬼，你是内奸。"

塞米莉亚表情怪异地应道："对。"

"天哪。"

怒火像炽热的太阳从我的胸口喷薄而出，一路冲到喉咙却当即缩成了网球大小，从我嘴里吐出来时已经变成了一个简单的"哦"。但我还是设法多问了一句"为什么？"她没有回应，额头皱巴在一起，像是强忍着不让自己落泪。我对她说："你早就知道亚瑟会死，对吧？"

"他们给我讲了撒哈拉以南非洲的境况。"

"你在说什么啊？"

"两百年后一切都完了。南美洲大部分地区会消失，除了巴西及其卫星国；大半个英国也会被水淹没；欧洲在地中海地区无情轰炸了来自北非的船只，所以根本没有难民，有人当场就被炸死了，有人好不容易回到家，也因疾病、饥饿和炎热离开了人世。死了几十亿人，几十亿人啊！接下来又出现了反对的声音，因为水资源稀缺，移民群体成了众矢之的。萨莱塞告诉我……"

"你相信他们？"

塞米莉亚凄然一笑，重复着"我相信他们？"这句话，"你为了成为白人女孩儿付出了多少心力啊？现在却来问我种族主义是否存在？"

"你这么说对我不公平。"

"不公平吗？你知道你自己是谁吗？"

"部门员工啊，你也是。"

"你是个杀人犯。"

"我只是个公务员。"

"他们给我看过了。我知道部里做了什么、正在做什么、将来还会再做什么。既然我已经知道未来的走向，就不能不和他们站在一边。我当然不想亚瑟死，但如果我出手妨碍部门行动，我的身份就会暴露，还会遭到羁押。天知道等待我的将是怎样的命运。而且，他们就会顺藤摸瓜，找到萨莱塞和准将……"

她说不下去了，嘴唇不停地颤抖，想把眼泪憋回去的尝试也宣告失败，只能徒劳地任泪珠簌簌地落下来。

"你为什么用枪指着我，"我小心翼翼地说，"为什么要带我来这里？如果你想通过杀掉我而杀掉阿黛拉，那根本行不通。我们已经改变了历史，至少改变了部分细节。"

"除非你想逃跑，否则我不会开枪，我只要看着你别乱动就行。"

她把身体的重心从一只脚换到另一只脚上。我目不转睛地看着她，她穿着一件淡黄色亚麻质地的斜裁裙，垂到小腿，十分优雅，与她拿枪的局促形成了鲜明对比。

"你真的那么想我？"我最后说。

"我相信一切皆有可能。"

一支枪正指着我的脸，我现在命悬一线，百感交集之中，塞米莉亚的话却真正刺痛了我。我眉头紧锁地看着塞米莉亚，像是要把一块插着叉子的蛋糕递给她。她深深地叹了口气，狠狠吸了吸鼻子。

"我知道你觉得自己做的是正确的事，"她继续道，"你在我面前一直很谨慎，说话总是小心翼翼，担心我会胡思乱想。你真的以为自己很了解1847吗？"

"我……"

"你一次又一次地帮他，我一直都看着呢。他来自大英帝国，他信奉帝国，我知道你也是。我读过你的档案，知道你家的事，你就是为此才加入这个项目。这无异于站在恶霸身后狐假虎威。"

"你知道吗，"我说，"我真的非常尊重你，塞米莉亚。"

"那你知道吗？你根本就不尊重我。你喜欢我，却不明白是何缘由。你就是个小变态，一直以为我要跟你竞争，或是要考验你。但我从来没有想过要考验你。"

"那你想怎么样？"

"我只是不想看着你慢慢变成法西斯。"

我一边与她对话一边琢磨着部门的培训，特别是枪支和徒手格斗。塞米莉亚接受的都是些精神病学和心理病理学培训，毕竟她不需要参与外勤工作。从我坐的地方可以看到，她手中的枪根本没开保险。与其跟她在这儿争辩，不如一不做二不休！我狠狠踢向她的膝盖，听到了"咔吧"一声响。

"该死的！"

"啊——"

"给我——"

"松手——！"

我夺过了她的枪——现在是我的了，这场不太优雅的扭打以此告终。我只有嘴角轻微流血，而塞米莉亚坐在地上，痛苦地抱着她的大腿。

"你这个小贱人，"她似乎觉得既好笑又愤怒，"你现在是要杀了我吗？"

"不，这是部门的事。他们可能只会解雇你。"

"哦，被部门解雇，这比死还难受。"

"天哪！你能不能——我会尽量替你说话，好吗？"

"我们正在走向气候的终极毁灭。"

"我们可以改变结局，历史一直都在改变。告诉我怎么去时空之门，现在枪可在我手里。"

塞米莉亚吃力地站直身体，一瘸一拐地走到墙边，触摸了墙上一个普通得不能再普通的面板。面板一下子亮了，变成了一个屏幕。她在键盘上敲了几下，随即又把屏幕划走了。

"准将在里面，"她说，"如果我是你，我会把枪的保险打开。"

我苦笑了一下，把她的枪收好，死死抓着她的手，有那么一刻就如同象征友谊的寓意画中的场面。但紧接着我就把她的手臂扭到背后，用枪抵住了她的肩胛骨，这算是三联画中的第二幅了——友谊也会伤人。毕竟亚瑟是在她的看管下死的，当然，我也脱不了干系，我不想再仔细回想这件事。

"走吧？"我说。从来不苟言笑的塞米莉亚竟然笑出了声。

*

房间中央有一个金属架子，高度和形状都像是一道门。初次见它，我有点沮丧，经历了 24 小时的恐怖、混乱和暴力，难道就是为了这么一个粗制滥造的东西？

随后，我注意到了架子后面有一台矮墩墩的难看的机器。

我想描述它的样子，却找不到合适的词语。机器上有一个洞，周围说不清是什么颜色，也说不清是什么形状。外壳既像是人工造出来的，又像是自己长出来的，散发出一种震慑力。我虽然不知道时空之门的工作原理，但也能想象出它开启时的样子。那台可怕的机器将它腹部深处的宇宙喷吐出来，时空之门将其捕捉，尔后再把它送至特定的时间和地点。它像步枪发射子弹一样发射时间，难怪最初有人把它当成武器，以为每次开启都会有人遇难。昆汀看到的一定就是这个：并不是什么手持的武器，而是这道时空之门。当初，正是这道大门在那些少年身上切割出了一条时空隧道。

"漂亮吧？这是我们利用最后的资源完成的佳作。"准将就蹲在时空之门旁边，抚摸着它，不知是何用意。他的气色很差，整整一天了，他恐怕是唯一跟我状态一样糟糕的人。

"你现在是要杀了我。"他很直接。

"嗯。"我说。"不"字可能会减弱我的气势，但"是"字听起来又不太礼貌。"如果我让你回家，究竟会发生什么？"

"家，"准将轻声重复道，"在我们那个时代，我们没有'家'，只有'掩体'。'掩体'源于'地堡'一词，我知道，在这个时代，你们想象中的掩体都很可怕、很简陋，只有战时才会使用。但……"说到这儿，他标准的BBC播音腔再次消失，口音倒是像萨莱塞——"当空气中充满毒素，有个掩体比待在外面幸福多了。如果我回到掩体，我还会继续战斗。"

塞米莉亚说："在他所处的时代，英格兰的大气中充满了化学武器实验残留的有毒废物，而下令实施实验的正是21世纪我们的部门。所以，他一定会继续战斗……"

"谢谢你，我听明白了。"

"战争永远不会停止。"她说最后一个字时有点破音。她咽了口唾沫，继续道，"历史还会重演，有了这道门，就意味着我们能来回穿越，一次又一次，反反复复……"

我使劲晃了她一下，她当即住了口。我这么做也是出于好意，说实在的，我可不确定自己能否看着她崩溃而无动于衷。如果我竖起耳朵仔细听，就能听到整齐划一的脚步声踩踏着地板，带着一股来者不善的气势。那些安保人员就要到了。要么是阿黛拉已经带着时空移民者成功出逃，从而引发了军事反应；要么就是她已经被捕，这就意味着我也将大难临头。等外面的人到了就真相大白了，准将也抬起了头。

"是你杀了萨莱塞。"

"不，是阿黛拉——嗯，好吧，是我。萨莱塞是你的……"

"他就是我的。我们不用你们说的那些词。他是我的，我也是他的，就这么简单。"

"我很……抱歉，但是你也差点杀了我啊。"

"你不知道自己后来变成了什么样子。"

准将慢慢站起身，外面的脚步声越来越近。

"我们至少看到了伦敦现在的样子，"他说，"我读过很多关于伦敦的书：卡姆登市场里有年轻的哥特人，公园草坪上有脱掉鞋子的上班族，当然还有大本钟。我领略过这里所有的生命。"

"为什么这么说，你们那个时代的伦敦变成了什么样子？"

准将耸耸肩，没说话。从外面传来喊叫声。

"伦敦已经消失了。"他说。

独裁、专断之所以有问题，就在于它将广袤的世界缩成了一个小小的箭头，人的心就在箭头上跳动，可那里完全封闭，没有任何交流，小小的箭头成了你唯一的参考标准。前进的轨迹上，你但凡有所犹豫，受到外界的左右，箭头就会变慢、就会摇晃、就会坠落，你的心也会跟着落入尘埃。如果你为了一己私利行使权力，就根本不可能考虑到底层世界关心的问题。

我希望你能原谅我，或者至少理解我。此刻，我是房间里唯一拿着枪的人。准将已经没戏了，成了我的手下败将，塞米莉亚也自身难保。我的责任从来就不是拯救他们，至于说阿黛拉，我只记得她对我说这次千万不要搞砸——她当初就搞砸了，可怜的人啊。我想到了格雷厄姆，我永远不会让他们把他从我身边带走。我手中握着便携式的武器，对不起，我真的没有其他选择。

我对准机器开了一枪。

房间里顿时火光四射，警报声穿透了空气："咿咿咿咿"地响个不停。地板微微震动，整栋大楼的所有防弹门都将"砰"地关上。时空之门周围突然有了颜色，也有了形状，我却依旧无法形容。全新的颜色让我感到恐惧，手中的枪掉到了地上。

"天哪，"我说，"该死的，现在怎么办？"

"你不知道吗？"塞米莉亚的音量超过了噪声。

"不知道！这东西会杀了我们吗？"

"我怎么会知道？！"

警报、喧闹、震动刹那间戛然而止。机器的声音听上去像是可怕的打嗝声。准将拼命抱着它，一连串的"哔哔"声过后，机器再次冒出红光。我看到一个屏幕——应该是操作系统。突然，准将最害怕的事发生了，机器开始内燃、爆炸，穿透了室内的空气，像是刀子撕扯开了房间的布景。如果黑洞能打喷嚏，或许就是这个样子。再后来，一些挂满了星星的碎片出现在空中，准将随之消失不见。

我凝视着挂满星星的银河，不知道自己会不会再次呕吐。正在这时，塞米莉亚朝我扑了过来，抢走了我枪套里的另一支枪。

过去的 24 小时我只在石板上睡了一会儿，心碎了，朋友也死了。我没理由责怪自己，塞米莉亚不过是从我这里夺走了一支枪，不过是用枪口对准了我的太阳穴。此时此刻,安保人员冲了进来,发现我成了被劫持的人质。

"让我离开这儿,否则我就杀了她,"塞米莉亚嘶吼道,"你知道她是谁吗?知道她死了会怎样吗?我不知道,但我会找到答案。"

"什么?"我尖叫道。

"你是时空穿梭独一无二的复制品,"塞米莉亚低声解释说,"他们可能接到命令要保护你,担心你的死会破坏时空之门。你赶紧给我闭嘴。"

戴着面罩的某个人大喊了声"放下武器"。自动步枪都指向了天花板。我们慢慢退到前厅,进入走廊。空气中弥漫着刺鼻的烟雾,由于我们没有面罩,只能艰难地挣扎着前行——基础训练中我学过相应的逃生手段,这恐怕是部门短暂历史上最糟糕、最窒息、最令人痛苦的逃脱尝试。好在我成功了。

*

在部门附近的一个停车场里,塞米莉亚松开了箍着我的手,枪口却依然对着我。她浑身颤抖,枪口像酒醉的蜜蜂,一直在空中晃荡。

"我现在要走了。"她说。

"去哪儿?"

"我不告诉你。严肃点。"

我看着她那灰淘淘的疲惫面庞说:"你也不知道,对吧?你以为自己要逃亡,可你要逃去哪里?又能逃去哪里?逃到哪儿他们都会找到你，就算找不到你，也会找到你的兄弟姐妹。赶紧把枪给我，我带你去见阿黛拉……"

塞米莉亚猛烈地摇摇头。"不，"她说，"我不想再妥协，也不想再掺和这件事了。"

"那你打算怎么办？"我恼怒地喊道，"你以为现在除了部里还有谁会帮你？"

"我会说出真相，相信会有很多和我一样的人，很多。你的问题就是，你总是对其他人不抱希望。"

"塞米莉亚，你理智点吧。"我说。但她已退到了阴影里，手上的枪依然举着，黄色的裙子在黑暗中若隐若现。

"你回家吧，"她说，"你和我，我们就此别过。你回家吧。"

我照做了。

*

我坐上地铁，蓬头垢面，衣衫褴褛，身上散发着难闻的汗味。即便如此，我仍不是车厢里最奇葩的人。

回家，开门，进屋，脱下鞋子。我仿佛忘记了如何呼吸，不得不一次次地手动重启。我走进厨房，打算给自己泡杯茶，既然世界末日已经来临，为何不给自己泡杯茶呢？

格雷厄姆竟然也在厨房。

他坐在桌边，拿枪指着我。

"哦。"我说。一天下来，如此频繁地被人用枪指着，我竟还没来得及想出新的词来应对。

"把手放在我能看到的地方。"

"你在干什么？"

"别说话！有人跟踪你吗？"

"我——应该没有？我刚才差点摧毁时空之门，我是这样想的，如果我摧毁了它，这一切就都结束了。格雷厄姆，你为什么要拿枪指着我？"

"我不信任你。"

他站起身，我向后退了一步。他的手臂很稳，手指上那枚亚瑟的戒指一直在闪。他看起来甚至一点都不生气，只是不由分说地用枪指着我，而且还打开了保险。我对他说："你如果从这么近的距离开枪，那我就必死无疑了。"

"我知道。"

"我的天，你究竟要干什么？我是在帮你。"

"你对我们隐瞒了实情，包括部门的各种计划。阿黛拉临死前把一切都告诉我了。"

"她死了？"

"我觉得她应该难逃一死。"

"我不明白你是什么意思。"

"我不在乎你明不明白。"

"玛格丽特在哪儿？"

"她很安全。"

"我能见……"

"不能，我要保护好她，以免她受到你的伤害。"

惶恐在我胸口爆发，向全身蔓延开来。

"格雷厄姆，我——你必须明白——那是我的工作——"

"你怎么会这么想？"

"我得服从命令——我以为自己能解决——"我不是在说话，而是在哀号。我突然发现，面对死亡，自己原来是个只会哭的懦夫。

"你得服从命令？"他重复了一遍我的话。"真有意思，你生在 21 世纪、长在 21 世纪，却听不出自己这话有多荒唐。你所有的野心，数不清的周旋，到头来都归结为'服从命令'。我之前觉得你敏感细腻、懂得谋划、具有魔力，现在看来，你不过就是个懦夫。你知道亚瑟是因你而死吗？"

"你听我讲——"

"闭嘴！阿黛拉说你有密码。"

"对——"

他扬起下巴，示意我打开桌上的笔记本电脑。那是我的电脑，不是他的，光是想象这一画面就让我如坠深渊：他谨慎地从我房间拿出电脑，放在厨房的餐桌上，枪就别在他的腰间。

"把与这个项目有关的内容都删掉。"

"好，我会删，你把枪放下。"

"不行。坐下。"

我颤抖着坐下来。

"格雷厄姆……你听我说……阿黛拉告诉你她是谁了吗？"

"删除所有与这个项目有关的文件。"

"好……你看……我不是正在……你知不知道她是谁？在未来，你和我……"

"没有什么'你和我'了，"他语气决绝，"只有你，还有你的种种癖好。别说话，销毁所有文件，否则我会直接开枪，送你直接去和亚瑟道歉。"

我在键盘上噼里啪啦地敲着，调出一个又一个文件。汗水和泪水刺痛了我的双眼。他挪了挪位置，枪口轻轻擦过我的头发，吓得我直喊。我用余光看到他紧张了一下，于是扭头看了他一眼，有那么一瞬间，我们四目相对。他的嘴唇颤抖着。

　　"快点删。"他语气柔和下来。

　　"格雷厄姆……"

　　"别再叫我的名字了！"

　　我不断敲打键盘，点击鼠标，身体不受控制地颤抖。阿黛拉给我的小设备确实能破解访问代码，但我实在太害怕了，总是错把数字5看成7，差点被拒绝登录。我在系统中看到了自己的心理健康档案——健康团队一直关注着每个联络人。我删掉了自己的信息，感觉像是给自己判了死刑。电脑屏幕一直闪烁着令人作呕的80年代风格的绿光，我能听见他的呼吸声——虽然他努力保持镇静，却依旧能听出他气息不稳，就像一个强忍剧痛的病人。

　　"好了，删完了！把枪放下，让我——"

　　"我要走了，"他说，"带玛格丽特一起走，你不要试图追踪我们。我知道，我们做恋人时你肆意地利用我，现今还会鄙视我。不过，我认为你至少还关心玛格丽特，如果被他们抓住，她只有死路一条；如果你爱她，就请你不要助纣为虐。"

　　"你爱过我吗？"我绝望地问他。

　　"不要动，也不要跟着我。"他后退着走出厨房，眼睛一直盯着我。然后沿着走廊迅速跑出前门，重重地将门关上。

　　我静静地坐在餐桌旁。门上挂着时钟，我眼睁睁看着它走了五分钟、十分钟、十五分钟；半个小时过去了，四十五分钟过去了。我看到时针无情地跳到下一个数字，这才真切地意识到，一切都结束了，不会再上演黄金时段电影里那种戏剧化的桥段；不会再有回心转意，不会再有初心不改，不会再有和解之吻。他真的走了。

*

我继续坐在桌旁，泪眼婆娑地看着门上的时钟。部里抓捕我的人到了，痛苦至极的我竟然跟来人道了句，"哦，你好！"好像他不是来逮捕我的警官，而是来给我送信的邮差。对方看着我，表情异样，仿佛亲眼看见了我撕下脸皮露出史酷比·杜狗的真面目。他的表情真的很荒谬，我不禁笑了起来。

*

事实证明，几乎没人知道已故的阿黛拉·戈尔来自未来。我向审讯官透露此事后，他们把我软禁在一间新的安全屋。其实我只在那里待了不到一个星期，但由于我以为自己会被关一辈子，所以每分钟都十分煎熬。现在想想，他们就是想用这种方法折磨我：违背本人意愿将其关入牢笼，无异于拖拽其头发对其发号施令。我之前一直都很忙——无比敬业，无比勤恳，所以如果只是六天失联，家人和朋友几乎不会察觉到任何异样，都怪我把自己活成了一座孤岛，一座即将沉入海底的孤岛。

到了第六天，单位派车接我去了部里。车窗完全不透光，对面坐着一位穿着老土裤子的女士，腰间的手枪隐约可见。

我被带到控制部门所在的楼层，房间明亮精致，挂着深绿色的窗帘。部长坐在大班台的后面，就是间谍小说中大反派常用的那种桌子。他给我倒了一杯威士忌，这不才下午三点吗？我四下打量，想看看有没有一只毛茸茸的白猫——黑帮电影的既定套路。结果没有任何发现。

　　"哦，亲爱的。"部长的语气中带着些许同情。

　　我把威士忌送到唇边，烈酒灼烧着我破了皮的嘴唇。格雷厄姆喝的就是这款威士忌——想想也是，他的威士忌是部门给他派发的福利。喝着这款威士忌，让我感觉自己像是在与他交谈。我想抽支烟，非常想。

　　"你知道我是阿黛拉吧。"我低着头把玻璃杯送到嘴边。

　　"我知道，她告诉我们了。"

　　"什么时候？"

　　"在你加入我们之前，她老早就说了。那时这个项目还没有启动，我们获得时空之门也只有一个月。哦，那该死的门，我们根本不知道如何操作，所以就把它安置在了国防部的武器试验室里。"

　　"是那个发明了爆炸笔的部门吗？"

　　他包容地给了我一个微笑。"他们主要研发化学武器和生物武器，"他说，"当然还有些恶意软件。但我们都喜欢看邦德电影，不是吗？我记得有天下午，一位技术员跑出实验室在走廊高声尖叫，他的内脏都掉出来了，简直惨不忍睹！他在错误的时间站在了错误的地方，刚好挡住了穿越的路径。她也就这样穿越到了这里。"

　　"她？"

“就是你认识的阿黛拉·戈尔。”

我重重地放下威士忌酒杯，不小心打翻了桌上一个轻飘飘的笔架。

“我之前在国防部，”他一边说一边捡起钢笔，然后继续道，“在威斯敏斯特议会的顾问委员会任职，是她亲自选我参加了这个项目。”

我突然看到玻璃炸裂、水花四溅，书柜旁仿佛上演了一场短暂的琥珀水晶烟花秀。几秒后我反应过来，原来是我把杯子摔到了墙上。部长一动没动，我却感到无比疲惫，瞬间坐回到椅子上。我竟不知自己何时站起了身。

“所以，她穿越了，”我说，“跟你们说她来自 2040 年，还叮嘱你们要利用时空之门创造历史。她让你们从正确的时代选择正确的时空移民者穿越到正确的未来。一切就像制作蛋糕一样，都有配方和方法，对吧？”

“你说得对。”

“那为什么要杀了他们，为什么要杀了玛格丽特和亚瑟？”

部长指了指窗户，显然指的是外面整座城市。

“亲爱的姑娘，”他说，“我想你已经认识到时空移民者对我们来说有多么重要，但前提是他们得成为训练有素的特工。1665 和 1916 两人的数据虽然也很宝贵，但他们无法成为有用的特工。当然，对此你无须自责——阿黛拉·戈尔并不知情。打造未来的项目她做得很好，可以说是得心应手，但别的事她并不清楚。据我所知，她虽然是个卓越的特工，但从未担任过高级别的决策者。而你，恐怕还不如阿黛拉·戈尔，每次排兵布阵你都未能完成，这也就是今天我把你带到这儿的原因。”

我感到双手冰凉。

"我们谈谈你被裁的补偿吧。"他说。

"像玛格丽特和亚瑟那样被'裁'吗？"

他一脸困惑地看着我，随后把一张印着密密麻麻文字的纸推到我面前。最上面印着一串惊人的数字，前面是英镑的符号。

"等等，你是真的要裁掉我吗？"

"时空移民者死的死、失踪的失踪、羁押的羁押，我不知道你以后会做什么，但应该不会再成为格雷厄姆夫人，也无法成为部门的特工了。无论如何，鉴于你与时空之门的特殊关系，目前最明智的做法就是裁掉你。"

我的手腕猛地抽搐了一下，向上抬了至少一寸。我太想啃咬拇指了，或者给我一支烟也行。我索性把手压在了屁股下面。

"也就是说，你们没打算杀我？"

部长叹了口气。"跟我来。"他说。

他带我走到房间最里面——这间办公室真的很大，走到最里面的确需要点时间。他在木质墙板上一顿操作，墙板先是发出奇怪的哗哗声，然后便自动打开了。我见识过太多，已经没什么可惊讶的了。我跟着他走进一条钢化玻璃打造的通道，两边不仅有武装警卫把守，还有各种警报系统。最后，我被带到一间宽敞的实验室，室内很乱，像刚被洗劫过，中间解剖台上躺着一个人……

"这是阿黛拉·戈尔，"部长继续道，"她之所以躺在这里，是因为塞米莉亚企图破坏时空之门。我听在场的人说，当时阿黛拉的样子像是爆炸一样，好在炸裂的是光线，不是内脏。当时的状况——不管是什么吧——分散了我们的注意力，给了1847、1665

和 1645 逃跑的机会。"

"对，准将当时的情况也是如此……"我放慢语速，不想把自己绕进去，"所以您说，是塞米莉亚破坏了时空之门？"

部长若有所思地看着我："我知道她至少做了尝试。特警队发现地板和墙壁上的子弹都与部门配发的枪支匹配，她身上似乎还有另一把。"

他仿佛在等我做出回应，于是我再次小心翼翼地开口道："是的，她……确实有把枪，您说她做了尝试是什么意思？"

"这可不是什么普通的机器，它可以穿透时空，所以手枪什么的根本不可能对其造成实质性的破坏，只是有点……破损。我只能说这么多，建议你也不要追问，别再把我穿越的心勾出来。"

"所有时空移民者都失踪了？"我赶紧问。

"戈尔和肯布尔失踪了，卡丁汉姆已被羁押。他很配合，据我了解，无论是在哪条时间线上，他都很配合我们的工作。"

"塞米莉亚呢？"我突然说。

"你知道如果我们找到她，她会是什么下场。"他语气温和。

"天哪，您不会……"

"不，我会；不仅会，还必须这么做。我经常听你们这帮人使用'团结'这个词，意思就是所有人为了共同的利益而团结在一起。任何一个团体都需要保护自己免受外部威胁，公民和国家之间也应该是这样的关系，你明白吗？"

我手里拿着裁员合同，把它扭成了圆锥形，上面沾着我手上的汗渍。我其实还想慷慨陈词一番，塞米莉亚如果听到"你们这帮人"肯定会非常恼火，当然，同样让她气愤的还有她竟然被划成和我同一类人。

"你们太坏了。"

"你知道自己现在还能说这种话有多奢侈吗？这意味着你的日子很安稳，还有精力对人品头论足。要知道，个人同国家比起来根本就微不足道。"

我盯着桌上摆着的饰物，仿佛漂浮在桌面上的银河系，但那并非我熟悉的样子，缺失了很多层面，看得我泪如泉涌。我不知道是不是我害死了阿黛拉，还是她的时间线本该就此终结。

我想象着格雷厄姆在未来世界的某个地方正等待妻子回家，日复一日的落空使他陷入了无尽的悲伤；那个十几岁的男孩也已经长大成人，内心无比后悔当初没有多拥抱自己的母亲。但也可能我已经改变了历史，抹去了他们原本的时间线，我那未曾谋面的儿子也随之被扼杀在了萌芽阶段。

"我们不知道她究竟是怎么回事，"部长说，"所以我们得确保你的安全，毕竟她是你未来的一个版本，谁知道你对未来会有什么样的影响？你有很多种可能性，这多好啊！但是，如果你再次靠近这座大楼，但凡距离不足 150 米，安保人员就会奉命朝你开火。"

*

我没了工作，也没了家。我从部门的回收中心取回自己大部分财物，几个星期以来，我总会陆续发现丢失的物品，不是这儿少了一根皮带，就是那儿没了一条裙子，或是某件纪念品，一定是部门快速整理东西撤离时遗失了。另外，我一半的书也不见了，其中包括那本《暴戾人》。鸡仔包还到我手里时已经变了形，不再有鸡的样子。最让人难受的是，他们虽然归还了我的电子产品，却没归还相应的充电器，仿佛就是把你扫地出门之后，还要故意再加一句"去你的"。

部里扣留了格雷厄姆所有的物品。这也说得通，毕竟他的所有财物都由部门出资购买，自然属于部门财产。可是我本想保留一两件他的东西。

我的工作笔记本和工作手机都被没收了。我之前从未用我个人的手机——一个屏幕很小的老古董——拍过照片，这也意味着我连一张格雷厄姆的照片也没有。于是，我在网上找到一张他的银版照片，复印了一份，算是他在我生命中短暂出现的纪念。我戴着小鸡项链，用手指肚把它焐热，试图回忆起他的手。但一切却变得模糊不清。一天早上，我从睡梦中醒来，发现我再也记不清他眼睛的确切颜色了。

我离开了那座城市，搬回了父母家。部门对外的统一说辞是我在语言部门的重组中被裁员了，我也是这么跟父母说的：无形之手扼住了我的喉咙，只允许我说出他们希望我说的话。

回家是件很痛苦的事。父母——我的血脉和神经的缔造者——就在身边，他们都是普通人，普通到永远不会出现在作家的小说里。我想到了我之前与权力达成的交易，想到自己为了权力牺牲掉的个性，真的很不值得。父母只想要我拥有一份体面的工作，希望我能快乐地生活。

父亲说我的"裁员"补偿金还不错，希望我能积极乐观地面对将来的生活；母亲则认为我的不幸都是她的缘故，还信誓旦旦地说要给我的雇主"下咒"，她以前对施咒和魔法提不起一点兴趣，现在看到她充满活力、跃跃欲试的样子，我倒觉得是件好事。

我大部分时间在萎靡不振地熬日子，再次变回了那个不经世事的孩子，面对成人世界的冷漠，我变得越来越渺小。格雷厄姆走了，也带走了曾经那个斗志满满的我。

*

几个星期过去了，我整天不是在哭泣，就是在酝酿哭泣。后者其实属于一种麻木状态，想哭却哭不出来：比如说我正在上楼，突然就会感到浑身麻木，不得不原地坐下，靠着墙休息一小时；或者，我本来在洗碗，结果又陷入麻木状态，双手一直泡在水池中，直到热水变冷，手掌苍白起皱，像牛奶上的那层奶皮。

有一天，我拿起亚瑟的笔记本——部门忘了把它收回去，或许是因为亚瑟已死，根本构不成威胁。我说"有一天"其实有点牵强——根本不是大白天，而是凌晨3:30。那段时间，我总是在这个时间点醒来。本子上记了很多问题：什么是VPN？墨索里尼是谁？摇摆的60年代是什么意思？政治正确团体由谁构成？总部在哪里？他会在对面页上潦草地记下答案。我推测亚瑟和塞米莉亚会定期见面，讨论他列出的各种问题。我和格雷厄姆从来没有过类似的交流，如此看来，我作为联络人并不合格。

笔记本里还记录着两件很容易被弄混的东西：一件是亚瑟匆匆记下的歌词，他和格雷厄姆不同，很喜欢现代音乐，所以会把听过的歌词记下来；还有一件是他自己创作的诗歌。

他的诗写得很糟，他自己肯定也知道——他永远也不可能成为鲁伯特·布鲁克①或西格弗里德·萨松②，但他会一直写下去，这十分难得、十分可贵，真的很亚瑟。我读了他写的一首诗，想象着他朗读自己诗作的样子。内心的伤口不断地裂开，我想念他们每一个人。现在，他们都走了，我反倒觉得加深了对他们的了解。我曾经以为格雷厄姆是帝国的后裔，他则认为我是激进的另类分子。如果当初我们就能看清彼此，该有多好……

我走出家门，站在父母家整洁的草坪上。天空中的星星像是信号旗上的标识，玛格丽特看到过这些星星，亚瑟也看到过，格雷厄姆也一样。然而，星星并不会永恒存在，大多数已陨落，我们看到的不过是它们的过往。在未来的某个时候，地球上空会天象大变，如果真像准将说的那样，那时人类或许已不复存在。星星是我们这个时代——我们共存的人类世界——给予每个人短暂却美好的馈赠，总有一天我也会死去，同其他人一样。如此看来，我真该好好珍惜活着的日子

第二天早上，我起床吃了早餐，虽然只睡了四个小时，却异常兴奋。趁着天气不错，我问父母想不想去树林里走走，他们明显松了一口气。我还记得阿黛拉对我说过："你要尽可能地多陪陪父母。"我会努力做回那个遇到他之前的自己。

*

春去夏来，来得突然，留得持久。妹妹帮我找了一些零散的校对工作，我再次开始了收发邮件的生活，但这次不再会有人让

---

① 鲁伯特·布鲁克（1887—1915），英国诗人，被视为战争诗人的典范。

② 西格弗里德·萨松（1886—1967），英国诗人，作品以战争为主题，充满反战思想。

我杀掉谁或监视朋友了。我还是会流泪，但不会每天都哭。我依旧和父母住在一起，却也在考虑搬回伦敦。部门给我的封口费一直躺在我的银行账户里，我从未一次性得到过这么一大笔钱，但我一分也不想动。

一天下午，我待在妹妹的房间——如今已成了我的办公室——翻看邮件，突然听到父亲喊我下楼。

"刚收到一个寄给你的包裹，有点奇怪。"

"哦？"

"据说已经在仓库放了好几个星期，他们一直找不到准确的地址，好在有人知道你的名字。"

"他们怎么可能找不到？不是都有门牌号吗？"

"嗯，你自己看吧。"

他递给我一个小包裹，我即刻感觉脚下的大地裂开了一道道缝隙。包裹的左上角贴着一张美国邮票，文字部分是格雷厄姆流畅的草书，但他写的不是地址，而是根据我讲述的童年故事，用文字描述了房子的大致位置和外观，并在顶部写上了我的名字。

我撕开包裹，里面是那本失踪的《暴戾人》。

书页之间夹着什么东西，我翻开来，抽出一张光面照片。照片的前景是一片云杉树林，绿得令人心醉，旁边是一片荒野。照片的背景好像是个湖，远远地发着光，让人感觉充满了希望。我不知道湖的名字，但它真的很美。

照片的左边有一丝亮光。我把照片斜了个角度，低下头，眯起眼睛仔细打量，那是一缕被风吹起的头发——金红色，轻如薄纱。边缘处还有一道淡紫红色的垂直线条，我知道，那是穿着粉色上衣的手臂。根据距离测算，这张照片不可能是自拍，所以照片里其实有两个人，一个刚好跑出镜头，另一个则在相机后面。他们都还活着。

我把照片放回原来的位置，发现当页一段文字被划了下划线，内容如下：

> 我想她知道，在冲动和理智的共同驱使下，我们俩没有什么不同。她的情感支配着大脑，尽管她会用令人信服的逻辑支持自己的观点，但逻辑根本无法解释她的真心。我不该怀疑自己的心，当初却未能做到。我从来不会选边站，也不会毫无保留地跳上天平的一端；我从不失望，哪怕事情再严重，也是过了很久才会有所感悟。而此刻，我却也成了自己情感的俘虏，无论如何扼杀，也都无济于事。

他还在那页的最下面留了一句话，笔迹与他1847年留在石堆纪念碑中的签名一样潦草：

我当然爱过你。

"孩子，你没事吧？"爸爸问我，神情有些困惑。谁知道他刚才目睹了我脸上怎样复杂的表情。

"嗯，爸，我没事。你知道这些是什么树吗？"

"嗯，可能是北美云杉？"

"哪里能找到这些树？"

"美国的西海岸。这张照片的拍摄地很可能是阿拉斯加。"

"阿拉斯加最大的城市是哪儿？"

"是安克雷奇。"爸爸当即答道。他很高兴自己那些酒吧问答知识能在我这儿派上用场，更高兴看到我不再赖在沙发上抹眼泪。"那里有你的朋友？"

"对。"我一边回应一边想到那笔巨额的封口费，还有那些我根本不想回复的邮件。我心想，只要认真查阅，或许就能确定照片的大概位置。

"对，"我又清晰地重复了一遍，然后对他说，"爸，你知道吗？我已经一年多没休假了，我想出去玩一趟。"

*

历史就这样被改写了。

如你所知——也可以说如我所知——时空之门已损，你可能永远收不到这份来自未来的文件，它讲述了倘若你沿着这个版本的自己的轨迹走下去，将会成为什么样的人。但是，如果这份文件真的落入你手，我希望你能知道事情发生的原委，以便你能改写历史。这个故事开头有我，到了最后还有我，这也应该算是一种时空穿越吧。希望你能找到方法控制住我的行为。我知道你多么渴望未来的自己能够俯下身来，捧起当下自己的脸轻声告诉你，"别担心，一切都会好起来。"但事实上，如果你一直重蹈覆辙，情况并不会好转。如果你希望好转，就必须首先允许自己构想一个新世界——你身处其中，已经变得更好。

我不想给人泼冷水，我悲观是因为我能看到自己做了很多错误的选择。所以，你千万不要像我一样，不要以为自己参与了什么伟大事业，不要以为过去和创伤能左右你的未来，更不要以为

360

个体的存在无关紧要。我做过的最激进的事就是爱他，但我并不是这个故事中最先爱他的人。如果你愿意努力，完全可以不把事情搞砸，你永远可以怀抱希望，你已经得到了谅解。

谅解可以将你带回到过去，重新设定人生走向；希望存在于未来，让你变成全新的自己。谅解和希望本身就是奇迹，有了它们，你就可以改变人生，实现人生的穿越之旅。

后　记

　　1845 年 5 月 19 日，皇家海军舰队的"厄瑞玻斯号"和"恐怖号"从肯特的格林希斯启航，出发寻找穿越北美北极地区的西北航道，希望借此打通英国与亚洲各王国的贸易往来。1845 年 7 月底，两位捕鲸者在格陵兰西海岸的巴芬湾见到了"厄瑞玻斯号"和"恐怖号"，两艘舰艇停靠在当地，等待着进入北极迷宫的最佳时机。自那以后，再没有欧洲人见过这支探险队。七年搜救无果，当局于 1854 年 3 月 1 日正式宣布探险队失踪，成员全部遇难。1859 年，另一支北极探险队的成员威廉·霍布森中尉在格陵兰迪斯科岛上的石堆纪念碑中发现了富兰克林探险队留下的宝贵信息——具体参见小说第九章。

　　探险队由约翰·富兰克林爵士担任队长，身为资深的北极探险家，队长经验十分丰富。早在 1819 年，他就经历了传说中惨烈到被迫吃人的铜矿探险，从那以后便被称为"吃靴子的人"。"恐怖号"的船长弗朗西斯·克罗泽是一位出色的科学家兼水手，曾先后五次参加北极和南极探险；探险队的旗舰是"厄瑞玻斯号"，船长詹姆斯·菲茨詹姆斯极具魄力和胆识，但没有很多极地探险经验，所以航行期间，第一中尉格雷厄姆·戈尔发挥了重要的指挥作用。整支探险队只有六位军官拥有北极探险经验，格雷厄姆·戈尔就是其中之一。

关于格雷厄姆·戈尔的资料很少，我们未能找到其出生记录和遗嘱信息，甚至连一封他从探险队写给家人的信件也没有。除了服役记录，我们对他的职业生涯也知之甚少。他的父亲约翰·戈尔曾经担任皇家海军舰队"鸰鸟号"的船长，1820年他以"年轻志愿者"的身份把年仅11岁的格雷厄姆带上了"鸰鸟号"。据此，我们推断戈尔加入富兰克林探险队时年纪约为36岁。我们目前掌握的关于他最清晰的描述出自詹姆斯·菲茨詹姆斯之手，这位船长在寄给嫂子伊丽莎白·康宁安的家书中写道：

> 我的第一中尉格雷厄姆·戈尔是名优秀的军官，他性格稳定、脾气温和，不如费尔霍尔姆或德·沃克斯精通世故，倒是很像勒·维斯康特，只是没他那么害羞。戈尔的长笛吹得很好，画画则是时好时坏。总的来说，他是个非常不错的家伙。

这段文字虽然只是信的脚注，却增加了我们对戈尔的了解。他招人喜欢、受人爱戴，作为皇家海军军官几乎一直在船上服役，这在和平时期并不多见，许多与他共事过的人对他的善良赞许有加。他会吹长笛，也喜欢画画，之前曾在约翰·洛特·斯托克斯率领的皇家海军"比格号"上担任中尉，之后还为斯托克斯的《探索澳大利亚》贡献了许多插画。他热衷于运动，经常有人在信中或回忆录中提到他的狩猎经历，他猎捕过各种动物，包括驯鹿、海豹、兔子、鹦鹉、鹭等等。他现存的唯一银版照片足以证明他是一位极富魅力的男性。

为了撰写这部小说，我对戈尔进行了大量的主观推测。菲茨詹姆斯说，他曾经看见戈尔嘴里叼着雪茄在"厄瑞玻斯号"上钓鱼，于是我就在小说里给他安上了吸烟的习惯。斯托克斯记得戈尔曾经冷静地讲述说，"我杀死了那只鸟……"但当时子弹出膛的后坐力非常大，他本人也狠狠摔在了地上，于是我又给他打造了超脱、冷静、亲切的性格。鉴于他在射击方面有过大量训练，我又因此推断他可能枪法了得。戈尔现存为数不多的几封书信已经被 Arctonauts.com 做了数字化处理，信中他的幽默与自信可见一斑。谈及自己身为海军的职业生涯时，他写道：

> （虽然这听上去可能非常愚蠢）但我一直有种预感：不管我愿不愿意，总有一天我将成为部队的高层领导。

正是基于他的这段话，我不管他愿不愿意——在他某个未来版本中——给他安排了部门的要职。

我最初撰写《时间部》的目的只是为了逗朋友开心，以为最多能有四五位读者。如今看到这部作品脱颖而出，我十分荣幸。这次创作教会我一个宝贵的道理，那就是，哪怕是脚注也值得我们认真阅读。

卡莉安·布拉特利
伦敦，2024 年

致 谢

凭借我一个人的力量，根本无法启动这艘"大船"。首先，我要感谢我优秀的编辑费德里科·安多里诺和玛戈·希克曼特，感谢你们让我的文字更富活力、充满力量——让这部作品变得更加优秀。感谢我的经纪人克里斯·韦尔比洛夫，感谢你的清晰视野和对我的信心；感谢你和你的助手艾米丽·费什，在保证内核不变的基础上对这部作品反复阅读和修改。

感谢丽莎·贝克、劳拉·奥塔尔、安娜·霍尔、莱斯利·索恩以及艾特肯·亚历山大（Aitken Alexander）联合公司的整个团队，感谢你们为《时间部》这艘"大船"找到了很多新的港湾——与你们合作堪称一场梦幻之旅。我还要感谢斯塞普特（Sceptre）的整个团队，包括玛丽亚·加尔布特—卢塞罗（我的英雄）、霍莉·诺克斯、金伯利·尼亚蒙德罗、爱丽丝·莫利、梅利莎·格里尔森、海伦·帕勒姆、阿拉斯代尔·奥利弗、维姬·帕尔默和克劳迪特·莫里斯；此外，我要感谢热心读者出版社（Avid Reader Press）的亚历山德拉·普里米亚尼、凯瑟琳·埃尔南德斯、梅雷迪斯·维拉雷洛、卡罗琳·麦克格雷戈、卡特娅·布雷什、艾莉森·福纳、克莱·史密斯、悉尼·纽曼、杰西卡·钦、艾莉森·格林、艾米·盖伊和乔菲·法拉利—阿德勒。

感谢安妮·米多斯毫无保留地提出反馈意见，感谢你在我创作的关键时期给予我的巨大鼓励。

我要感谢我那群志同道合的朋友，你们同我一样，热衷于考古极地探险中遇难的勇士。感谢读过《时间部》初稿的朋友们，没有你们就不会有这本书的最终问世，感谢艾萨克·费尔曼、露西·欧文、副总裁詹姆斯、西奥多拉·卢斯、基特·米切尔、韦弗利·S.M.、阿莱格拉·罗森伯格、悉尼·扎斯特里、艾莉艾尔、贝瑞、艾琳、杰斯、凯特、利奥和丽贝卡。我很庆幸自己收看了AMC电视台播出的由大卫·卡吉纳奇执导制作的《恐怖号》，如果没有它，就没有我和格雷厄姆·戈尔的相遇。

感谢我的朋友雷切尔，感谢你作为威尔弗雷德·欧文的粉丝，建议我为亚瑟匹配一个战友，提议让欧文中尉成为印章戒指最初的主人。至于说戒指之前有何故事，就请各位自己发挥想象吧。

我在撰写这部作品的过程中咨询了很多学者，在此，我要特别感谢Arctonauts.com网站的埃德蒙·乌伊茨，感谢你提供的关于格雷厄姆·戈尔的所有信息；感谢拉塞尔·波特，感谢你撰写的博客"北方"，正是因为读了你的文章，我才了解到戈尔与"'厄瑞玻斯号'北极失踪物品"中（最后出现在澳大利亚"比格号"上的）阿诺德294计时器之间的关联。抱歉，格雷厄姆，请原谅我在书中将这一信息做了稍许黑化的处理。

我在本书最后一章引用了杰弗里·豪斯霍尔德1939年创作的

《暴戾人》，我所阅读（即格雷厄姆阅读）的版本为2007年《纽约书评》的新发版。

此外，为了撰写关于北极的部分，我还参考了众多文献，包括：欧文·比蒂和约翰·盖格的《冰封的时间：富兰克林探险队的命运》，弗朗西斯·斯帕福德的《冰雪与英国的想象》，拉塞尔·波特、雷吉娜·科勒纳、彼得·卡尼和玛丽·威廉姆森编辑的《愿我们不再相遇：富兰克林北极探险队的信件汇总》，格伦·M.斯坦的《发现西北航道》，L.H.尼特比翻译的《冰封的船只：约翰·米尔奇廷1850—1854年的北极日记》，乔治·巴克爵士的《皇家海军恐怖号1836—1837年北极海岸的探险故事》以及皇家地理学会保存的罗伯特·约翰·勒梅里埃·麦克卢尔爵士未曾发表的北极日记；当然，我还借鉴了我的那些从事极地探险朋友的专业知识。在此声明：书中若出现任何错误信息，均是我本人造成的疏忽。

我要感谢我的家人——我的父母保罗和兰伊，我的兄弟姐妹布里吉特、波琳和大卫——感谢你们对我坚定不移的爱和无条件的支持。我也要感谢贝基、纳拉亚尼和安娜对我的支持，感谢你们的善良，感谢你们愿意听我没完没了地讲述格雷厄姆的故事。

最后的最后，我要感谢萨姆。没有你，再大的成功也没有意义，感谢你从一开始就坚定不移地相信我、支持我。